任真 著

舊時王謝堂前燕

任真散文選

推薦序

讀書識興替，為文話古今

文化靠累積，士農工商，百工雜藝，各朝自家行業頂峯求發展，點點滴滴累積後的成果，記載著步步艱辛，血汗斑斑的經過，那就是文化。

沒有文化的民族，如同不曾雕琢的麻石，只是一塊粗糙的麻石而已。經過藝術家的設計，一錘一鑿，雕琢成人體、獸類、宮殿、廟宇等等，層次分明，栩栩傳神。麻石不再粗糙，藝術提昇了麻石的精神價值，蘊藏著文化傳承，粗糙的麻石精緻而堪寶愛了。

全世界民族的文化發展大都如此。

中華民族在亞洲佔有舉足輕重的地位，時間五千餘年，地域一千一百二十萬平方公里，一代代重錘打造，精工雕琢，才累積成今日輝煌燦爛的中華文化；先人的努力和成就，功不唐捐，後人陸續開創和發揚，讓文化更閃耀更絢麗。

李永韋

文化不只一端，舉凡衣食住行育樂等等全屬文化範疇。讀書人苦心著述，除了開發自己的腦力外，更記載著當時的種種切切，那些遺留下來的文字記載，就是文化源流的脈息。沒有文字記載，代代先人苦心耕耘的成果便告滅絕，再也無法尋根覓源，探得文化祖源。

看看我國浩瀚的文化典籍，那不只是文字記載，而是作者的心血凝鑄，才讓我們後人思路和精神領域開闢另一扇廣大天空。他們在為名為利嗎？文人一生執著筆桿苦嘆無助，多數人是窮傖一生，甚至窮到老死，他們即使窮得三餐不繼，只要一息尚存，也要留下文字記載，為文化巨流注入水源。

傻不傻？該不該向他們表示一點敬意？該。沒有他們不計寒餒的付出，怎有今日文化的巨流滔滔？

※※※

侯老筆名任真，他不是這個時代的大人物，官不高而位不重，拼了一生，才拼得個三餐聊堪溫飽的局面，他不計寒苦，雖然近九秩高齡，他依然在努力創作。我問他為什麼如此自苦？

他回說：「多少為文化培壅一鏟土。」

他自二〇一二年至今先後出版《寒夜挑燈讀》、《紅塵劫》、《春融融》、《一生都在跑龍套》四本書。今年他又推出《舊時王謝堂前燕》散文集出版。我想想，他還真有一股傻勁。

〈舊時王謝堂前燕〉原為唐朝劉禹錫〈烏衣巷〉七絕詩的一句，全詩為：「朱雀橋邊野草花，烏衣巷口夕陽斜，舊時王謝堂前燕，飛入尋常百姓家。」

自劉裕弒晉恭帝，南方歷經宋、齊、梁、陳四個朝代，北方隋文帝受北周禪位而結束北方五胡亂華局面，其子煬帝嗣位驅兵南下，完成南北一統政局，隋歷三帝三九年而亡於唐，到劉禹錫南遊江表，佇立烏衣巷口斜陽下弔古傷舊時已歷百五十餘年時間。

東晉宰相世宦宅第連雲的烏衣巷，王謝兩家族尤為顯赫一時，如今世衰運轉都已沒落。舊日在富貴之家營巢孵雛的燕子，也隨主人家的衰敗，落魄飛入尋常寒薄百姓家棲居度日。

這說明人生一世，事事無常，富貴不永，權位偶然，今日鐘鳴鼎食之家，如不懂得持盈保泰，異日兒孫可能衣食不給。

爭什麼？較什麼？侯老著作的旨趣，也可能在這裡尋到注腳。

※※※

《舊時王謝堂前燕》共分三個篇目。

第一個篇目為親友篇。

在這個篇目裏，侯老寫他大哥就有三篇之多。

他大哥是位不識字的農夫，自春至冬與他二哥忙農事，無怨無尤養活一家人。

侯老感恩他大二哥，在他所有著作內都有他兩位哥哥的影子。由這裡可以看出侯老是位孝友滿

懷的古板人物，

今日，台灣社會倫理道德有些墜緒，子弒父、女弒母，兄弟相殘、姊妹相弒，社會人群，凡事不能以理喻，靠著暴力詐騙爭輸贏；血腥場面令人心驚膽慄。為什麼良善人性淪喪如此？家人親情，人群溫暖全泯滅了？原因何在？我想癥結當然不止一端，在上位者，是者為非，非者為是，為了政治利益，不惜潰爛人性道德。一般人有樣學樣，那還有君君、臣臣、父父、子子正常的倫理秩序在？

我與侯老相處多年，他不會巧言令色討人歡喜，也不會逢迎巴結與人建立互動關係，凡事簡單得本性原就如此情況，行為簡樸，言行一致全部歸結在本性儉樸純良的這條根。但他卻是一個孝友不泯的老古板。他的言行學養是我仰慕學習的榜樣，他雖話不多卻是我忘年之交的一位朋友，我想，不管世道怎麼變？倫常應該無虧。所以他雖無趣，我仍然喜歡這樣一位朋友。

第二個篇目為文史篇。

中華五千年，二十五史只是正史的犖犖大端。史學錯綜複雜，經緯萬端，史學家多數只治一朝一代史，無法旁貫博通二十五史絲縷無遺。

這個篇目不是作者縷述歷史中政經、軍事、文化、交通等諸與治亂民生休戚相關的大事，他只是大略地作個概述，也可說是侯老的讀書心得，雖然簡略，仍然有他自己的看法與想法。我們平日忙於事業，無暇博覽群籍，仍可自作者的心得報告中搜尋得一些東西。

第三個篇目為雜說篇。

雖是雜說，卻是作者顛沛流離生活中，對富貴名利得失的參悟，以及人情溫暖的追憶。也許是他一生無力爭取，侯老也不汲汲爭取。命數這東西很難解釋，得失窮通好像不是強求可得。因為他懂得自我評估，也懂得放下，把胸襟放大接納大自然、大自在，不計較，不妄求，所以侯老活到近九秩高齡，依然思慮清晰、身心健朗還有腦力從容自在寫一本書問世。

我一生從事商業，自覺並未在做生意中失去德範分寸，禮儀規矩，平常我們一塊賞名句、談古今、道得失，研討書法，欣賞行草篆隸變化之美，歷代書法家造詣之妙，耳濡目染自己也覺得多少有點書香氣。侯老請我寫序，可能就是看中我這一點，我無法推辭，一則為侯老不服老給他一點掌聲，其次，也將本書推薦給讀者。作者的作品，不挑撥社會情感，不抹煞良善人性，不醜化人生世相，不挑起族群對立，他只忠忠實實寫出人性溫馨面。讀者買本書的消費，絕對有相等價值的回報，我保證。

李永章先生為台灣奇士美化妝品公司董事長

自序

莫讓腦力成荒殘

人老了，不能讓大腦全面退休，任他胡吃悶睡閒散自得過日子。怎麼辦？刺激他鼓起餘勇做點事。

大腦這笨獃居然經不起我三句好話一哄，一篇爛話挑釁，她乖乖就範，賣死力寫出《舊時王謝堂前燕》這本書。說他笨，也算笨；說他乖巧也算是乖巧。謝謝秀威，讓本書如期出版。

書的大體意旨，正如台灣奇士美化妝品公司董事長李永章先生推薦序內所說出入不多。謝謝李董忙於自家事業外，還仔細地擷出本書大端做推介，既榮寵更感激。李董事長是位事業有成的文化企業家，他仰慕文化，更以文化涵育自己。我有幸認識李董，我不曾感到他財富壓力嚇人，我只感到他溫文儒雅，可親可敬。我之所以拜懇他為本書寫序，也是基於這一因素。

人生苦短，百年雲煙。自己生命已屆晚景，身旁友人一個個不聲不響說走就走了。怎麼一回事？生命短暫得如此可怕嗎？

富貴榮華，權位財富，我們究竟能擁有多久？許多提早散場的名人和朋友，什麼也沒帶走。再追溯帝王將相，世宦巨富，當時富達驚人，一二代之後，也就「舊時王謝堂前燕，飛入尋常百姓家」了。運衰家敗，兒孫寥落，人生一場轟轟烈烈大戲，幕落戲終，觀眾意興闌散一個個散去。

人世間不爭不較，不能激盪進步；爭之較之最後又一無所得；怎麼辦？我想，竭盡心力做好本分自己，放達時就該放達，閒散時就該閒散。藍天白雲，青山綠水，適性養心，自得其樂，不要太強迫自己，扭曲自己，把自家綁在得失中脫身不得。

我是個渾人，渾人的看法一生如此。這個「渾」字卻養得我一生心無牽掛和拖累。年壽已高，還哄騙大腦當差使，耕耘大腦園地不成荒殘。讀者大人，不妨自本書去尋找我的善根何在？病根何在？然後自家取捨，也許會有一得。

任真

目次

文史篇

雜說篇

親友篇

一、五次還鄉

不曾衣錦，也不算是榮歸。

十九歲離家，四十二年海天遙隔，夢魂繫念的就是幾位骨肉親人。終於踏上歸途，與以生以長的土地家人重溫舊夢。

總以為可以在父親膝前效老萊子綵衣娛親，父親卻在大饑荒災難中與二嫂一併餓斃了。有幸與二哥姐姐重聚，不幾年，大陸門戶開放尚難溫飽，二哥與姐姐亦相繼告別了人世。大哥等不及與我重聚早跟父親走了。

母親未遭受家國易統的災劫，在我離家前一年辭世。父親以為國號更易，只是換湯不換藥，如同店面換塊招牌而已。那料到毛主席當國，卻是砸碎瓶子，換藥也換湯。父親將母親風風光光送去祖山，農家孝道傳統的夕陽餘暉，在母親葬儀中劃下休止符。此後，自農村到城市全般洗涮，用力之猛，諸多舊社會人物一一人頭落地，誰也逃不掉；只差沒顛倒三江五嶽揉搓擠壓重塑新貌。

我問二哥：「大哥晚年情況怎麼樣？」

二哥仍然是隻驚弓之鳥，他環顧四週無他人環伺，淚漣漣搖搖頭說：「弟弟，一言難盡，我會慢慢跟你說。」

二哥帶我去大哥墳地上香。

我雙膝落地，跪在大哥墳前泣不成聲，心一陣陣刺痛。所謂椎心之痛，應該就是這種痛法。

一別成永訣，陰陽路上各自求活命。

自古至今，多少梟雄巨猾為爭大位，不知讓多少無辜人民妻離子散，流落異鄉，最後淪於無主冤魂野鬼。戀家戀鄉男女，也飽受蹂躪摧殘。人民何曾奢求什麼，只求個闔家平安，一生溫飽而已。

※※※

我家老屋原本座落田壟中，前後竹園，綠蔭匝地；三株千年楓楠，像三把巨傘，綠葉濃蔭，將我家一大片房屋擁在懷裡。

祖父建的房屋，前後三進。父親五兄弟，全都住在這片屋內，唇齒相依，有時偶然失慎，牙齒也會咬破嘴唇。三伯與父親不睦，兩兄弟不時臉紅脖子粗爭吵，吵完後，又常見他們杯酒連歡，嘻笑自然。大伯早故，我不曾見著，二伯三伯叔叔和我老爸，常在我家餐桌上融融洽洽飲酒勸菜，愈老手足之情愈篤。我們晚輩，只有逡巡四周侍候茶水。

一方大門，關住我家五大房數十口男女。國家換了主人，我家那片屋宇全被剷為平地，成為水田。三棵千年高齡古樹也成了斧斤下的遊魂。

我找不到老家，幸好鄉土性重的侄兒，居然膽敢冒險上路到達廣州接我，當我與妻子抵達家門時，那不是我兒時熟稔的屋宇，而是二哥與堂兄弟等在茶油林山上建的粗陋新居，前前後後，錯落著各家面向不同僅堪寢食的土厝。侯家二三代自干戈寥落後在此興起，重建成村再振家聲。

不問居家寬仄，也不管家具粗糙得重重坐下即可聽見掙扎呻吟聲，骨肉總算團圓了。兄姊三人相擁而泣，以為此生已然生死永隔，卻不意兩岸打開門戶，給了我們垂暮之年聚首的恩寵。

※※※

孝道出自天性，天性本善，所以才能行孝。這是性善說的解釋。

人性本惡，人之能盡孝，蓋由後天經驗與教育教養而成，這是性惡說對孝的解釋。

孝既非先天而來，也非後天經驗教育而成，而是先天本就有分善性加上後天經驗與教育，因而培育出我們深體父母養育恩深，待其年邁體衰，事事須人照應時，做子女的本應竭盡全力孝養父母以報養育大恩。這是性善惡混的說法。

我不管性善性惡，我只體會到母親自小替我擦屎擦尿餵飯餵水的辛勞。以及父親長年在外施教、省吃儉用，買田置產，以防兒孫凍餓以斃長遠計劃的勞苦。我長大成人之後，責無旁貸的應該好好孝養父母。

事與願違，數十年在外漂泊奔波，謀衣謀食，當父兄處在國家換了老闆之後，一切猛烈措施，讓他們衣食兩缺之際，心靈不知何去何從？醫藥不給，不知明日會不會太陽東昇？我卻不能以一茶一水供養父母，照顧兄姊。我感到愧疚而痛心。

休息一日後，次日掃墓祭祖。

祖先的墓碑全挖去充作水庫墊基石，祖父母等只有一堆雜草叢生的墳土；母親的墓經過芟荊除草後，較為整潔，此時祭拜，只是自己心靈枷鎖的解脫，無補於孝道有虧的實際。掃墓前，心靈一片空虛，掃墓後，回程中百感交集，心靈仍然一片空虛。

有首傖詩說：

在生不孝爹和娘，死後何必哭短長，千跪萬叩一張紙（牌位），千哭萬喊三根香。

生前不曾盡孝，死後，最盛大的殯葬場面，最豐盛的奠祭菜餚，全是喪家的虛榮，無補於父母生前舉著難以下嚥的悲苦，毫無絲毫實質意義，所為何來呀！

我問自己，誰剝奪了我的盡孝機會？

※※※

居台數十年，只知道海對岸的政治風潮波波浪湧濤惡，惡人不得活，好人活不得。

兒時所知搢紳耆老，不曾見到一位。我問二哥，二哥回道：「說不得，說不得。」當時，大陸大門對外剛敞開，氣氛依然是毛主席統治時期那樣詭譎難測。誰敢曉舌自尋死路？

鄧小平先生雖然打開探親大門，讓兩岸同胞不因政治主張不同而釀成壁壘愈益嚴峻的對峙局面，影響人性宏揚。數十年風聲鶴唳的統治手段，二哥仍然心驚膽怯，深怕口舌惹禍。晚上，他偷偷告訴我說：「全殺了，只要村委書記認定該殺，一個也逃不掉。」

我去城裡看我貴為副縣長的堂侄。

分別隸於國共兩黨的叔侄關係，還是緊緊握住手，親情不疏。

我離家時，堂侄讀初中二年級，原來他早被吸收成為共黨少年先鋒隊員。數十年宦途歷練，侄子亦將五旬，他並未窮凶極惡，他依然恭敬如儀喊我：

「叔叔，你終於回來了，我們都在想念你，尤其是我娘，一提到你，他就會說：『毛仔十八歲離家，他還在嗎？叔叔（指家父）最小一個兒子，卻被叔叔送走了，想起來，我心裡真難過。』」

晚上，侄子悄悄跟我說：「叔，要吃飯，要活下去，我是黨員才能讓家人活得沒恐懼，有保障，但仍然很怕，怕一個運動接著一個運動來。那種變化，誰也不能擔保明日還能不能吃三餐飯？我是黨員，我也怕……。」

這是侄子由衷之言，人性與親情，無法用政治或法律去詮釋，這裡面很微妙，微妙得令人難窺究竟。

※※※

十日探親，我與妻子順利回來台灣。

那是一九八〇年中秋前後。當時，手機還是昂貴稀罕物。在香港街道，常見人人持一龐然大物在耳邊通話，那就是當時最風光的手機。

兩岸探親大門剛剛啟開，交通阻塞；大陸經濟剛剛播種，緊急事故要靠電報遲遲送達消息；兩岸人民的生活水準相距二十年之遙。自台灣出發，經過四日旅程才見到碩果僅存的二哥與姐姐。

政權更迭，人事代謝，萬古江山依舊在，樹長綠，水長流，紆曲山路與縱橫阡陌依然是我童年時的原貌。人為的海浪卻把人世洗滌了一遍，說是新社會，家人親友卻失去舊社會時代的溫飽與安寧。

土地改革，父親被劃為地主，大哥二哥逃過地主兒子的厄運，「幸運」地被劃為佃農，佃農就可逃過清算鬥爭的鬼門關。人人為自保，父子至親也不能骨肉相依。

祖屋夷為平地成為水田，父親在一間破屋自炊自食，教職被剝奪，詩云子曰被打入「臭老九」的遺毒。翻天揭地的政治改革，流氓地痞翻身成為權貴，有冤報冤，有仇報仇，四週全伏殺機。腥風血雨的日子裡父親走了，他孤獨棲身的破屋米甕內只剩半甕糙米，可以維持三、四日不餓。大哥二哥與姐姐噙著眼淚慶幸父親從此脫離苦海，悽悽愴愴把父親埋葬。晚景淒涼，骨肉被政治高壓迫演成一揚乖離悲劇，孝道不再是人性美德，而是儒家文化塑鑄的封建遺毒。

土地改革竣工，中國數千年壟斷土地就壟斷生活資源的惡瘤，毛主席操刀一割，剜出一堆惡性細胞，鐘鼎而食的大地主掃地出門，此後人人有地耕，不再杞憂基本生活。

土地問題未必因此就盤根錯節解決了。

自中外歷史找例證，全是為土地而掀起戰爭，戰勝一方，俘虜男女家畜財產列為戰利品，中壯年男性充作農奴，青年作壯丁保衛家園，老婦為家婢，小女孩當侍女。土地有人耕作，豐收的農產品成為生活和戰爭資源，擴張財富，買通官吏，左右地方；勢力愈大，財富愈雄厚，土地就是財力也是權力的來源。

土地問題複雜糾結，毛主席企圖一刀根治數千年惡疾，怎麼可能呢？今日大陸，商業掛帥，工人半年收益勝過農人一年半辛苦耕作，年輕人放棄農地，紛紛走入工廠，或自己小本經營，耕地荒蕪，任由雜草橫行。目前尚未出現土地私賣私買現象，若干年後，土地或者不是問題，或者以另一種奇異現象呈現問題，誰知道呢？

土地不找主人，農村裡可能主人也不找土地。

蔣公失去天下，毛主席意氣風發上任，朕即天下。

數十年鎖國，關緊大門蠻幹，人民苦不堪言，所有資源，收歸國有，竭盡資源，強化國防，國家強了，人民窮得一清二白，苦得心甘情願。鄧小平先生出而以救毛主席治國之弊，開放門戶，發展經濟，人民生活漸漸進入小康。我二哥姐姐相繼走了，不再像我們初次重聚時那樣嗟喟：

「弟弟，你沒匯錢回來，我都沒有吃飽過。」

這是我二哥的血誠話。如今侄輩和侄孫輩全皆邁進商業一途，賺利潤，建新屋，買汽車，穿著選名牌，從共產主義下翻新成另一階級。

數次還鄉，我發現所有水塘只供養魚，不再像我兒時與大哥辛苦車水充作灌田用。幾乎是大村小落都就凹地建了水庫，水庫的蓄水源源不絕溉活稻穗，供應牠飽滿結實然後關閉閘門。彎曲鄉村小道拉直成平坦可供車輛行駛的鄉村公路。原來整個縣只有兩所中等學校——師範與初中，如今二十幾所初高中和職業學校遍佈全縣。我們那個偏遠縣的教育，交通、水利、經濟發展和人民收益，成為湖南省的甲等縣。

自古成敗論英雄。

毛主席大贏，蔣公慘敗，敗得十分委屈。

滿清二六八年統治，皇族遊手好閑，養鳥鬥蟋蟀，坐吃皇糧，衣食豐給，結果痛傷了國家根本。執政大臣，腐朽老大，事事以天朝自居，無國際觀，朝野上下重農而輕工商，好像全都迷失方向。窩在紫禁城內的統治結構，像是一棟外表華麗而樑柱全被蛀朽的老房子，隨時有倒塌的危險。國父振臂一呼，終於將這個軀體巨大而臟腑流膿滴血的怪物壽終正寢。中華民國成立未久，北京不斷上演你進我出爭位攘權的鬧劇。帝王之都，天天鑼鼓喧天上演登位下野大戲。不甘寂寞的地方軍閥，如同漢末的州牧，唐之藩鎮，養兵徵糧，劃地自雄。北京爭皇帝大位，地方軍頭財源兵源一手包攬，安樂自恣，自作小皇帝，如同唐末五代局勢的翻版。蔣公挑著「中華民國」這副苦難擔子（不管是大陸作為指斥他巧用心智爭得這個位置？或是天降大任當仁不讓而來？）他步步艱難地完成國家統一。不久，寇盜日本，暗中蠶食。明裡明火搶劫，侵門踏戶，闖進家內搬珍玩、盜府庫、掘礦藏，侵廳堂，佔臥內……烽火不息整八年。國家本就貧弱不堪，今又面臨巨盜侵地盜產，逃死救生之不遑，那有餘力開工廠、成立貿易公司富家裕民呢？八年苦戰，應戰強敵之不暇，統帥左右，不是奸佞，就是倖臣，逢迎話多，逆耳忠言少，顧此失彼，前後扞格，民心在別有意圖人士導引下，漸漸變了方向。把強寇巨盜攆出門外，卻讓毛主席趁國家疲敝，人民怨窮歎苦之際坐收了天下。

民心如水，可以載舟，也可覆舟。得國失國，原是歷史常演的鬧劇，誰曾一統萬年？誰曾帝冑世系千載不絕？蔣公黯然退守台灣，忍辱含垢重延中華民國命脈於一線。

如果往深處想，蔣公數十年治國，固然是一人獨尊，裙帶關係撇不開，為了戰勝敵人，諸多措施苦了人民，實則他也是在為毛主席開國披荊斬棘。前人種樹，後人乘涼。他苦心費力剷除一路障礙，毛主席建國才能大刀闊斧，不虞意外地強國富民。

毛主席雄圖大略，智慮深沉，熟讀史籍，深知御人治國大端，凡有事務自發起到結束，完全勝券在握。一路與蔣公對壘鏖戰，奇計百出，正奇互用，蔣公捉襟見肘，窮於應付。如今坐在國家首席大位，三軍用命，當然力有裕餘強國富民了。換成庸劣如我，倘為國家元首，此時前無阻隔，後無拖累，我不強國富民？還有何事可為呀?!

一個人的命運蹇泰，實有諸多因素糾結在一起，固然成敗論英雄，實則成敗並非惟一不貳論英雄的基本條件。成王敗寇，豈可庸妄論定。

此後，多次還鄉，把脫落的親情環扣終於接上了。多次大陸旅遊，億萬年不曾改變容貌的三江五嶽，仍然崇峻壯闊。細細觀察民風與同胞的心性，多少有異六十年前的憨厚忠誠，但那分往天飛、往前衝、忘記痛苦尋求光明的熱勁，依舊是我們先祖先宗傳承的民族德性。

中華民族永遠不會倒下去。我的老家破散了，父兄輩受的苦難結束了。兒孫奮起，我家必然會繼續光輝。

二、我大哥

我大哥，他譜名叫「乾元」，乾為天，元為始，乾元就是天之始嘛！多堂皇的一個名字，口氣之大嚇死人。小名叫「扁之」。

「扁之」的意思，表示斤兩不夠，上不得臺面。扁之當然不是阿扁，如果我大哥也像阿扁那樣有才華，辯才無礙，精明能幹，即使七十幾萬人遊行示威反貪腐，也算我家祖宗有德出了一位「總統」，曾經位在萬人之上，別人鄙夷，我卻覺得榮光。可惜我大哥扁之就是扁之，他不是阿扁。

我大哥身高可能只有一百五十八公分上下，一張苦瓜臉，長年不笑，好像誰都欠他三百五百未還他。我不曉得左右鄰居喜不喜歡他。但他沒有敵人；自我懂事起，我就不曾見他與人面紅耳赤鬥過氣。即使我們兄弟之間，我大哥也只在我頭上爆過一次栗子，以後再也不曾修理我。對二哥，他萬般禮讓，因為二哥體強力壯，多少有點蠻橫不講理，也是小時候玩伴，玩到各自成婚為止。

哥哥揍弟弟，好像是承天命，銜天憲；弟弟除了心甘情願挨揍外，不敢有任何怨言，連翻一會白眼也不敢。可是頭頂上平白長了幾個肉包，大哥鋤禾犁田練就的功力，也不輸武術大師之下，輕輕下手，卻是力道勁足。我挨揍受屈，哭哭啼啼向娘告狀，娘不問前因後果，反而訓我說：「活該，你一定不聽你哥哥的話，他才修理你。」

「我有呀！我那敢不聽。」

「有也該打，哥哥不管弟弟，他管誰呀？」

你聽聽，不論有理無理？哥哥揍弟弟就是理直氣壯，法理全容。

二哥不曾修理我，他到處追求姑娘，招惹是非，自己管自己都嫌功夫不夠，那還來閒情閒心盯住我。

大哥修理過我一次後，再也不曾給我頭頂上「加油」。

每次幹農活，只要我能多少分擔他一點勞苦，他總是把我帶去幫忙，真叫作「有福同享，有禍同當。」

我不敢違拗，也不懂體會大哥自春到冬犁耕鋤耙的辛勞。噘著嘴，悶著頭幹活。

大哥一旦發現我這張敢怒而不敢言的臭臉，他就會好聲好言勸慰我說：

「莫怨大哥，你身體弱，跟著大哥幹活，把身體練健練勇；身體差，閻王爺隨時會拘人；幾個小弟都死了，就是因為他們身體弱。你再不跟著大哥幹活練身體，弟弟呀！我們兄弟就會少了你，你懂嗎？」

我不懂。待我長到二十歲以後，成日跟著部隊在江西、廣東、福建三省邊界奔波跋涉，到暗夜才宿營，胡亂填飽肚子，一覺酣夢到天曉，次日又生龍活虎般上路，這時候，我才懂得我大哥的苦心。

※※※

我大哥可以賦予他多重身分，自耕農、小地主、佃農、農業專家。

祖父生了五個兒子，分家時，祖父已然去世；祖母給每個兒子分十擔水田五間屋。叔叔年齡最小，要奉養祖母，當然分雙份。

老爸就憑這十擔水田五間屋，省吃儉用，努力教書賺俸穀，待到他五旬以後，老爸已有百擔水田。

老爸在外教書，農事全都交給大哥。

大哥一身瘦骨，也可以說是一身傲骨，素來不向天旱水潦蟲害低頭，兩隻肩膀挑起老爸交付的重擔，養活一家人。

娘百事不問，成日跟二伯母喝茶抽水煙筒。再關心亦只頂多提一句：

「扁之呀！田犁完沒有？」

「那兒犁得完嘛！」大哥反問一句：「爹不買耕牛，犁田耙田，全是借別人家的牛幫忙。還有多半是硬土。」

娘停止點火抽水煙筒的紙媒子，眉頭蹙成一條線，問：「扁之，一條耕牛要多少擔穀？」

「生牛十擔，會犁田的至少十五擔。」

「你先打聽誰家有嫩黃牯出賣，等今年秋收後，我們就買一頭回來自己調教。」

「要這麼辦，我就不會累得比牛還苦。」大哥真的在抱怨。

「娘知道。扁之，家全靠你啦！你是長子，重擔當然要你挑；下半年，你就要娶媳婦，不能在媳婦面前怨這怨那，影響一家和氣。」

大哥不作聲，知道下半年將作新郎，居然臉上有了笑意。

百擔水田，大哥全權料理，自耕自食，當然是自耕農。

至於小地主身分嘛！爹長年在外地教書，頂多兩個月回家看看兒女，處理較大家務。百擔水田等於大哥的產業，粗衣淡食，飽暖無虞，大哥二哥去市場趕集，多少人給他們一張好臉色，原因無他，不必向人賒欠，秤貨付款，一律現金交易。許多人奉承他倆是小地主。

至於「佃農」這身分，細數起來，就得流淚滴血。

中共建國，不兩年，實施全面暴力土地改革，改革前，先劃分階級，有階級區別，彼此對立，就抵銷了反抗土地改革的暗漩。

無產階級爭土地，爭房屋，中共地方政府坐觀虎鬥，穩收土改成果。

大、二哥為了免於無情惡毒的清算鬥爭，全力爭取「佃農」身分，迫於淫威，硬是誣指父親收田租是地主，自己是佃農。父親為了保護兒子，只有承認自己是小地主，不敢而無言地把土地契約全部交出來，卸下儒士身分，困偪在一間破屋裡捱凍受餓至老死。

大、二哥為了鞏固階級對立的立場，白天，父子見面儼若陌路，暗夜以後，才偷偷與父親見面，相擁而泣。

親朋戚友，互相監視檢舉，中共利用仇恨剷除異己，順利推展他施政，接收成果。

幸好父親一生不曾為惡，修橋鋪路，排難解紛，教授鄉里子弟，有良知的鄉人一致推譽：「端莊先生是好人。」才在清算鬥爭洪流中輕易過關。大哥二哥亦以佃農身分免於鬥爭會中受盡凌辱。

凡百行業都可以練出專家，我大哥十幾歲下水田，十多年來，耕耘鋤挖，居然弄出他自己一套種田秘笈；他種菜種稻，甚至於在田埂上種顆粒碩大的花豆，就是比上下水田作物多分豐收。蘿蔔長得像白胖胖的姑娘，紅藷刨到根，一串紅藷像是一群練武的年輕漢子，精壯得嚇人。七月稻穀登場，一畝地總比上下水田多八斗到一擔。別人好奇地問：「扁之，你是怎麼侍候這些土地？」

大哥眨眨眼回道：「我也不知道，我又不會讀書識字，我爹命我種田，我就只有日夜在田裏忙活計，反正掏空心思討好牠，土地也就好心回報我吧？」

別看我大哥像貌長得不怎麼樣，他就是實在，實在得像土裁縫製作的棉襖，款式不招眼，保暖效用百分之一百，絕對不打折扣。

※※※

大哥結婚時，我已五歲多。

農家子弟，生活自理，絕對沒有今天父母為哄孩子吃飯滿屋追著跑的怪現象。

為了肚子餓，三餐搶著上桌。為了睡個甜夜覺，上床就往床裏側擠，乖乖蜷著安分入睡。

爸忙著派人去市場進婚宴各類貨色，兩頭二百多斤肥豬早在兩年前就飼養在豬圈，專門等候大哥結婚這一天，殺身以報飼養之「恩」。娘忙著樓上樓下指揮架床疊被，好接待男女客人住宿。

我家五大房，不管誰家有事，男女老幼全動員，大人忙活計，小孩忙著佔用兩桌吃酒席。

當年農家婚宴，不像今日吃一餐就「畢業」，而是前一日席開二三十桌招待晚餐，鑼鼓樂隊按時敲打奏樂帶動氣氛。夜半一餐消夜與正餐不相上下。第二日早餐八大碗一味不能少。上午，八人扛抬的新娘花橋迎進門，拜堂成親，中午正餐，菜餚更豐盛。晚上親朋戚友鬧新房，鬧得一對新人啼笑皆非，直到夜半雞啼還不得安寢，春光虛度。晚上消夜照常，次日凌晨，趕忙梳洗拜見翁姑，日上三竿，早餐酒醉飯飽之後，客人才紛紛賦歸。

窮人家花不起這筆錢，太多數單身守到老。一個三餐不得溫飽的兒子，誰願意把女兒送人挨凍受餓；中等之家為了兒女婚事，也得準備三五年才能順利完婚。俗謂女兒是「賠錢貨」，兒了娶妻也是一種耗蠹。

大嫂姓羅，是位美人。大哥往他身邊一站，不相稱，半斤不配八兩。鬧房的時候，年輕人帶些醋意說：「扁之好福氣，娶了一位漂亮老婆。」

八十年前農家，婚嫁全憑媒妁之言，父母之命，不到婚禮完成，男女見面不相識，直到揭開面紗，那俄頃，才能彼此既驚異又瞠目相對。半斤失配八兩，大嫂眉頭不展。

娘看破其中蹊蹺，趁大嫂行過拜見翁姑大禮後，拉住大嫂坐在身邊木椅說：

「月英，我兒子不俊，叫你受委屈，但他心地善良，做事負責，是我們家的樑柱，夫妻貌美貌醜不重要，只要他一生對你忠心。我們家衣食不愁，你們夫婦會過得幸福。再說，扁之雖瘦，但很健康，挑得起家中重擔。你對他好，他會把心全交給你。」

重擔不是穀物輕重，而是責任。

娘的一席話，只能暫時撥開大嫂眉宇一陣陰霾，人都膚淺，重外表而忽視內在，大哥一直被大嫂嫌棄，但嫁雞隨雞，嫁狗隨狗，大嫂既是我們家明媒正娶迎進門的媳婦，他再怎麼美，也美不到皇宮帝殿去當妃嬪媵嬙。

大哥娶了一位美妻，他不膚淺地洋洋自得，但可看出他內心的喜悅，每日照常下田幹活，中午休息時，他也會躲進房間與大嫂耳鬢廝磨一番。

人的美醜不全在外表，大嫂可能漸漸發覺大哥內在德性超越於外表美俊，日久生情生愛，他與大哥慢慢說笑自然了。

大哥有時要去外地辦事三兩日，老娘就派我給大嫂夜間作伴。

農村夜晚照明全用桐油燈，星星之火，只能照見二三尺直徑左右，我家屋大屋高，黑暗像洪水氾濫，間間屋子黑得怕人，大嫂怕鬼，老娘就派我給大嫂夜間作伴。一個五、六歲小孩，那能鎮鬼，不被鬼攝，那就算老天護持了。

大嫂新房，當南一扇大窗，夏日把窗子敞開，夜風波波襲來，不要五分鐘，我就甜甜入夢。冬天，大嫂床鋪墊著厚棉被，花床單，好暖和。我一上床，就滾去床內側尋周公。大嫂還在跟我說話：

「毛仔，你餓不餓？……我有零食。」

我那想吃零食。白天，我忙著上山掏鳥蛋，趕野兔，砍柴、撿田螺，瘋著屋前屋後跑，好忙。我犯錯，娘要修理我，只有兩段時間，一是睡前，想跑也跑不掉。二是哄我有糖吃，逮住了，就猛K一頓。此刻，我只想睡，大嫂話未說完，我已睡死了，抱出去活剝皮也醒不來。

因為我常給大嫂作伴，堂哥們全取笑我說：「毛仔扒灰。」

扒灰是什麼意思。我不懂。我回說：「我家灶灰都給大哥剷去澆尿種紅藷了，那還用得上我去扒。」

鄉間所謂「扒灰」，就是盜嫂的意思。堂哥們還真會栽贓開玩笑。

一個五歲多兒童會盜嫂，那豈不是天生的「風流種子」。

大哥結婚了，大哥終於有了新的生活，臉上的笑意也多了。

※※※

很不幸，大嫂在一次小產後，因為血崩，二十多一點的年輕美人匆遽地走完了他的一生。我至今仍然懷念我大嫂。

八十年前，大陸普遍醫藥落後，有病求中醫，只能養護；死了，命裡註定如此；不死，是閻王爺施恩。

婦女生產，全靠產婆，產婆不懂生理醫藥，順產，天佑。不順產，或產後出現後遺症，求天天不管，拜地地不睬，只有一條路——黃泉路險慢慢行。

生產就是婦女鬼門關前的生死戰。

世間流行慶生，我不慶生：我不孝，無緣奉養父母，友愛兄姊。生日雖不茹素，但我記得那是我娘自鬼門關搶回一條命的那一刻——母難日。

大嫂死亡，我沒見大哥哭過，可能他關在自家臥房暗暗飲泣。大哥此後長年冷著臉，不說不笑，好像誰都欠他五百大洋沒還他。我猜得出，大哥心痛心傷心冷，大嫂一走，把他的人生樂趣全捲走了，只是他收斂含蓄，把痛苦藏在心底任它暗暗一口一口咬碎自己。

其實，大哥該痛痛快快哭一場，好讓內心舒坦一點，夫妻死別，愛侶永訣，那絞腸剮肺之痛，誰忍受得了呀?!

可能父母替二哥辦婚事，姐姐出嫁，兩場大支出，把老本掏空了，大嫂亡故兩三年，也未見為大哥物色新對象再續絃。

那時節，我已小學六年級。

老家小學分兩階段，一至四年級為國民小學，五、六年級為中心小學，全年住校。

臘冬十一月，我放學回家，忽然發現一位比我先前大嫂姿色遜了五六分的女人忙進忙出，洗菜煮飯，掃地清屋。

我問娘：「他是誰？」

「你大嫂。」

結婚不是要明媒正娶，八人花橋迎進門嗎？怎麼大哥不聲不響找來一個女人充我大嫂？

事前有沒有徵詢父母意見？父母怎麼不為大哥再辦一場迎婚大典？

原來這位大嫂，前夫出外謀生，一去無音訊，他守候多年，青春如白駒過隙，長夜漫漫，生活無著。恰好大嫂位空出缺，一個曠男，一個怨女，有心人一搭橋，何須鑼鼓喧天，昭告皇天后土呢？一個不太俊俏的牛郎，一個不算妖冶的織女，不待七巧，便迫不及待在鵲橋相會了。

父母管教兒女全採放任式，大哥年將四旬，已不是小孩，是個老兒子，他自己決定的事，老爸老娘順水推舟默認了，以後福禍成敗責任全由他自己一肩扛。

大哥有了繼室，心開了，精神也活了。以前，常常在我家一住三五個月的伯母，大哥為他在臥室搭張便床安睡。

家中空屋多，只是不曾隔間，隨便挑間空屋都可充作伯母臥室，未裝修，空蕩蕩，伯母住著不自在。

大哥真好心，居然臥榻之旁禮讓伯母鼾睡。

待我長大成人以後，我把所有記憶一件件串成一條線索，按節拆解，我才醒悟伯母是大哥的親娘，大哥幾歲人就讓老爸收為養子。

如今，大哥衣食不缺，把親娘接來奉養，大哥未忘親娘十月懷胎之恩，他心地多善良多美純。

大哥就是這樣一位真材實料的好人。

三十八年初春，我離家時與二哥同行到衡山一條岔道分手，二哥去他岳父家拜年。我們沒有依依不捨，熱淚霑巾，以為短暫別離，下半年我完婚時可以重聚。誰知道老爸的如意算盤撥錯了。人在江湖，身不由己，為了掙碗飯吃，那由得你說來就來，說走就走？那日，大哥在春耕，我不曾見著他，那知就此一別，就是整整四十二個年頭，當年青青子矜，卻已是年屆六旬的白髮老人，二哥姐姐猶在，手足重聚，血淚霑巾。亂離時代，政治鼎革，多少悲劇在上演，裂心割肺，劇痛難忍。父母大哥皆已作古；未幾年，二哥姐姐相繼離世，我與父母大哥的緣分只有短短十九年時光。

而今，年壽已耄，八十六年滄桑歲月，我日夜思念父母兄姊，尤其想念我德高恩厚，耕作勞苦的大哥，報恩無門，友愛有缺。

大哥，毛仔日夜在想念你，你知道嗎？

三、紅藷糙米飯

我們湖南老家把地瓜叫做紅藷，台灣同胞名之為「地瓜」，地瓜這名字更寫實，地裏的瓜嘛！又稱謂「番藷」，番藷表示其遠祖不在中國。

番字一詞表示外族的意思。清朝把甘肅、四川、雲南、貴州等省邊境各族，編為「番戶」。台灣原居民分之為「生番」「熟番」。外國謂之為「番邦」，既稱之為番藷，當然是由國外引進來的品種雜糧，必非來自西北沙塵狂飛乾燥之境，其祖居地可能為東南亞海疆之國，因為海涯之濱，雨量多而土地肥沃，最宜紅藷生長。不過紅藷耐旱，只要根株存活，久旱不雨，牠可純靠晨露滋潤，也能生機盎然，是否產自西北邊疆之區呢？也難作個判定。

辣椒性烈，刺激食慾，我們中國人嗜辣，幾乎是全國狂熱，與印尼人有志一同。我國以前無辣椒這類可食物品，老家稱之為「班椒」，班椒者，紀念漢時定遠侯班超也，顧名思義，可以推定為班超自西域引進來的品種才風行於大江南北。

老家紅藷分兩種，一為紅皮紅心，質鬆而味甘，一為土色皮而黃心，澱粉多而味淡，種植此種紅藷，因其體型碩大澱粉豐富，多用之磨碎濾澱取粉，製作粉皮粉條或炒菜鉤芡用。台灣當前最流行而又海峽兩岸偏愛的「珍珠奶茶」，早期都用地瓜粉，樹薯粉與地瓜粉性質相近，也為「珍珠奶茶」原料之一。

種紅藷比種麥省事而又收成豐，一株藷藤，其根塊往往在十幾二十斤以上，形成大哥二哥麻子哥大小一長串，是農家主要的雜糧。

日食三餐，又不能餐餐吃紅藷，餐餐如此，多吃則生厭，不免見藷而畏，是以農家只能把它搭配米飯食用，米飯佔三分之二，紅藷不論蒸煮，每人一餐頂多吃一二隻，因為澱粉豐富，吞嚥困難，兒童吃它如同紅面鴨進食，形象難看；為了便於順暢入胃，家庭主婦多醃製鹹菜或鹹瓜與炒辣椒配飯，酸鹹辛辣兼具，農家大小仍然吃得津津有味，活得粗糙而健康。

※※※

我大哥可以算得上是位不識字的農業專家。憑經驗改良品種和耕作技術。

我大哥種出來的紅藷，紅藷主根大小一長串，公婆父子孫五世同堂。種蘿蔔，白白胖胖，像是白種富家女孩，肥肥嫩嫩，人見人愛，都想咬他一口。種辣椒，辣椒樹高矮適中，一旦結實，就像一串長爆竹，一粒挨一粒，每粒身子都沒處安置，搭肩抱腿摟在一塊兒。種芥菜白菜，幫子肥大葉片嫩，冬天摘幾片芥菜葉，紅辣椒和滾茶油一炒，不比豬牛肉味道差。種水稻，一畝地總比上下田多八斗到一擔。

一畝地是多少呢？西周時代以百步乘積為畝，春秋以後則以二百四十步為畝，其後變革如何？我無資料可資查考。老家則以四擔毛穀三百五十市斤為一畝，除掉空殼蟲耗等災害外，一畝地鐵定可收三擔二斗，一擔毛穀一百一十斤，一畝地可收三百五十二斤，多收的八斗到一擔，加起來重達四百多斤，四百多斤的價格不夠富商高宦一場酒宴費用，這可是我大哥賣命出力的收成。

大哥與二哥兩人耕種父親省吃儉用買得的近百擔水田，像兩頭牛，二哥是壯水牛，大哥是瘦黃牯，兩人從來不喊累，自春至冬，就把精力耗在農作物上。

農夫辛勤，近百擔水田也為大二哥增光了面子。一日三餐，桌上很少見魚肉，粗茶淡飯不愁成為餓莩，有閨女家的父母，都曾暗中託人要把女兒送給我家當媳婦。

二哥豪邁不羈，年輕人好玩好武術，父親未讓他承繼衣缽，他也暗中偷識得幾牛車的字。二嫂就是衡山富紳黃埔一期畢業劉賢文先生的千金，千金之女嫁個雙腳淤泥的農人女婿，為什麼？不愁三餐嘛！

老爸忙。老娘只管與二伯母一壺開水泡茶；一把水煙筒輪流抽，自早到晚兩人有談不完的體己話，大事不管，小事不問，農務全交由大哥一個人撐著。大哥乾瘦，像柬埔寨的餓猴，這隻瘦猴大哥，可是我們家鐵質銅底的棟梁柱啦！

他的意見，娘不滲水爺不駁，他像宰相，大小政務兩肩挑，一言九鼎，話講完就全部定案。

他把百擔水田三分之一全種紅米水稻，紅米粒粗飽滿，一粒米有半粒黃豆大，外層紅皮又厚又粗，吃起來沒有好牙力，還真難對付。紅米煮飯，一升米煮成的飯要比白米飯多一碗；雖難咀嚼，米的內層卻是既香又軟，我們家全年就吃這種糙米伴藷干過一年。

有錢人家吃的白米飯，是用杵臼把糙米打成白米。大哥規定紅米吃不下也得吃。那時候不懂什麼叫營養？現在才知道米芽和外皮富維他命B族群。大哥歪打正著，蠻橫無理的規定，卻給全家補充了維生素B的營養。

小時候，每餐上桌就縐眉頭，我實在討厭吃紅藷與紅糙米飯，可是，這是大哥的決定，不吃，白挨餓，只有苦著臉嚥三餐。如今想來，大二哥種出來的紅糙米飯真香甜美味，沒有大二哥辛勤耕種，我早被餓成人乾啦！

※※※

五、六歲年齡的小孩，在農村就不能吃閒飯，必須負起能力所及的工作，幹什麼？放牛。牛是農家勞動主力，一年四季必須把牠餵飽餵壯。牛的身分與大二哥相等，比我高一級。秋收以後，除了部分水田不讓它空閒栽種黃豆外，其他水田，一期稻作已然收完，二禾又自宿根中盎然滋生，整個農畝一片空曠，溢鼻的稻香，既親熱又芬芳。我們把牛趕去田裡吃二禾和泛香的稻根，我們同齡大小的玩伴就在田裏盡興取樂，要怎麼玩就怎麼玩。

春夏二季，整片水田都是綠油油新禾，這時候放牛，必須捏緊鼻繩，只準牠在田坎嚙蝕嫩草，雙目注意牛頭擺動防牠偷吃新禾，只要牛頭往田禾邊擺動，企圖偷機取巧吃一口新禾，就立刻把牛鼻繩一拉，牛就乖乖地繼續吃田坎新長的嫩草。

牛有蠻力也很乖，牠能認識家人，放牛久了，彼此建立了情感，牠絕不欺負你是小孩不聽指揮。所以，我五六歲時就沒在家吃閑飯當「媽寶」，每日清晨與太陽落山前的工作——放牛。

種紅藷比插秧早一個多月。

前數日，我見大哥在一堆柴灰中澆尿，拌勻，然後堆高，用稻草蓋住讓柴灰發酵。

第二日早餐後，大哥發號司令，他說：

「等一會，你跟大哥去種藷。」

「我不會。」我照實說，我偷懶，不想去。

「一學就會。」

我望向娘，娘端著水煙筒慢條斯理點燃紙媒子，抽一口煙後，好像頻添精力。說：「大哥辛苦，幫大哥分點勞。」

我敢說不去嗎？不去，竹鞭子會把我打痛跑得更快。

農家子弟，反正自天明到天黑就是這一〇一套衣服，用不著換裝，跟隨大哥出發。

大哥真的辛苦，扛起鋤頭，挑一擔尿灰與藷秧走在前頭，我像跟班，也像大哥一隻禿了毛的尾巴。

原來大哥早已將田土挖成一畦畦高土，中間把土分開，行與行之間有水溝貫穿。便於灌溉和排水。

他命我將藷秧擺在畦的中央溝，每棵藷身相距一——二裁縫尺。我笨，這樁事簡單，我會。

我在前面安置藷秧，大哥用畚箕盛著尿灰，一握握撒在藷秧底部。

尿臭薰人，我說：「大哥，好臭。」

「臭怕什麼？大哥種出來的紅藷好甜。」

「我討厭臭味。」

「討厭臭味就會餓死。」

「家裡有菜有飯，誰會餓死？」我反駁。

大哥冷笑了，笑得很詭異。他說：

「那是大哥跟二哥種田才有糧收，大哥二哥不幹活，我們可以去外面幫傭餵飽肚子，你沒有紅藷大，非餓死不可。」

真的，大哥二哥不作田，我那來的活路。

我把藷秧放置完畢，我坐在田坎玩，還不時跟大哥問東問西，大哥撒完尿灰後，用鋤頭將土蓋住藷苗，再次將每畦不規則的土整理好後，才說：「回去吧！你累不累？」

「不累。」我照實回答。

「不累好，以後多幫大哥做點事，把身體練好。」

我擔心以後的事沒完沒了，我那有閑空玩，我趕快駁正說：「好累，好累。」

大哥笑了，說：「跟大哥耍心眼，孫猴子一個跟斗雲能翻十萬八千里，再能，也翻不過如來佛的手掌心。」

大哥實話實說，我自五六歲開始就在家裡當童工，沒有薪資，只賺得三餐蔬菜紅藷糙米飯。娘還特別寵愛，不時賞一頓竹片抽大腿，不索一分錢的賣價。

※※※

中元節以前，稻穀進倉，好迎接祖先回家過中元節。

此時，豆田豆苗已長至六七寸 ，滿壟綠意，不比四月新秧蔥蒨盈眼遜色。

九月，黃豆成熟，收罷黃豆才收紅藷。

大哥二哥翻土，我們跟在後面斷藷根藷鬚，裝進籮筐，大二哥出蠻力挑回家，中型進窖，小型放置樓上供三餐食用，大個兒磨粉用則堆在房角，待空閑時讓牠粉身碎骨以報答大哥培護之功。

紅藷磨成渣後，倒入大型濾網中沖水，讓澱粉滲水沈澱，所得藷粉燙成粉皮粉條，一半出售，一半留作寒冬當菜吃。藷渣由娘領著大二嫂製作成餅，曬乾，備作荒月主糧不夠時延命的副糧。中型紅藷部分刨成絲曬乾入匱，一日三餐與米飯各分半邊天下供應全家細嚼慢嚥，一直吃到除夕為止。

紅藷糙米飯，當年吃得火冒三千丈，小孩子敢怒而不敢言，爹娘帶頭吃，大二哥耕稼辛勞，也都吃得津津有味，我那敢出句怨言。

每端起飯碗，心裏暗中羨慕開糕餅店的舅舅家，一日三餐全額白米飯，四大碗菜，葷素各半，四隻高腳碟盛豆腐乳醬瓜豆豉辣椒等小菜，吃飯真是人生一大享受。不像我家吃三餐只為掙扎地活下去。

春節前，爹買回半邊豬醃製臘肉，酢肉進甕，讓它發酵，也好耐久保存。大方大塊的臘肉醃製後，曬乾煙薰，然後掛在老爸臥室樓伏上（樓伏即以二十四五公分直徑杉木當二樓承接樓板用，杉木中部釘鐵釘，可以懸掛吊籃及其他留待備用物品。）一進屋，衝鼻臘肉香，香得人饞涎欲滴；自已覺得好樂，全家忙苦了一年，終於可在春節時大口吃肉，以逞口腹之欲。

年初一，老爹寫好春聯，命大二哥各門各戶都貼好，特別寫張「五穀豐登」四個大字貼在大廳正門牆上。五穀即稻、黍、稷、麥、菽。黍，北方人稱之為黃米，可能就是小米；稷與黍同類，分別在黏性上。菽即黃豆。

我問老爹。「什麼是五穀？」

爹解釋一遍後，我說：「大哥二哥只種稻米黃豆與紅藷，又沒種大麥和黍稷。」

「笨呀！」爹訓我：「過年吉祥話，有麥黍稷，你還怕餓肚子？」

我叫爹教我寫紅藷二字。啟蒙未久，就貪著識字，爹當然歡喜，他把紅藷二字教給我，我討了一張紅紙，歪歪斜斜寫上「紅藷豐登」四個字貼在大哥臥室門頁上。

大哥不識字，他問：「毛仔，你寫的什麼？」

我騙他說：「早生貴子。」

大哥種地賣力，替老爹老娘生孫子就差一把火候，大嫂迎進門一年多，肚皮依然紋風不動，娘跟二伯母聊天，常會聊起這問題說：「是石田？不長莊稼？」

大哥聽我這麼一說，他笑得好開心，料他內心早在盼望當爹。

大嫂識字，他跟大哥說：

「扁之，毛仔騙你，他寫的是紅藷豐登。」

大哥要揍我，我早有盤算，他剛把手揚起來我就蹓了。

在外奔徙近七十年，吃過北方大饅頭，窩窩頭、油餅、麵條……漢堡、日本拉麵、中西餐，反正是嚐遍中外南北各類各品飯麵菜餚，靜下心，總覺得沒我大哥種的紅藷糙米飯香甜可口，這裏面包括親情思念和綿綿的童年生趣。

三十八年春，與大哥一別成永訣，自此兄弟緣盡，怎有機緣回到從前呢？每想到大哥二哥與姐姐，我不想哭熱淚卻禁不住滾滾而下。

人生沒有來世，絕對不可能兄弟再在一張桌上吃同一鍋飯，再美的人生也有缺憾。壽已疲暮，感到一生憾事道不完，夜夜有夢，就是不曾夢見我大哥。

做人，為什麼有這麼多憾恨？

四、舊時王謝堂前燕

誰能彌縫天地人世間諸多憾恨呢？不能；不能只有悲苦，悲苦產生詩篇文章，讓後人悟出自憾恨中找到人生出路。

四十三年端節前，七五師自戍守整四年的金門調回台灣，基隆港下船，一列慢車把我們載往從基隆到宜蘭一帶守海防。金門島四年秋風颯颯，黃沙漫漫生活，一見台灣滿目蒼翠、綠蔭匝地景色，內心感到自己已進入神仙之都，眾佛之鄉。

步兵營都在海岸村落紮營立寨，直屬營連則隨師，團部在瀕海鄉鎮盤根固椿。二二五團上校團長廖發祥先生，黃埔軍校成都分校畢業，戰略戰術修養應屬上駟之才，每與戰役，無不身先士卒，無懼危亡，退守金門，大膽南日兩戰役，尤建殊功。他領導我們駐守頂雙溪。

頂雙溪與瑞芳比鄰，樸雅安靜，純粹為鄉村城鎮，小市街雖乏車如流水馬如龍盛況，但安靜地做點小買賣，較之金門當年無蒼林幽竹以資覆蔭，居民勞苦而貧寒，算得上是繁華鄉都。

衛生連駐於雙溪中學左側，簡陋的泥牆茅簷營舍內，一列房子，把三個擔架排安置得綽有餘裕。

營舍後面，則是深山耕稼居民往來道路，整日男女老幼，肩挑手挽路過，笑語諠嘩，農耕之樂不輸於城市貿易競爭之裕。

雙溪中學美術老師張伯鈞先生，是名畫家陳丹誠先生的授業師，山水翎毛，揮筆潑墨，無不栩栩如生，形神雙妙。戰火逼人，英雄落魄，張老師由當年譽滿藝壇，馳譽南北的士大夫境況，落難於偏遠雙溪中學謀一枝之棲，以免凍餒之虞。

我這個不成材的戰時亡命，自小愛好音樂書畫，家父只會教經史，缺少這類特長，老家又乏師資，投師無門，一生感到畫書潛能阨於環境與時代播亂，而不得以遂心願。

進入師範後，才偷偷學得一點藝術技能。

四十四年元旦，我為連上設計一張立體壁報、刊頭、詩文、標題、插畫，我一手包辦。壁報完成，連長恩公曾龍標少校，命人安置於雙溪火車站展出。

展出用意，一則以昭宣傳，再則亦表示以殺人為職業的軍人，並非全是屠狗殺豬之輩，文武人才皆在其中。

由於這張壁報，引起張伯鈞老師的注意。無巧不成書，在我閑逛該校校園時，恰好與半百之齡的張老師不期而遇。彼此作過禮貌性的點頭後，他問：

「小兄弟，你們連上的壁報很特別，很夠水準，是誰主編的？」

經他一問，我亦不由有幾分喜色，廢棄木料中終於有人發現一截可用之材。我說：「老師，是我編的。」

「你讀過書？」

「我師範畢業後在一所小學當老師，為了溫飽，並希望以後還有一點前程，我老爸把我送來當兵。」

張老師很驚訝，他啊啊連聲說：「當兵是賣命工作呀！」。

我回說：「我現在懂，我老爸當時不懂。」

「整張壁報是你一個人完成？」

「除了書寫，所有部分都是我一個人胡亂湊合的。」

「不錯，有水準。」

「謝謝老師。」

「你喜歡畫嗎？」

「喜歡。」我照實說：「在學校，美術老師只教家境富裕，買得起畫筆顏料宣紙的同學。我老爸一生省儉，我不敢開口向他索錢買畫材，所以，老師沒實心教我，我學得一點東西，全是偷偷學的。」

「你如果喜歡，我教你。」

我向張老師深深一鞠躬說：「謝謝老師恩典，我一定會好好學。」

※※※

同時跟張老師學畫的還有一位女生，他叫年家瑜，二十上下妙女郎。

他穿著時髦，冬天，毛料大衣，花圍巾，時髦皮鞋，襯托他那張渾圓的臉龐光耀逼人，雙靈活大眼睛像是綠葉扶持一朵艷開的牡丹。他學翎毛花卉，一臉高傲，不寒而霜，教人不敢相近。

每次上課，他坐定後，立刻專心凝志作畫，心無二用，目不旁瞬。我學山水，天生粗魯性格，用筆用墨全都任性而為，以前在校打下的一點根基，此刻匯通運用，意至筆隨，滿紙墨瀋，與翎毛精緻畫作相較，看出是魯智深與林黛玉同窗而坐了。

我知道他是年議員的二千金，他們姐倆常常笑聲盈耳地從我們營房後路過，推開窗子，就見他姊妹倆苗條身影高傲飄然而逝。

年家大小姐是位小學教員，二小姐高中畢業後未考取理想大學，賦閑在家，才有閑空跟張老師學畫。

年議員有棟小型二樓洋房座落在我們營舍後方，養兩條狼狗護家，狺狺而吠，誰也不敢輕易接近。

那時節，台灣有車階級多半為人力三輪車，年議員也有一輛，常見他乘坐至雙溪車站搭火車。偶然，也見兩位小姐乘坐，冷冷的目光，雖然笑聲如鈴，仍然是寒光逼人。

軍人寒酸，穿著只有一百零一套草綠色軍裝，自卑也有一些自大。年家二小姐不理人，我有自知之明，也就靜靜地作畫，不與他打交道。

有一日，張老師讀滕王閣序中「落霞與孤鶩齊飛，秋水共長天一色」兩句。他說：

「讀書要深入體會，找出古人寫文章情景交融的契機在那兒？比如落霞明明是描寫秋日黃昏景色，『螢雪叢說』卻謂落霞乃飛蛾，野鴨逐飛蛾而欲食之來解釋。古人讀書雖然博洽，往往固執己見，不能融通。王勃這兩句令人拍案叫絕的文章佳句，明明是描寫孤鶩飛翔在落霞的黃昏景色中，這種穿鑿附會解釋，鑽牛角尖的讀書法，反會讓人愈讀愈糊塗。」

我老爸曾把這篇滕王閣序用心給我講授了兩次，我也偷盜我老爸一些剩飯。我說：

「老師，這是王勃先賢描寫鄱陽湖的景色，當時宴會已至午後，接近黃昏，鄱陽湖煙波浩淼，日將西墜，滿天晚霞，水鳥群翔或單飛，佈滿天際，景色就在眼前，先賢信筆俯拾就得了這對佳句。比如他「秋晚入洛於畢公宅別道王宴序」中，有「白露下而南亭虛，蒼煙生而北林晚」等儷句，格局筆法，幾乎就是滕王閣序的初版，只是繁簡不同而已。

張老師驚訝地問：「王勃的作品你都讀過？」

我回道：「沒有，我老爸教了我一些古文，逼我背熟，現在，我只記得這少數幾句。」

年家二小姐呆呆地望向我，嘴角露出一抹淺笑，不再冷若冰霜、一副拒人於千里之外的防禦姿態。

我愛文學，那時節，兩岸國門嚴扃深閉，音問不通，父兄存亡莫知；自己飄泊異鄉，生死難卜，長日長夜想家想親人，一肚皮哀怨和痛苦，只有藉文字以作抒發，訴於稿紙，投寄各報刊，藉以斂得箋箋幾文稿費，以濟薪俸寒薄之窮。

此後，我與年小姐偶然也會交談幾句，尤其討論到文字方面的問題，我會侃侃而談。謝謝我老爸當年逼我熟讀一百多篇古文觀止內文章的恩賜，此刻，居然幫我作了談助資料。

年家二小姐從此對我另眼相看。

張老師也常另有用意地歎道：「穿上軍裝，等如戴上了孫悟空頭上的緊箍咒，脫不掉的．處在這亂世，能謀得三餐飽飯吃，保得一條賤命在，那就是蒼天厚恩；只是，太可惜了。」

當時，我不知道張老師口中的太可惜是何用意？走過八十歲年寒苦歲月，老而無成，我才體會張老師這三個字的真意何在？

※※※

年家瑜邀我去他家喝茶。

喝茶是我唯一不良嗜好，駐守金門沙美時，我與作棟錫庚二位老哥哥，最高的享受是喝一碗豆漿花生仁配油條的早餐。我每月菲薄得令人酸楚的薪資，全奉獻給金門漁民與大陸漁民交換而來的筍殼包茶葉，草香馥鬱，一杯在手，沁脾潤肺，也算是窮苦歲月窮人之樂。

軍隊伙食不良，三餐只為保命，談不上營養；我本就天生不足，是以仙風道骨，一副不食人間煙火味道，同仁都叫我「小猴子」。我叫年家瑜以後莫叫我侯先生，叫我小猴子較為從俗。

年家瑜說：「多不尊重。」

我說：「名字是個符號，等如南瓜，茄子，讓他有個稱呼而已，南瓜有知，或許也不願意叫南瓜。」

他邀我喝茶，我猶豫婉拒。我說：「軍人窮酸，我不敢去。」

「小猴子，你還真會忸怩，喝茶嘛！又不是請你吃宴席」。

我不便再拒絕，去了。

下女阿春給我上了一杯白開水，家瑜一見，立刻呵斥阿春。「泡碧蘿春，你給客人倒白開水，怠慢了我的客人。」

換了茶水，我把杯子端近鼻尖一嗅，說：「好茶，好茶。」

「你也懂茶？」他問。

我回說：「我不懂，不過，我老娘與我二伯母成日泡在茶罐裡，差一點沒淹死。」

家瑜噗哧一笑。「幸好沒淹死，要是淹死兩條命，你早就得披蔴帶孝，哭喪稽首啦！」

此後，我們談文學、書畫，和我由湘至粵一路行軍見聞。我把在學校學得一點點皮毛和我老爸教給我那些淺薄知識，凡是我記得的，我都端上桌上菜，居然博得年家瑜不時誇好。從此，張老師的畫室有了笑聲和青春。

守海防，不出操不上課，成日無事，不務正業的同僚逛街爬山找樂子，我則在張老師畫室耗時間。

如此半年之久，我忽然發現自己陷入「癩蛤蟆想吃天鵝肉」的困境，我對家瑜居然有了一些愛意。

青春之火不擇人而燃燒，凡是十六歲以上的男女都難避此災劫。

青春歲月原就是愛情萌芽季節，不澆水牠也會發芽，誰能禁止牠滋長呢？

※※※

年家有錢，有田產有山地，還有房地產，家中只有年家夫婦和兩位千金，女傭、三輪車伕六口人消費。

年家夫婦如不在家，家瑜會邀我便餐。我對吃飯，只求止饑保命，蘿蔔乾豆腐乳都列入珍饈美食，絕不妄求佳點精餚。家瑜邀我便餐，我多數拒絕，也怕他懷疑我是一個貪得無厭的饕餮食客。

年家瑜常會把餐桌桌罩揭開說：

「不添菜，就是這些，只叫阿春加熱就好。」

那時節，沒冰箱，剩菜全擺在餐桌上，用紗罩蓋住防蟑螂蒼蠅與灰塵。

年家的剩菜也是大盤大碗，葷腥俱備，在老家過年也沒如此豐盛，軍隊的伙食更是差距十萬八千里。

我不知道年家瑜對我有沒有好感？沒好感，他怎麼會不避嫌疑與一個窮軍人走野徑逛鄉村娓娓聊天呢？

有一日，我們一塊去爬附近一座小山，在途中，蒼林綠竹養得人滿胸臆都是生機暢旺的綠意，我壯著膽子說：

「年小姐，我，我……」。我說不下去，不敢說。

「我什麼呀！小猴子，說嘛！吞吞吐吐，像個大姑娘，聽得人好憋扭。」

我大著膽子問：「我不知道你對我有沒有一點好感？」

他雙睛一轉，爽快地回道：「有。」他必然省悟，我猜測。

既然有，我就不再懦怯。我說：「我們做朋友好不好？」。

他歪著頭看我一眼說：「現在不就是朋友嗎？」他一點也不驚訝。

「我說的朋友，跟現在的朋友不一樣。」

他欣快地笑道：「我知道，是愛情，對不對？」

「對。我是軍人，官階低，薪水不高，本來我沒有資格交女友，認識你，我感到是意外，也是我此生難得的際遇，不論成與不成？我都要把我的意念說出來，所以……。」

「謝謝你，小猴子，我覺得我們只做朋友比較好，不要陷入愛情。愛下去，不會有結果。」家瑜態度理性而堅決，顯然我內心這一點愛苗原來是「剃頭桃子一邊熱」，沒有交集，也無呼應，怎能讓愛苗長葉壯大呢？

停歇片刻，他又接著說：「小猴子，無論如何我要感謝你。我父母省籍觀念重，首先他們會堅決反對。再說，軍人生活不安定，東飄西盪，萬一愛到難捨難分那種境界，你有能力養活我嗎？我們又在那處地方落腳？反攻大陸，你走了，我呢……？」

他一大半問題問得我醒了。談戀愛也不能打爛仗，死纏緊黏，逼死對方無退路，那是下三賴的愛法；我多少讀過幾本書，凡事應該知所進退取舍，應該給對方廣大的空間。我只有把愛埋在心底，依然一塊學畫，散步，逛附近村落，喝茶，再也不談愛情二字。

※※※

我們在頂雙溪駐守八個多月。

部隊在桃園大湳、宜蘭枕頭山輪轉，四四年初夏入駐成功嶺，負責召集教育和大專暑期集訓工作。

先還與張老師和年家瑜有書信往還。軍人窮，窮得想買張慢車票去頂雙溪探望張老師與年家瑜也覺得籌應困難，加之層層不合人性的管理，比同囚犯只是未曾圈圍在監牢而已。

此後，便失去聯絡。我沒墮落，自己讀書、寫作、習書法、結婚成家，把生命原汁壓榨出來養兒女。

七五師改編為預一師調離成功嶺後，我又輪調幾個單位任職，直到自己在木柵買戶房子定居後，我還興緻勃勃帶著全家去頂雙溪舊地重遊。年家小洋樓還在，只是前面榛莽叢生，荒徑難行，三四株相思樹長得有一丈多高盤據前面庭院，房子穿門洞戶，顯然早已缺少主人照拂而顯得破敗不堪。

年家敗了嗎？年家瑜還健在嗎？我問自己。

人世滄桑，成敗無常，誰知道呢？

歲月無情，自己也由青青子衿邁進白首歲月。

朋友住院，我前往醫院探望，在護理室的病患床位牌上，我忽然發現「年家瑜」這個名字。

我好奇地問護理師：「護理師，這位病患是女性嗎？」

護理師翻翻白眼瞪我。「一看名字就知道是女性。幹嘛？你認識他？」

我點點頭說：「五十多年前，我有一位朋友也叫年家瑜。請問，他大約有多少年紀？」

護理師回復溫柔，他翻開病歷回道：「八十。」

「是他，準沒錯；失去聯絡五十多年，我終於找到他了。」我自言自語，內心好高興好激動。

我從病房門外偷偷往房內瞧，只見一位頭髮斑白的婦人斜倚在床頭看書，臉型輪廓還在，只是失去了青春光彩。

我探望朋友結束，立刻去附近花店買一束鮮花和一籃水果，再度踏進病房，先不驚擾他，自己也壓住驚喜，鎮靜地把花束插進自己準備好的花瓶，然後安放在他床頭櫃上。

他忽然驚異地責問我：「你這個人真奇怪呀！我又不認識你，你把花擺在我床頭櫃上幹嘛？」

我不聲張，只是呆呆地望向他，看清楚百分之百無誤，才一字一句說：「家瑜，我是小猴子呀！五十多年之後，才有緣再見到你。」

他好像在搜尋記憶，許久許久才回過神來，欣喜地說：「小猴子，我想不到還會遇見你。」

他雙手張開，久別重逢，兩個年齡老邁的朋友，熱情地擁抱著。重逢了，重逢在五十年之後。

※※※

他把他的遭遇巨細靡遺地告訴我，我忍住淚給予他無限的同情。

五十年前後，家瑜父母相繼離世，兩姊妹相依為命不到六年，姐姐又因車禍殞生。他結過婚，沒有子嗣，嫁給一個家勢相當的紈闊子弟，他狂嫖濫賭，敗光自己的家產，也把年家田產山地盜賣當了賭本，最後死在索取賭債黑道亂刀之下。家瑜灰心之餘，皈依了天主，在一所教會工作，退休後，就進住教會辦的養老院裡。他告訴我自己有點積蓄，生活無虞。

我同情他的遭遇，卻不知如何安慰他？一時感觸，我冒失地說：「家瑜，假如當年你懵憧冒險作了決定，我可能無力給你富裕的生活，晚年，你卻有個愛你的老伴牽著手去散步賞景色。」

家瑜幽幽一歎說：「小猴子，未來，誰能料定？如果我能預卜，我就不會嫁給那個壞男人。」

他說的也是，誰有能力預卜未來成敗呢？

「你給我電話地址，以後我們可以常碰面喝茶聊天。」我提出要求。

他把電話地址留給我後說：

「謝謝你，小猴子，五十年後還能老友重逢，也是一樁快慰事。人生苦短，成敗無常，我們還能妄求什麼呢？」

辭別家瑜，我一路不斷地吟誦劉禹錫的烏衣巷。

朱雀橋邊野草花，烏衣巷口夕陽斜，舊時王謝堂前燕，飛入尋常百姓家。

歲月推移，不為成功的人多留一分鐘；也不為失敗者少給一分鐘，滔滔江浪，滾滾黃河，千億年來就是如此奔流不息；成者敗，敗者興，人世間不曾見百年富貴千載帝業。我思潮洶湧，感慨萬端；家瑜內心雖然坦泰，不再頹喪，但我卻為老友的遭際縈念不已。

五、壩柳搖春

春為四時之首，首，頭也，君也，也就是我們謂之為首領；當首領總不能深居簡出，熟寢安食，自安其位，不問外事吧？如此作君，如何表率群倫？若要有一番作為，就得發號司令，振奮人心。於是，春雷一響，喚醒大地，莫自沉睡尋好夢，趕快滋生萬物，讓草綠花繁，蝶舞蜂迴，鶯嚦燕語……果然經過一個冬季偃息的大地，不再酣夢沈沈，隨著春步，動物追逐愛情，花卉綻放艷色，水綠山媚，煙雨如帳，一片春情蕩漾，好美的春光如畫。

楊柳在冬寒的酷虐下，加上北風肆淫，逼他成日舞踴，整個冬季赤裸地舞蹈獻媚冬神。雖經寒雪冷風一再摧折，柳條卻知互相溫情地擁抱，保持實力以待時。

冬終於狼狽地走了，春臨大地，帶來生的訊息，柳條立刻歡忭地萌出芽苞，先是畏縮地探詢「春事絢爛」究竟是真是假？待確定春神早已發號司令，命令萬物各竭生命源能萌吐生命機趣，共襄春之盛事後，他喜孜孜任性地抽長柳條，讓柳葉美如蠶眉，長得又綠又迷人，隨著春風，吟唱春的序曲，舞出大唐玄宗的羽衣霓裳。

柳為楊柳科，落葉喬木，幹高往往可長至廿公尺以上，枝條細長下垂，葉交互茁生，邊緣有微鋸齒，春天先葉開花，花呈暗紫綠色，單性，雌雄異株，穗狀花序，種子甚小，上生白色厚毛謂之絮，種子成熟後，絮隨風飛散，如雪花般在空中飛舞迴旋，為春報佳音。

柳性好濕，凡有水及卑濕地都可栽種，毋須早晚問安，他都能蔚然成林；宦官之家，多種植庭園，以供觀賞，或植於道路兩側，利其種植容易，不數年，即可綠蔭匝地以蔭行旅。

柳因嗜濕，根株深入水岸，互相糾結，狀如結網，抓住泥土即緊緊不放，具有保育土地的效用。是以我國先人築堤建壩，都懂得多種柳樹，委託他作為固壩保土大員，他不伐功，不爭賞。長年累月默默地負起責任，無怨無悔與與堤壩共存亡。

我大哥是位知見寡陋的農夫，足不出百里之外，識不知山河之廣，他侍候土地，陪伴土地、護佑土地，亦自土地中獲得回報供養我們全家。

他一生不種桃李以快我們口腹之欲，也不種芙蓉牡丹，任人恣意心眼之快，他一生所種下的柳樹，由柳樹衍生出的故事，讓我由幼至老忘懷不去。

我曾在台中曉明女中校園水池旁看過幾株柳樹。那時正是七月聯考季節，蟬歌曼妙，暑氣襲人；長長的柳條，長滿了蛾眉般蔥翠葉片，迎著風微微擺動，拂散了暑熱，招來了涼意，憩息其下，真箇是種享受，也是一幅美的畫面。

我也曾在江蘇名園和山東濟南公園裡見過他的蹤影，一樹濃濃的綠，綠得人心神全是春的蔥秀夏的綠鬱，不酒而醉，不困而眠，真是美呆了。

可惜我沒看過隋煬帝的柳堤盛況，亦無緣得見左宗棠征伐回疆一路所植的左公柳，想像中那一株接著一株的柳樹，爭先恐後抽條茁葉的茂盛狀態，該讓人多驚訝多悸動。

※※※

話說我老家處在南嶽一路餘脈的尾端，不再高山聳峙，巖壑崢嶸；所有山脈，全皆謙遜地或蹲或坐互瞅著發呆，不互較雄長，不爭著出頭搶首位。

沒有高山聚水積泉，就沒滔滔奔流的江河，農田灌溉全靠農家挖水塘蓄水，以備乾旱時救急。很怪異的是我家左側居然有一條小水渠蜿蜒二三十里之遙，平常只有細細清流在渠底輕吟緩唱，一旦遇到春潮夏汛，立刻水漫渠面，滔滔之狀也不亞於巨川大河那般氣勢，只是他具體而微而已，稍待雨休風過，溝渠再度鐘鼓銚鈸息音，不再扮演大戲，回復他輕曲小調過日子。

溝渠不能蓄水灌田，他只是一條盲腸，何益於辛勤農民？築壩，我大哥這樣一位樸實農夫，他終於想到了。

把他歸類為溝渠，多少有點委屈他，自溝底至岸面至少高達兩丈以上，渠寬也該有十五六公尺左右，雜樹野葡萄藤蔓野花霸佔溝渠兩岸，自成一個天下。

我憨厚誠樸的大哥，只要有空閒，他就自山上撿拾石塊，一挑挑擔至渠岸堆砌，今日一挑，明日一擔，經過近一年往返搬運，他估量當作墊基石應該綽有餘裕。

秋收後，他一一走訪農田仰給壩水灌溉的農田主人，說明他的想法，約定開工日期及應當出工人數，然後開工築壩。

我大哥原沒這種號召力量，因為他是地方名紳端莊先生的長子，他事前傻勁與計劃，也獲得各農戶一致贊同，開工時，當日走訪各農戶無一缺席，紛紛畚箕推車自動自發上工，飲水用餐自備。

築壩工程我不懂，那幾日，那地方人聲鼎沸，人來人往，忙碌異常，費了快七八日時間，二十幾位健壯漢子，終於把渠壩建修竣工。溝渠雖小，以我現在的識見來估計，壩面至少有三十公尺長寬，所有填土全自附近山麓一擔擔挑來。上學放學，我們這群小米蟲，就在那堤壩上玩疲了才回家。

不久，大哥在壩上插枝的柳樹開始發芽長葉。

※※※

七十年前的大陸學制，小學分兩個階段，一至四年為初級國民小學，五六年級為中心國民小學。六歲啟蒙到初小畢業才九、十歲；十歲入中心國民小學，住校，繳交主副食，三餐有植物性蛋白豆腐佐餐；每週回家一次，星期日晚自習前返校，女生有熱水供應，睡前淨身；男生無沐浴設備，亦無熱水供應。大陸十月就已下霜結冰，一個十歲不到的小孩，必須自己料理自己的生活，寒熱病痛自顧，冬天十日半個月不洗澡是常事。

學校距家約九、十里路程，站在校門口，我就可以看到地勢高亢家後園那三株千年矗立楓樟，還有壩上的柳樹，他節節上升，爭著時間搶高，三春季節，那副蔚然茂盛的春容，似乎就能聽到柳條搖風咻咻之聲。當我想家想娘時，我就去校門口眺望一番，亦能慰解一個童稚相思之苦。

人與人的糾葛，總像日出日落般日日上演。

大哥植柳，主為固結壩堤免被春汛夏洪淘洗崩潰，對受益農家是項福澤。不須依靠壩水溉田的周家，因為柳蔭遮擋夏天陽光照射，影響他家水田小塊地方稻穗生長，居然不聲不響砍掉我大哥手植三四株柳樹。

砍伐大哥的壩柳，等於在我大哥心頭劃了幾刀。

周家是當地大族，方圓二三十里內周氏族裔佔三分之一。三國時，湖南攸縣隸屬東吳，周氏族譜記載周瑜為其始祖，倜儻風流、談笑間強虜灰飛煙滅的周瑜，三十左右即為東吳大將，赤壁一戰，與巴蜀諸葛亮定下三國鼎立之局，不幸年少氣盛，或亦積勞傷身，即以太陽剛剛東昇之齡銜恨離世。

攸縣處湖南之東。在軍事形勢上，可以橫阻北越閩粵北上逐鹿中原。劉表據荊襄時，曾命其大將黃忠據守，三國鼎立局勢已定後，攸縣少兵戈之災，有偏處富庶之安，周瑜子孫徙居攸縣，繁衍後代，當然為上上之區。

周瑜曾娶美人小喬為妻，此地周氏為小喬所出嗎？叩之周氏族人，彼等亦皆茫然。

周家憑其人多勢眾，蠻橫地砍掉我大哥種的壩柳，大哥那會甘心。

他心一橫，槓著武器去周家興師問罪。我大哥的隨身武器，只是他早晚相依為命的一把鋤頭。

周家三代，兒子是個半調子讀書人，不親農事，也未見他手持書卷，早晚吟誦，以沐古哲芬芳。孫子倒是聰明優秀，書卷氣息濃郁。家中農事全由他祖父一手包辦，這位老兒，雖非，方惡霸，卻也是香辣兼收，薰蕕同器的一個人物。

大哥一進門就質問：「你家為什麼砍掉我壩上的柳樹」？

三位大男人全不在家。一家婦女，個個瞠目不知所對，也不曉得大哥問的是什麼一回事？

費了半日口舌，我大哥把事情原委詳述一遍，周家婦女回道：「我們不知道，不會去砍柳樹吧！」

不一會，周老兒趕集回家，他問清大哥來意，爽快地承認說：「是我砍的。」

「柳樹又沒種在你家田裏，你為什麼要把它砍掉？」

周老兒被人質問，自知理虧，卻也嘴硬，他說的好像也有理由。

「柳樹遮住我水田陽光，一大片地稻穀都是空殼。」

「柳樹自己長的，不是我教它阻住太陽曬你家水田；再說，你家有錢，一年少收一兩斗稻穀並不會窮了你家。堤壩沒有柳根抓緊泥土，會被大水沖垮，我家那幾塊地，其他靠水壩養活水稻的田，天旱時就愁水，那會有收成？你年壽高，我們晚輩都尊敬你，你就不能大肚大量寬待一點點嗎？」

兩個人唇槍舌戰，爭執不休，一方問罪，一方不認輸。周老兒還火上加油回我大哥道：

「以後柳條往橫長，我還要砍。」

「好吧！你狠，我也有招數，你要再動我一根柳樹，我就放乾你家水塘，叫你家水稻全乾死。」

明槍對暗箭，諸葛亮戲弄司馬懿，原來大哥也懂以眼還眼，以牙還牙。

周家水田在水壩左上方，地勢高，不需水壩供水，他家自己有一口水塘蓄水灌田，儘管人旱，左右鄰居收成減半，他家依然年年豐收。

大哥踩著了周老兒痛處，他跳腳吼：「你敢？」

「我怎麼不敢，你不妨試試。」

大哥什麼時候吃了豹子膽？老老實實一個農人，為了收成，也敢跟人翻臉。

兩個人不歡而散，大哥氣唬唬回家告訴娘，娘泰然無事，端著水煙筒安慰大哥。

「周老兒不敢再犯，他是隻老狐狸，自知理虧，為了面子，不得不出面吵。再說，太陽又不是死釘住天上不動，水稻上午不曬下午曬，那會影響收成。好啦！冤家宜解不宜結，樹已經砍了，以後他不再犯，也就算啦！畢竟是幾十年的老鄰居。扁之，你辛苦，娘櫃子裏還有大半瓶燒酒，晚上你喝一杯。」

※※※

老娘命大哥將柳條截下，一捆捆堆在大廳角落。

十分奇怪，老娘與二伯母在剝柳條外皮。

水煙筒擱在身邊矮几上，與茶杯茶壺當鄰居。辛苦的姐姐，忙著為老娘和二伯母添沸水。他倆一邊剝柳條，一邊絮絮滔滔聊天，好像做得快樂也不寂寞。

待柳條外皮剝完，娘與二伯母居然在編織柳條籃子。

外公金鼎昌只有大二姨和娘三個寶貝女兒。舅舅是對門大外公送給外公繼承金家香火。外公與外婆左邊店面開一爿糕餅店，外公把拿手技藝傳給舅舅，舅舅每日調麵粉和糖漿烤製各種不同口味的糕餅。中間是大廳，右邊店面出售甜水酒和烘製的下酒菜，由娘三姊妹掌管，每逢二六九趕集日，外公兩邊店面生意沸騰，直忙到日落西山人員散去為止。外公的收入算是穩定而豐裕。

由於淨利可觀，娘與大二姨也算是有錢人家的千金，跟著時代走，居然學會了抽水煙筒這時髦玩意兒。怎會學得編柳條籃子這技藝呢？我不懂。

老娘與二伯母編織的第一件成品，模樣不怎樣討人喜歡，等第二隻籃子竣工，那款式就正經八百了。平日不搖紡車不搓蔴的老娘與二伯母，居然成日泡在編柳條籃子。

七十年前農家出貨進貨，全用肩挑手挽，有車也只是獨輪的雞公車，由於輪軸沒油潤滑，車一上路，就聽見他一路苦歎「吱呀吱呀」叫。村與村之間，只有迤邐彎曲的小路，雙輪車行不通。鄉村自給自足，不需仰仗通都大邑貨物交流以濟有無；平常趕集，不分男女，人人手挽柳條或竹編籃子當置物用，老娘編的柳條籃是農家生活的必需品，一送上市集，即被搶購一空，老娘除了給大哥一分利潤外，與二伯母各得一半充家用。

我那獃大哥怎麼也想不到被周家砍斷的柳樹條，還能換得現錢，心頭一樂，沿著溝岸又插上兩列新柳枝，等候它茁根長葉。

柳樹容易栽種，成活率幾乎在百分之九十八以上，而且柳枝曼妙，年年春天，柳樹由淡綠濃綠，最後轉成滿樹濃蔭。蟬歌唱晚，幾乎成了家家院前院後與水塘岸的必然裝飾。

柳條編成籃子可以換錢，有錢就能買肉買魚。餐桌上多了葷腥，也添得家中不少歡樂。

農家什麼也不缺，最缺的就是金錢，生財有道，好幾家女孩，由父母帶領求老娘教他們編柳條籃子。

老娘跟二伯母不再成日吸水煙筒喝茶聊天，兩人邊做邊教，大廳堂也多了不少鶯聲嚦嚦的笑聲。

※※※

大廳堂突然多了幾個含蕾待放的女孩。好幾個堂哥都不去外面野，不時藉故蹲在老娘跟前問東問西，擺明了是醉翁之意不在酒。

黛眉是幾個閨女中最俊俏的一個。

一雙眼睛，像是兩口深水潭，風起波動，就能令多少年輕男人心旌動搖；兩道濃眉，像夏深的柳葉，輕輕往左右一斜，頻增不少嫵媚；身條高矮適中，那對時時企圖窺探人間奧秘小寶寶活命的泉源，好像隨時要蹦出來。二伯母跟娘說是宜男之相。我年紀小，不懂美醜，只聽見堂哥們扯東話西時說黛眉是個美人胎子。

五堂哥高中畢業在家賦閑一年，最近接到茶陵縣協均中學的聘書，聘他擔任數學教員。

茶陵距我們家九十華里，一日腳程。抗戰把國家財源耗空了，公路全挖成坑坑洞洞，以阻日軍車輛狼奔豕突，交通全仗兩隻腳一步一步量，量到茶陵需時一整日。

叔嬸抱孫心切，媒人湊熱鬧川流不息，總盼望有情人終成眷屬。

五堂哥就是不急，張家小姐不對眼，李家閨女不稱心，急得嬸嬸成日抱怨：「娘不能為你煮一輩子飯。」

堂哥受過新式教育，婚姻對象要求姿色須在水準以上，未受新式教育也在私塾待過三年五載，雙方看對眼之外還能言談不俗……七挑八選，蹉跎得孫子遲遲不報到。那像其他堂哥，大伯二伯張燈結彩辦喜事，一乘花轎把新娘抬進門，是美是醜？揭掉頭蓋才分曉，拜過堂，入洞房，男女都沒挑剔的權利，以後的事，一對新人去打理，老娘不幫忙，老爹幫不上忙。

這種舊式婚姻，等如上桌吃飯，葷素不能由你挑三揀四，你只能悶著頭吃三碗。

老式婚姻，慢慢磨合，多能恩恩愛愛過一生。

五堂哥看中黛眉，有事無事他就泡在娘跟二伯母身邊問長問短。

娘與二伯母心裏有數，眼看黛眉這丫頭，真個長得水蔥般惹人愛，言語舉止中規中矩，農家女兒能調教出這模樣，百中得一，不輸詩禮之家閨秀，選入家門，應該是椿好姻緣。

娘問黛眉：「我家中儒是個好孩子，你中不中意？」

黛眉不作聲，農家女兒，天性害羞畏縮，一旦談到婚事，即使百分之百喜歡，表面上不得不讓春風斂容，表示不急出嫁，千叩萬問也不露一絲風聲。

一天，黛眉放工回家，堂哥半路把她攔下問：「你願不願意？」

黛眉八千勇士守口關，關門不開。

堂哥急了，一把將她拉住問：「你是嫌我？」

黛眉終於有了反應：「我那有。」

「既然沒有，你為什麼一點表示都沒有？」

黛眉低下頭不再出聲。

堂哥接著說：「我家雖比不上官宦之家富有，你嫁過來絕對不愁衣食，也不用下田幹活。我這個人，人品好壞？你應該清楚，你嫌我配不上你，你也得給我一點顏色，我好死了這條心。」

「誰說你配不上我啦？」

「既然沒有，你害羞，也得點個頭呀！」

黛眉終於擠出一句話來：「你找媒人跟我爹娘說嘛！」

堂哥終於問出一個底細，他緊握住黛眉的手猛搖。

「謝謝你，黛眉，我會一生好好待你。」

※※※

黛眉父母不允婚，拿蹺，待價而沽嗎？

我們全家大小都奇怪，左右鄰居亦不解。

堂哥雖非人才出眾，在他們這一輩年輕人中算得上是卓犖不俗的一個人，黛眉父母挑剔什麼？

叔叔的田產山產，吃用有餘，女方父母究竟打的是什麼算盤？

父母之命，媒妁之言，婚姻制度沿襲幾千年，女方父母不說諾，堂哥成日垂頭喪氣，像隻鬥敗的公雞。

我老爹想到周老兒，他跟叔叔說：

「雨生，你去找周老兒，他與陳蒼生是表兄弟，一言九鼎。昨日趕集，我見過周老兒，也曾提起這件事，周老兒只管笑著搖頭，搖頭就是表示對他表弟的想法不理解也很奇怪。」

叔叔見過周老兒，周老兒滿口應允。他說：

「雨生，事情辦成，訂婚結婚，你窖藏的好酒要搬出來給我嚐嚐。」

「行，行，一甕兩甕，隨你盡興，算是謝媒。」

周老兒找到他表弟陳蒼生，陳蒼生笑而不答。

周老兒一向是張飛李逵脾氣，說風風來，說雨雨來，要他不惱火，除非喝下半瓶陳年燒。

「表弟，你指望留著黛眉等皇帝老子選妃子，你當國丈爺呀？侯家家道不錯，中儒一表人才，女兒終身有託，你還求什麼？」

「我女兒不能白送給侯家。」

「聘金？」周老兒問。

陳蒼生曖昧地笑笑。

周老兒滿口承諾。「這個好辦，我回雨生話，一切照你的意思辦。」

陳蒼生開出各項條件，嬸嬸眉頭蹙成一條線，說：「又不是賣女兒。陳家這樣苛，以後如何做親戚？」

叔叔搖手制止嬸嬸發議論。

「一切照辦，人家養大一個女兒不容易，要聘金也是理所當然；只要女孩乖，你多個媳婦就是添個女兒，這算不得什麼。」

婚事說定，訂婚那日，席開六桌，周老兒當然坐首席。

叔叔搬出窖藏十年以上的燒酒宴客，周老兒喝下幾杯陳年燒後，滿臉通紅，精神百倍。大哥當義工，斟酒添飯。周老兒一把拉住大哥的手說，

「扁之，我砍掉你的柳樹，昨日我把它補種了，過幾年就會長得一般高，你莫生氣，是我不對。」

「周伯伯，我沒生氣，我們不談這個好不好。今天是我堂弟的大喜日，你當媒人，才把這樁婚事談成功，我叔叔特替囑我把窖藏好酒搬出來，你痛痛快快喝幾杯，我們全家都感謝你。」

周老兒硬拉住大哥要乾杯。我大哥的酒量是淺碟子型，喝三兩小杯還能承受，換成大碗，他就癱了。

拒不過周老兒的酒後盛意，大哥硬著脖子又乾了一大杯，幾成醉意，腳步不穩，舌頭也不能指揮，他說話了。

「我種柳樹，周伯伯砍柳樹，娘跟二伯母編柳條籃子，黛眉與其他閨女學編柳條籃，五弟才得

與黛眉結下百年姻緣，我，我，我扁之算是個大功臣，我要再乾一杯。」

周老兒再給大哥斟上一杯，大哥尚未接到手，人一歪他就醉倒了。

叔叔忙著吩咐其他堂哥接替大哥斟酒添飯差使，囑人送大哥回房休息，讓他在醉鄉中作「壩柳搖春」的大夢。

六、朋友這一倫

拳打腳踢友情還在

俗話說：「相罵無好言，相打無好拳。」

人與人之間，無宿怨，無新仇，本可和睦相處，一團和氣過日子：既已反目，兩個胸臆之間都像岩漿滾動，沸騰不止，非要找到出口即無法求得安靜，先是相罵，繼即互毆——火山爆發，熔漿成河，地表為之毀滅，屋舍樹木立刻成為焦土。

如此情況之下，冀望回復安靜，能嗎？

誰見過火山爆發後，突然之間，岩漿與火山灰又回去地底，有嗎？

凡是到了相罵互毆的地步，表示兩人怒火已燒到頂點，此時此際，那還有好言相對，動作理性而不侵犯對方的事？除非熱戀男女，打情罵俏才能見到。

不過，朋友由互罵互毆，到最後像喜劇一樣製造出一場令人捧腹的大笑果，我曾經親眼見過，幾乎令所有在場朋友笑得上氣不接下氣後又鼓掌叫好不止。

四十年前，我有兩位朋友，一位魯籍，一位粵人。

山東朋友個性爽直，高聲大調，像是一隻大喇叭對著人家耳朵吹奏，你嫌噪音擾人，他卻吹奏得優遊自得。

廣東朋友，也是一副大喇喇個性，直言直語，掏肝掏膽，素不拐彎，一句話，直可傷人心肝，他照樣直言直語，絲毫不為人留餘地。

這兩位朋友，平日就愛買瓶米酒，切盤滷菜，對酌；也邀朋友共飲。

那一日，可能喝得有十分醉意，不知什麼話招惹山東朋友冒火，互相指責，聲音蓋過屋瓦。你來我往，什麼話都搬出來充當殺傷對方的武器。

朋友間從來沒見過他倆會以如此場面出現。平日，幹粗活、做細工，都在一夥：你累了，我幫忙，我困了，他代勞；今日場面全不一樣，如同仇人相見，分外眼紅。

由言語衝突而至手足推擠，結果，兩人四手一抱，立刻像摔跤一般在地下翻滾。四週朋友都來拉架，這兩個壯漢力大如牛，那能拉得開。於是，你把我壓倒，另一個一翻身又把對方制伏在下，如此互相扭打了十多分鍾，突然之間，四隻鐵臂同時鬆開——停火了。

山東朋友氣喘吁吁說：「老廣，你真力氣大，像條牛。」

老廣朋友說：「侉子，我學過武術，你想摺倒我，還早哩！」

剛才對酌的酒菜還在旁邊高地上，兩人走過去，抓起酒瓶斟滿酒說：「來，乾杯，打架歸打架，情感不能打拆夥。我打累了，你呢？」

「跟你一樣嘛！」

兩人牽著手散了。

四週圍觀的朋友瞠目相視，不由捧腹大笑。這兩個傻蛋由互罵而互毆，到最後戛然而止，武場戲散台，兩人牽著手走了。如同專為旁觀的朋友，製造一齣喜劇取樂，真妙不可言。

第二天，他們仍然像往常一樣聊天、工作、喝酒，一切如常。

由反唇相譏，到惡語相向，最後拳腳相加，結果是友情沒打蝕半分，照樣是平日世界昇平那種日子。

朋友反目，文場之後接武場，兼收鬧劇與笑劇雙重效果。我首次見到，此後未見有人複製重演，真絕。

人倫有序友不可缺

君臣、父子、夫婦、兄弟、朋友，謂之五倫。

君臣父子為縱的人倫關係，夫婦為橫向的親戚關係，兄弟朋友則是左右發展的橫向社會關係。五倫有序，才建構國家社會禮教文化縱橫發展輝煌燦爛的一面。

歷史發展是先有人類活動，才有文明文化，文明文化是人類活動的產物。我國前賢往哲把人際關係區分為五倫，這是文化的一端，見出他們睿智卓識觀察入微的智慧。

人我之間如果缺少朋友這一倫，如何構成社會團體？就好像一張桌面缺損一角，雖然尚堪使用，畢竟有失完整。

自古至今，互相切磋學問，砥礪志節的良師益友事例固然不少，但同惡相濟，朋比為奸的朋友也為數甚多。

孔子說：「益者三友，損者三友。」

人與人交往，能保持平和相處，淡泊如水，貴不易交，富不易妻，貧寒共歡樂，一生不貳不棄，至死不渝的友人，這才是真金寶玉般的友情。

這種友情，毋須標榜，也不用揄揚炫耀，永遠讓人感到溫馨而為後人師法的典型。

鄉愚野老的交往，早晚相見，犁鋤度日，不曾有笙歌酣舞的場面以縱歡，也無機緣端著酒杯在衣衫鬢影中述交情談往事。他們只是平平實實活著，淡淡泛泛的交往，數十年歲月始終如此固執地自相識至老死而後已。

友情分裂，往往自一個利字上開始，父子兄弟逃不過這一個利字的災殃。利字當頭，同利則和，爭利則仇，利盡則義疏，義薄則利重。為利如只限於反目，拂袖而去，從此互不往還，視若陌路，這算得上是君子之交。最難堪的是互設陷阱，阬死你而後已。這種交情，臭同腐魚敗肉，怎堪聞問？

利不是不可爭，要爭也只能爭自己的本分，踰越本分，那就是貪；貪欲如壑，掘下泰岱的一半也填不滿。一個人貪得許多財貨，究竟能使用得多少呢？有誰問過自己？

請康熙年間文學殿大學士兼禮部尚書張英回復他家人為爭牆而致書求援的一首詩說：「千里修書只為牆，讓他三尺又何妨？萬里長城今猶在，不見當年秦始皇。」

事實原本如此，秦始皇萬世一系的帝業夢，只做了十幾年就國滅家破子孫絕滅。看開了，五嶽三江歷千萬年容貌不改，唐皇漢武今何在？利字有如此重要嗎？淡淡芬芳友情溫暖，今生今世，豈不是人生一樁快意事，何苦為利傷害到朋友也傷害自己？

千古友情千古芳

人生沒有朋友，好比花朵沒有芳香。

人生沒有朋友，迢遙人生路，踽踽獨行，多淒涼多寂寞。

今古奇觀中羊角哀與左柏桃的故事，那是以生命赴死亡約會，為故友仗義鋤強的故事。古人誠厚，一諾千金，常問內心，有無愧疚？這故事可能是真的。

春秋時，齊桓公名相管仲曰：「吾始困時，嘗與鮑叔賈，分財利，多自與，鮑叔不以我為貪，知我貧也。吾嘗為鮑叔謀事，而更窮困，鮑叔不以我為愚，知時有利不利也。吾嘗三仕三見逐於君，鮑叔不以我為不肖，知我不遭時也。吾嘗三戰三走，鮑叔不以我為怯，知我有老母也。公子糾敗，召忽死之，吾幽囚受辱，鮑叔不以我為無恥，知我不羞小節，而恥功名不顯於天下也。生我者父母，知我者鮑子也。」

這種推心置腹的朋友，只有鮑叔一人而已；其後，管仲相桓公，一匡天下，九合諸侯，周室得安，百姓得寧，齊桓稱霸，管仲壯志得伸，鮑叔培護將養管仲之功，豈可忽哉？

管仲未得志時，事事不利，只有鮑叔相知於心，待鵬翮高舉，搏雲霧而翱翔天際，天下蒙利。所以，孔子贊曰：「微管仲，吾其披髮左衽矣。」

戰國時的孟嘗、信陵、春申、平原四君子，皆養死士數千人，以義相交，供應衣食居處，雖非純純友情，但在強弱對峙的當時，國家安危繫於一線，這批死士，輸智慧，出死力，或遊說，或折衝罇俎。讓平日隱匿的友情固結為巍牆深塹，鞏固國家安危於一時，外敵踟躕境外而不敢逞窺覦入侵野心。

廉頗與藺相如為刎頸之交。太史公與李陵的交情，今日亦屬罕見，太史公為李陵說了幾句「陵雖降匈奴，心卻在漢闕」的公道話，卻被殘酷剛愎的漢武帝下蠶室，受閹刑，成為當時不齒的廢人。

嚴子陵與漢光武為布衣交，同窗共硯，水乳交融；其後光武稱帝，嚴子陵與光武晤面之後，依然歸真於山林原野，垂釣富春江畔，不臣王侯，不受利祿拘牽，與自然同樂，這種交情，直如青山綠水，高峰林藪的風韻，與世俗之交的格調又判然有別。

劉備、關羽、張飛桃園三結義，終其一生，患難相共，生死相終，兄弟三人共創蜀漢帝業，果真是生死不渝，死而後已。

諸葛亮受知於先帝劉備，一生竭智盡忠，不遑休沐，中道稅駕，不得再輔劉禪。最後西蜀亡於曹魏，其子諸葛誕全家大小的生命也賠給了劉家，這分君臣友愛，幾乎是連本帶利加倍償還了。

魏徵與唐太宗的友情，應該是君臣朋友的綜合體。魏徵知無不言，言無不盡。貞觀十二年。魏徵憂太宗不能克終儉約，近歲頗好奢侈，上疏諫，舉太宗十大缺失，指其「漸不克終」，太宗覽疏，謂魏徵曰：

「人臣事主，順旨甚易，忤情尤難，公作朕耳目股肱，常論思献納。朕今聞過能改，庶幾克終善事，若違此言，更何顏與公相見，復欲何方以理天下？自得公疏，反覆研尋，深覺詞強理直，遂列為屏障，朝夕瞻仰，又錄付史司，冀千載之下，識君臣之義。乃賜徵黃金一斤，廄馬二匹。」

讀魏徵諫太宗〈十漸不克終疏〉，詞理鏗鏘，忠肝義膽，躍然紙上，文章之美，詞氣之雄，就文論文，這才是言之有物的好文章。

沒有太宗的寬懷雅量，也難容魏徵的忠言讜論，君臣相得，如魚與水，魚得水而活，水養魚乃能盡其用，此種君臣大節，朋友高義，只有這二位前哲才能釀成史無前例的貞觀盛治。

歷史上這類感人友情的事例太多，史不絕書，舉之不盡。不厚古薄今，也不厚今薄古，在金錢掛帥唯利是圖的今日，芬芳友情確實不如往史中那樣純樸貞固而可愛。

兩個兒子一位娘

友情當然也有惡質的一面，比如賣友求榮，殺友謀財，誘友吸毒，佔友家產，盜友妻女……形形色色，不一而足。此類朋友，不僅見於古，尤見於今，不僅見於華夏之邦，更見於全球各地。可是人性相同，敗德也相同。

但芳香的友情，仍然所在多有。

仰慈與餘生曾是烽火場中的生死至交，義結金蘭，成為異性兄弟，親同手足。

戰火治煉了兩顆凡塵的心靈，退守台灣後，家人遠隔，望斷肝腸。仰慈為閩藉；餘生藉隸遼東，他自幼父母雙亡，孤苦伶仃，四處流浪，終獲老天仁慈庇佑讓他平安長大。兩岸對峙僵局數十年未解，閩籍旅台朋友，多為海濱漁民，為了生計，他們聯手買進漁船，從事鄰近海疆捕撈工作，常常會在海峽中線與漁撈親友不期而會。當時大陸雖然鐵幕深垂，對閩藉朋友來說，依然聲息相通，鄉訊不絕。仰慈就透過這群漁業鄉親，居然把他孤嫠的老母偷渡來台奉養。

仰慈與餘生原在近海山隈自建一戶房子，母親接來後就真正有了家的感覺，承歡膝前，極得人倫有序之樂。老母親膝前有兩個兒子承歡，終見他慈宇展笑，歡顏重開。

母親終究老了，加之兩個兒子孝養過了頭，因為供養豐厚，不幸中風偏癱；當年無健保，兩兄弟竭盡積蓄，依然無法恢復母親健康。更不幸是仰慈車禍受傷，臨往生前，他抓住餘生的手囑咐：

「弟弟，老母親託付給你了，拜託你了。」

餘生指天劃地說：「哥，媽是兩個人的，媽在我也在，我在媽也在，你放心，我不會辜負你。」

哥哥在不忍不捨中走了。

餘生為他辦完後事，一面工作，一面侍奉老母。

母親癱瘓，飲食起居不便，全仗這個兒子餵湯餵食，擦屎擦尿，抱進抱出，如此貼心侍候，依然無補於老母的健康，挽救於危殆，他於親子往生三年後回歸太虛。

臨終前，他緊抓住兒子的手，口不能言，眼淚一顆顆跌下來，雙目緊盯住餘生，然後緩緩閉上眼睛。

餘生瞭解母親的心情，母親不發一聲，他也會瞭解。

他把母親葬在後山，早晚都去墓前看看娘。

墓碑上刻著：

顯妣陳母何氏太夫人　之墓

不孝男仰慈　謹立

餘生

受人之託，忠人之事，何況是生死交情的結拜兄弟。剛剛浸沐母愛溫馨，卻不料老母於八十五高齡辭世。餘生未負友人之託，也未失人子之孝，雖非親母，老吾老，以及人之老，何況是金蘭結交兄弟的親母。自己幼失怙恃，如今有母可孝，膝前依親，人母亦我母，有何差別？很不幸老母也離他走了。

餘生如今年已九旬，有分足堪飽暖的退俸以資生活，他省吃儉用，堪娛晚景。一生都在使用體力，身體健朗；他不時蹀躞山隈水濱，留連老母墓旁，飄然來去，看出他是一個心地形骸超然塵表之外的一個人。

一生沐愛別人的愛，餘生才能在流浪生涯中活下來；他奉養結拜哥哥的親娘，在他內心等於回報曾經施愛給他許多許多陌生人。愛不自私，愛像春風春雨，無私地吹著落著。

七、亂離親情綿綿長

一場掀天揭地的政治變革，江南江北皆受其禍。多少家庭骨肉分離，逃死救生，最後流離失所。雷聲隆隆乃風雨交作之象。都市商人憂心忡忡，不論有色無色？一場變局便會毀了事業，累及家人。農人不問政治，歷代經驗，在在告知他家國之變，死亡約會幾全在這俄頃之間。怎麼辦？逃亡呀！只要逃過變局，便能為祖宗留下一炷香火。東北逃，華北華中逃，華南逃，逃亡民眾像河川縱橫。溝渠交錯，多少條線路，多少條流向。何處是歸宿？何處是安全窩？何處可以安身立命？誰也不知道。我們這幾個東西南北人，在逃亡溝渠中流集在一個連隊。

自卅八年三月至雙十節在廣東汕頭登上輪船前，半年多內一直在贛閩粵三省邊境來回進出，公路碎石踩平了，山麓小徑的榛莽雜草也踐踏枯乾了。

輪船在海浪中顛簸，橫越東海巨浪，於北風肆虐冬寒橫行中抵達舟山本島，半年後，舟山轉進，這一轉，又轉到三十九年端節前一日抵達金門烈嶼。

端節沒有葷味，我們只吃了兩片臭鹹帶魚苦渡這人間端午佳節。

※※※

金門，這是什麼所在？

老兵唐桂雲，湖南來陽人，他是抗戰老兵也是北伐老兵，他曾兩度駐守金門，這已是第三度了。

他告訴我們：「這是烈嶼，又叫小金門，大金門就是我們左邊眼睛看得見那地方，比烈嶼大幾十倍。」

島的名號知道了，牠的方位呢？

唐桂雲看似粗魯無文，卻是未失一個淳厚而忠實的莊稼漢本色，絲毫不因風霜而剝蝕了他的一絲半縷本質；他每走過一處地方，都能把民情風俗嵌入腦子裡。他說：

「對岸就是福建廈門，天晴日子，走到高處一望，大海茫茫的那岸矮山連著高山，一直右邊接廣東汕頭，左邊連接浙江江蘇兩省海岸線。」

老兵還真是多見多聞。

此時正是盛夏，觸目所見，淨是一片荒禿，看不見綠蔭匝地的樹木和叢叢搖天的綠竹。

大小金門是兩處草萊未墾的荒島嗎？

詢問居民，他們告訴我以前也是綠蔭掩映，村村老樹參天。就在抗日與反共兩大政治變局中，駐軍把樹木砍伐做了防禦工事，所以才招來秋風捲黃沙，衰草泣斜陽的淒寒景色。

島在海外，顯然文化的脈流通不過鹹澀海浪而在閩廈泉漳海岸邊斷流了。

不，金門是處文化蔚興人才輩出的兩個大小島嶼，單是自宋到明朝這期間，鴻儒宿彥，舉人進士，出仕為名宦者即達百二三十位之多。

金門在宋時為同安縣綏德鄉翔風里。南宋大儒朱熹十九歲登進士第，於宋高宗紹興廿三年出任同安縣主薄，其時朱子年僅廿四歲，他在縣務繁忙之餘，竭力獎勵興學，選秀民充弟子員，栽培後進，教授其孔孟文化思想；主簿同安期間，必然蒞臨金門督學，並立「燕南書院」教化金門弟子。宋儒理學重氣節講操守，元承宋後百年間，金門人士堅拒出仕為元朝宦吏，其履仁蹈義行誼高超有如此者。金門文風鼎盛，人才輩出，當然不是兩個不毛的荒島。

※※※

卅八年雙十節胡璉兵團在汕頭登船，其他友軍則在福建一帶撤退，打包中華民國殘餘的一點點家當準備在台灣開家小飯館重振家業。

我們日夜跑路，沒有報紙，沒有電訊，原來毛主席早於十月一日趾高氣揚在北平宣佈勝利——中華人民共和國誕生。

說句良心話，我們二十歲不到的年輕人，原不帶任何政治色彩，染蒼則蒼，染黃則黃，既然穿上了軍裝，就已壁壘分明，自己即使說不敵對，解放軍的槍口早已瞄準，隨時令你一槍斃命。

大海相隔，原來一統江山，如今變成兩處敵對世界。

想父想母想兄姊，想鄉土田園，想師友同窗，夜夜淚濕衾枕。

大陸白日行軍，晚上找處村落歇宿，次日清晨，胡亂吃兩碗大米飯上路繼續行軍；散落在其他連隊的好友根本是參商不相見，半年也見不到一次面。

如今，團直屬連和三個營都散居在附近幾個村落。

軍隊紀律森嚴，也無個人絕對的自由。因為我們這批年輕人不是逃離解放軍的不解放，就是自投羅網穿上軍裝，絕對不虞攜械逃亡或泅水還鄉，所以我們夜夜可以聚在一處聊東話西以解心中鬱結。

白天暑熱已散，夏夜海風徐來，幾位舊友新知圍坐在涼適的月夜下，東拉西扯，各抒己見，也能找來些許歡樂。

話題絕對不可以轉到鄉關已遠的父母身上，一旦此題沾上邊，立刻全場啞然無聲，先是默無一言，接著是抽抽噎噎，哽咽不絕。

我們想家想父母，然後黯然回連憩息。

※※※

小金門西方村位在島中央偏西方向，我們無法去海濱眺望故國河山，一年半後，調防大金門本島。晚餐後，我們幾個老友都會找處高地排排坐、望著海對岸的山峰白雲嗟喟嘆息。

漁舟點點，在海那岸山海邊沿載浮載沉。

我們不知道他們是載著憂愁還是載著歡樂？

日日如斯，夜夜驚夢，我們這廂卻是載不動的鄉思愁。

父恩如天，母恩如海，因為有父母綿密的愛我們才能安然長大。一場變亂，從此父子遠隔，母子分離。我們為什麼要肩負起這副苦難重擔？

康平河南洛陽人，父母是個小地主，家道雖已中落，小地主的大帽子壓得他們父子家人口夜喘不過氣來。

那時他在讀高一，共軍進城，學校提前放假，他前足剛進門，他父親立刻塞給他三塊銀元說：

「你表哥已找到路子，也買下去廣東的火車票，你今夜就跟表哥自己去找條生路。」

「我不要走，我離不開爸媽。」

「你不走，你堂哥榮生就是個例子，地下共軍武力把他給綁走了，至今屍首都找不到。你出去，或許還可為我何家留炷香火。」

他拜別父母，母親噙著熱淚給他一塊玉珮說：

「這是外婆給娘的，娘交給你，捏著玉珮你就捏著娘的心。」

康平自胸際掏著一塊心形玉珮啜泣著。

「這是我娘的心呀！娘，我們今生今世可能無緣再相逢了。」

武家彥瀋陽人，抗日期間是中央軍瀋陽地下組織成員之一，搜集情報，破壞日軍統治措施，炸毀日軍庫房……凡是能阻礙日偽政府統治施為及民心士氣者，地下組織無不全力以為。

如今，主客異勢，愛國變成了敵人清理垃圾的對象。

武家彥抗戰勝利後在一所中學教書，他估量情勢，以生以長的瀋陽老家已沒有他平安活下去的機會。

在一個月黑風高的夜晚，他只託人給父母帶了一封辭別信然後逃離瀋陽。他在漢口觀望了一陣風色，在湖南株州猶豫不決是西走滇貴？還是南下粵桂？

此時，正好胡璉兵團在衡陽招收幹訓班，武家彥審量自己情勢已然時窮勢竭，不找處地方吃三餐，自己可能會成為湖南一個不知名的餓莩，於是，他穿上了軍裝。

黃虎從來不談自家身世，我們坐在高處眺望海疆山色指東劃西，他只默默地坐在一旁歎氣，我們想親人想父母而墮淚哽咽，他不哭，他只說：

「有人比你們的命運更悽慘。」

「你不想父母？」

「怎麼不想，想又怎麼樣？徒然擾亂自己，何不好好照顧自己的身體，將來可能還有見面的機會。」

民國六十年我第二度奉調金門金防部軍醫組工作。

幾位老友早已各飛東西謀前程，平日只靠書信往還聯絡情感。

自卅九年至六十年，時距已邁過二十幾個寒暑，我們都已結婚生育兒女。

軍醫組屬金防部後勤指揮部，幾個特業組如兵工、工兵、通信、經理……全都住在經武營區坑道內。

坑道就在全部石質的山底下，鑿壁穿洞，頂壁至少還有二十公尺厚，中共砲彈落在坑道頂，如同跳蚤在人身上叮一口，痛癢不重。

過一道山溝就是太武山主峰，擎天廳硬是自麻石山峰中開鑿出一處可容數千人的演奏廳，主坑支道，縱橫交錯，國軍所付出的智慧體力，鑄成今日不朽的歷史篇章。毛主席企圖「解放」金門，他的夢絕對難兌現，除非靠神力把太武山倒過來——底上頂下。

婚姻給人生拓展出另一片天地，結婚成家，有位異性作伴侶當忠實的訴苦聽眾，兒女相繼出生，稚真的笑語和行為，會給人生製造不少歡樂與希望。

我們想家想親人，那份濃濃的愁緒多少獲得一些紓解。

每日晚餐後，只要無風雨，我鐵定要爬上經武坑道後山，眺望廈門一帶淡遠的景色。

一日，忽然發現分別已久各謀前程的康平和武家彥並坐在一處夕陽照射不到的崖石下。

我欣喜地指著他們喊：

「你們兩個混球，什麼時候調來金門？」

意外相逢，他們驚喜亦驚異。

「小猴子，你怎麼也來了？」

「我輪調軍醫組還不到一個月。你們呢？」

武家彥得意地笑道：

「刑期將滿，還有半年就可輪調回台。」

老友久別，今日異地相逢，那分喜悅，豈是三言兩語可以道盡？

「走，我們下山去小徑喝一杯慶祝重逢。」

三位老友聯袂下山去小徑喝乾一瓶小高粱。原來他們一個在後指部擔任少校政戰官，一個在兵工組任職，雖在同一個坑道，平常各忙各的業務，三餐在同一所餐廳用餐，戰地吃飯只為活命，那能談享受，進入餐廳扒下兩碗飯走路，行色匆匆，誰也不理誰，所以快一個月時間才得碰面暢敘契闊。

離亂朋友，友情特別珍貴，卅八九年那份烽火交情，是自死亡中瀝出，自戰火中煆煉而得的精粹，是一生一世生死相隨的交情。

此後，每日黃昏我們都會去後山頂把無邊想思，拜託白雲和昏鴉帶回去給我們牽腸掛肚的父母。鄉訊杳杳，郵電不通，是誰製造這兩處極端世界？是誰製造死亡與苦難、流離與逃亡？卻讓我們來承擔。

問天，天不語，問地，地不應；天地插手不管，我們有何能耐旋乾轉坤？

※※※

突然而來兩岸開放探親的消息，讓每一位老兵驚喜得涕淚縱橫。

此時，我們相繼退伍分別在民間機構任職，賺一點微薄薪水貼補家用。

雙方都說基於人道，讓顛沛流離大半生的老兵得有與父母親人再見面的機會。

雙方架著大砲互轟，架設輕重機槍掃射，什麼時候善心大發而悟出人道？

毛主席當年「血洗台灣」的打算當然不人道，血洗不是三幾個人台灣同胞和官兵的血就夠用，幾千幾萬人的血液瀦匯一處才堪供應血洗呀！

我的簡單大腦被搞得是非對錯全找不到答案。

我們四個人委託一間旅行社辦理出入境手續和購買機車票事宜，一齊飛到香港再各自分道回家，探親回台灣再約時間見面。

我與妻子自香港坐火車到廣州，住入華僑大飯店。不久，大侄建立與小外甥家華居然找到飯店來見面。

我離家時，大侄小外甥尚在雲裡霧裏不見蹤影，如今卻是兩個精壯而敦厚的農夫，不懂靡世險惡卻能瞎拼瞎撞找到骨肉相連的親人——叔叔、舅舅。

經過簡單盤問，胤裔血流連通了，這是我素未謀面的下一輩。

次日清晨搭火車北上，車外面的農田、綠竹、高樹、農舍，鵝鴨與台灣農村風光無甚差別，在政治咒語下卻是數十年不相往來。

自小我就知道衡陽是湖南省所轄大都市之一，那料到株州已為湖南省交通樞紐、交通、建設，市容等硬體條件已取代了衡陽。

當我們在衡陽下車時，當時衡陽尚無計程車代步，也沒公設汽車運輸直達攸縣，徘徊無計，交通問題把我困在衡陽幾達六七個小時之久。

幸好家華外甥電話他姑爹南岳管理主任譚岳生先生，岳生先生夫人姑媽親自押著豪華座車把我送到老家。

下車時，爆竹把我轟得頭腦一團漿糊，一位頭髮頒白的老人與一位瘦弱婦女拉著我啕號大哭，我看清楚大貌尚在神形遽異的兩位老人，原來那就是我魂牽夢繞的二哥與姐姐。

我娘在三十七年十一月廿七日深夜往生。

那一日正是我師範畢業後回家的當天。

二伯母告訴我娘在病中早晚望向窗外，苦苦等待兒子完成師範學業後歸來。

這裡面包涵了多少母親的期望與愛心。

兒子不肖，一生無成，辜負了父母天愛培護成長的大恩德。

父親一生儉省買進門的百擔水田，在毛主席暴力土地改革之下無償收歸國有，成為別人家的產業，最後父親與二嫂相繼餓斃。毛主席的建國恩德卻是讓一個衣食堪給的家庭產生兩位餓死冤魂。

大哥亦在貧病饑寒中走完他勤苦的一生。

政治鼎革後，人民生活有多苦，我不知道。我二哥只痛苦地告訴我一句話說：

「弟弟，你沒匯錢回來，我都沒吃飽過。」

我是七十二年前後，輾轉委託香港友人匯錢回家接濟哥哥姐姐。毛主席建國是在三十八年十月一日，掐著手指頭一算，我摯愛的兄姊三餐不飽已歷三十四年漫長時間。

我大侄初中二年級就加入共產黨共青團，曾追隨華國峰任湘潭黨書記時之屬吏，華國峰一倒，他只幹到副縣長，若是華國峰不倒，他也進入北京中央部會。

他是共黨老黨員，他只偷偷告訴我說：

「叔叔，我最怕運動，是黨員也怕，一個運動一來，隨時可能老命不保。」

這話裏包含了多少不可言傳的文章。

我不敢有怨，世事多變，活著的幸運，死亡的只能歸之於為時代的祭牲。

在家十日，我夜夜輾轉無眠，親人相聚是歡樂，親人朋友有的在政治口號下送命，內心不捨亦痛楚。

革命，革命，原來是專革別人的命。

十日後，我與妻子完成第一次探親，平安回來台灣這個家，接受兒女的歡呼與擁抱。

溫馨的愛，綿密無私的親情，這才是人性的歡呼。

我們四位老友首次探親後重聚。

家人團聚，有歡樂也有辛酸，像一鍋大雜燴，什麼料都有，你無法辨別出真正滋味是那一料？

與黃虎相交數十年，他一直不曾暴露他的身世，這一次他全部坦誠地告訴我們——

「我是私生子。」

第一句話就讓我們驚訝了。大家回過神後齊聲安慰黃虎。

「私生子也是父母的兒子，與大家沒有不同。」

黃虎繼續訴說苦情。

「我娘十二歲就去富有的李家當小下女，長到十五六歲，漸漸有幾分姿色，李家大少騙我娘說要收她做二房，我娘深信不疑，結果就懷了我。」

黃虎搖搖頭歎氣。

「李家有錢又是官宦之家，李家父母堅決反對收婢女當二房，這樣有辱身分。我娘進退不得，小婢女說話無力，吵也吵不出結果，她含淚離開李家回我外祖父母家。外祖父是一位思想守舊的樸厚農夫，閨女未婚懷孕，有辱門風，日夜逼我娘吃藥把孩子打下來。我娘抵死不同意，她說：「孩子無辜，我要把他生下來養大他。」

那就是黃虎。

黃虎停頓片刻，繼續說：

「我娘為了保護我，便逃往一位遠房姑母家，姑父姑母膝下無兒女，生活飽暖無虞，多了我媽，等於膝下多了一位女兒，百般護持我娘終於把我生下來。」

「我在遠房姑婆家長到三歲，我娘感到耗掉姑婆家近四年糧食，一則對不起姑公姑婆，也不是長久的辦法。她堅決要去何家當婢女養活母子二人。」

「姑公姑婆不同意，最後拗不過我娘的自食其力的堅決意志，才無可奈何點頭答應。」

「我娘去何家當婢女，只有一項條件，薪水減半，她的兒子必須長年帶在身邊。」

「何家老夫婦忠厚待人，他們欣然應諾。我就在何家跟著何家兒孫玩耍升學，直到我初中畢業。」

黃虎自訴身世，我們都為之動容。他長大了，長老了，長得剛正不阿，是一位血性漢子。

「你什麼原因披上軍裝老虎皮？」我問。

「我是無產階級，共產黨靠無產階級發家，他們不會鬥爭無產階級。我當兵是為了找隻飯碗，私生子在老家腐臭觀念裡沒有地位，好像生下來就帶有原罪，想找碗飯吃處處打回票。」

「你找到你娘啦？」康平問。

「找到了，謝天謝地，我終於找到我娘。過程真是七轉八折。回到老家，我先去何家，何家是富戶，全家掃地出門，舊式大院落住了二十幾家無產階級，何家找不到一個人。我到處打聽，才找到我外公外婆老家，外公外婆無後代，土磚房子倒了，只剩下屋邊三株桑樹。我又找到我遠房姑婆家，姑婆家也是人煙杳杳，幸好我一位遠房舅舅原是姑公姑婆的姪子，他告訴我說：

「聽說你娘去了瀏陽。」

「我風塵僕僕跑到瀏陽，問公安，找戶籍單位，拜託對台辦，終於在遠房舅舅口中所指張家坳，找到我分別四十幾年的我老娘。

母子相見，我娘以為在夢中，他捧著我臉問：「你真的是小虎？」

「娘，真的是小虎，是你兒子。」

我娘長號一聲就暈了過去，經過鄰居七手八腳捏捏打打，我娘才醒轉來，淚像壞了的水龍頭，點點串串衝出來。

「兒呀！你給娘想死了，我以為我這一生見不到你了，老天爺有眼，終於讓我再看到我兒子。」

我娘已經七十多，滿頭白髮和皺紋，精神倒還清爽。我告訴我娘，我已在台結婚，有一兒一女，都已大學畢業。我娘轉悲慼為歡欣，環顧圍觀的左鄰右居說：「我已當了婆婆，苦了一生，終於熬出頭來。」

我陪我娘整整七晝夜，我要求我娘來台灣，我要好好孝養他。他回我說：

「娘不能去，去台灣生土生鄰居，叫娘平常跟誰說句話？我這二十多年都在鄉政府當工友，有一份微薄的退休俸，足夠養活自己。這裡全是交往二十年以上的老鄰居，隨便去那家坐下來可以打發半天時間，我去台灣找誰磨牙呀？」

「娘，你不去，我怎麼孝養你呀？」

「你只要每年回來一次看娘就好。」

黃虎說到這裡，既得意又悲傷，既快樂又感嘆。

「以後，我每年回去一個月陪我娘。一年孝養我娘兩千美金，她一個人夠她生活支出了。」

大家為黃虎母子重逢鼓掌叫好。

亂世兒女，有說不完道不盡的亂離故事，天涯海角，都被親情二字牽繫著，掀天揭地，翻江倒海，親情永遠永遠是壓箱寶，任何政治力量和暴力手段都翻不動它千萬年的定位。

一 文史篇 一

一、話說岳陽樓

民國三十三年一九四四年五月，日寇鐵蹄入侵湖南省攸縣城。自是年五月三日佔領縣城，至八月廿七日撤離，縣誌記載，全縣因戰爭死亡一五四六三人，傷二一一八四人，被燒房屋一萬四千棟，宰殺擄走耕牛兩萬多頭，各類經濟損失一六七〇億法幣，折合稻穀一六七〇萬擔。日寇施放毒氣、瘧疾、痢疾等細菌，蔓延全縣，不戢不止。

當時，我就讀縣立師範。校長蔡聲華先生，為顧及學子安全，決定停課，關閉學校，遣散學子。遠程學生則隨校長至校長祖居菜花坪避難。

我挑著行李，步行四十餘里回到家。

老娘驚訝地問：「還沒放暑假，您怎麼扛著行李回來了？」

七十年前，音訊隔絕，居住鄉下，如同遺世獨立。日寇鐵蹄聲響得震耳欲聾，也不知是殺人魔鬼降世了。

我回道：「日本鬼子快打進城，學校提前放學。」

娘驚惶無措地說：「那怎麼辦？聽說日本鬼子很兇，殺人像殺小雞，一點憐憫心都沒有。」

二哥站在一旁，一副不屑的表情說：

「娘，別怕，我們後山全是樹木，一山連一山，鬼子真來了，大家往深山跑；他再狠，鬼子照樣怕死，諒也不敢輕易進山自找死路。」二哥揚揚自得。「鬼子真狂，想把我們中國一口吃掉，吞得下嗎？」

學校課業停了，老爸安排的課業不能輟課；第三日，娘打發我去老爸教書的地方繼續冶煉。天下父母心，總盼望兒子成龍女成鳳，企圖把我這塊頑鐵煉成純鋼，行嗎？

不曾去過十里以外的地方，我還真佩服自已有點小聰明，一路打聽，居然找到我老爸教書所在。塾學裏書聲琅琅，好一副弦歌不絕盛象。

老爸一見我，喜孜孜說：「我正在擔心，兒子，你居然平安回家啦！」

午餐後，沒有休息餘暇，劍及履及，馬上上課。

老爸規定的課程很扼要，早自習溫書，上午教經，下午授古文，晚上教唐詩。

我六歲啟蒙，只讀了一本三字經，捱我老爸一頓狠揍，然後直接教論語、古文，如韓愈的雜說，李白的春夜宴桃李園序、陶淵明的五柳先生傳、周濂溪的愛蓮說……都已教完。第二日開始授下論未曾教的「憲問篇第十四」。下午，教范文正公仲淹的〈岳陽樓記〉。

岳陽古稱巴陵郡，宋滕子京於一〇四四年春天，謫為巴陵郡太守。

巴陵山位於岳陽縣城西南，元和郡縣誌曰：

「后羿屠巴蛇於洞庭，其骨若陵，故曰巴陵。」巴陵山又名巴丘山，南朝宋梁皆置巴州，隋廢郡，改巴州曰岳州，又改曰羅州，尋曰巴陵郡，後復曰岳州，宋曰岳州巴陵郡。」

岳陽摟位於岳陽古城西門之上，下臨洞庭湖，前望君山，長江伏於此，登臨遠眺，湖光山色，一碧萬頃，滔滔蕩蕩，帆檣林立，盡收眼底。與江西南昌滕王閣，湖北武昌黃鶴樓，號為三名樓之一。

據考岳陽樓之建，起於一千七百多年前之東漢末年，孫權與劉備爭奪軍事要地荊州，命大將魯肅，率萬餘將士駐守戰略要地巴丘；並於洞庭湖操練水軍，乃築巴丘城，瀕臨洞庭湖處，興建檢閱水軍閱兵樓。本來巴丘城東西南北皆建四門樓，三樓毀於兵火，惟位於西門之岳陽樓僅存，即為今之岳陽樓。

歷任武后、中宗、睿宗、玄宗四朝名相張說，素得玄宗信任，忠忱款款，文質彬彬，開「開元」之治盛況，因與姚元崇不睦，於開元四年，由宰相罷為相州刺史，再貶岳州，於岳州時，將城樓重加修葺整治，常與詩人墨客登樓歡宴賦詩，以解謫黜之愁，乃正式命名為「岳陽樓」。

文人多感慨，復有洞庭湖山勝景為之引發激勵，雄文雅詩，讚譽不絕。嗣後，張九齡、孟浩然、賈玉、李白、杜甫、韓愈、劉禹錫、白居易、李商隱等歷史名賢，都留下登樓賞景的名篇佳句，縹緗稱盛，樓以人著，人以樓而名彰。故范文正公記中有刻「唐賢今人詩賦於其上」之句。

岳陽樓三層三簷，高十九公尺，寬三間十七公尺，深三間十四、五公尺，黃琉璃瓦盔頂，是我國最大的盔頂建築。現今的岳陽樓，為清光緒六年重建。

所謂盔頂，即形同武將盔帽形狀之謂。

一座高樓，享盛名千餘年之久，並為文化醞釀、景色匯聚之地，湖光增色，居民霑寵。尤其范文正公仲淹一篇〈岳陽樓記〉，可謂震古鑠今，永垂不朽。樓以人傳，文正公的學術文章、德業功勛，固為有宋一代名臣名將，也因此篇大作與樓並存而不朽。

岳陽樓是名樓，也是歷史的見證。東吳名將周瑜，曾病死於岳陽。相傳呂洞賓曾三度醉臥岳陽樓，故三樓神龕中塑有呂仙金身像；樓右側建有三醉亭。傳說與景色融合為一，更增岳陽樓誘人遊觀登臨媚力。

名作家郭嗣汾先生曾於新文壇刊登一篇〈訪名勝記名聯〉大作，文中有「宋代大儒范仲淹任官岳陽時」之句。我讀後，深感不然，范文正公一生事功在陝西甘省邊境防範外寇入侵，未曾任官岳陽，岳陽樓記是他戍守陝甘後又調職，應同年滕子京先賢之求所撰，我便根據史料，作了一篇小文以為駁正。文曰：

拜讀譽美華人世界大作郭嗣汾先生〈訪名勝記名聯〉鴻文後，深敬郭公飽學多識，筆健文醇。當年郭公於〈中央月刊〉連載各類大文時，每捧讀為文章圭臬，學之效之而不能，今拜讀〈訪名勝記名聯〉大文，為吾輩開拓眼界，增益聯語知識，雖未能遊蹤萬里，納史實美景於筆底，吟誦成聯，實亦一快事也。其中〈岳陽樓〉一章中有「宋代大儒范仲淹任官岳陽時。」於史實稍有出入。

查〈岳陽樓記〉首二句為「慶曆四年春，滕子京謫守巴陵郡」。慶曆為宋仁宗年號，巴陵郡即今之岳陽。

宋史范仲淹傳曾言文正公因諫仁宗廢郭皇后事，當時宰相呂夷簡以「古亦有之」贊同仁宗廢后，中丞孔道輔，諫官范仲淹等十餘人伏闕論奏后無罪，不可廢，而與夷簡結怨，乃出知睦州今之浙江建德，歲餘徙蘇州，且因呂夷簡進用人才多出其門，范文正公上百官圖以刺時政，又貶知饒州今江西上饒，徙蘭州今江蘇鎮江，越州今浙江紹興，後即在陝西、甘肅一帶治兵捍禦邊患，未曾出任岳州。

滕子京名宗諒，與范文正公同年進士，頗為相知，因元昊反，出知涇州（甘肅省），慶州今甘肅懷陽縣，多年皆與范文正公為邊圉國防事勞心費力。御史梁堅劾奏滕子京於涇州為官時，費公錢十六萬貫，犒賞部屬，饋遺遊士故人，宗諒恐牽連他人，株禍不止，乃焚毀其名籍。時范文正公參知政事，力救之，止降一官。御史中丞王拱辰復論奏不已，此案一時難了，乃貶官岳州。次年，重修岳陽樓，敦請同年文正公為之序，方始留下此篇千古吟誦的好文章和歷史佳話。

任真疏闊，一生知其一不知其二，謹將讀史粗識略述於上，不敢有瀆大賢，尚請大作家海涵恕諒。

另將郭皇后遭廢事梗概略述於下。

宋仁宗為李宸妃所生，劉太后養以為己子，疼愛有加，至明道二年三月劉太后崩駕後仁宗始知李宸妃為親母。明道元年宸妃病逝，享壽四十有六。

仁宗原寵張美人，欲立為后，劉太后未准，此時仍為太后垂廉聽政，仁宗在旁為皇帝見習官。劉太后乃於天聖二年十一月立郭氏為仁宗皇后，仁宗迫於慈命，雖內心不懌，亦不敢違抗懿旨，故郭氏無寵。後仁宗又寵愛尚美人楊美人。女孩年輕任性由寵生驕，姿態甚高，不甚有禮於郭皇后，爭相言談相接，難免話中帶刺，使人不堪。一日，尚氏於帝前語侵皇后，皇后母儀天下，宮闈內事皆有管轄權，尚美人言語不遜，不僅侮上，益令皇后以後何以威惠廷闈？皇后不勝其忿，起而批其頰，仁宗起而救之，誤傷仁宗頸而留下爪痕，仁宗不勝其忿乃盟廢后意，退而以爪痕示呂夷簡以問廢后意，呂夷簡因前次罷相宿怨怨后，呂夷簡以「古亦有之」贊同仁宗廢后，仁宗旨下，中丞孔道輔，諫官御史范仲淹等伏闕請對，叩諫仁宗收回成命，此舉一則忤旨，再則結怨呂夷簡，於是，出孔道輔、范仲淹為外官，此為明道二年事。景祐元年八月，楊、尚二美人亦以爭寵言行失檢，使尚美人入道，楊美人別院安置。景祐三年，范文正公由外官為天章閣侍制，又因「百官圖」以諷呂夷簡任用私人，坐譏刺大臣落職饒州。綜觀范文正公一生，於外任職則在浙江，江蘇，江西為官；後則專在陝西、甘肅一帶治兵守邊。

宋仁宗在位四十一年，先後改元九次。天聖共九年，明道兩年，景祐四年，寶元一年，康定一年，慶曆八年，皇祐五年，至和兩年，嘉祐八年。如與史實有違，誠摯邀請各大家教正。

文雖鄙陋，對史事梳櫛不夠詳盡，也算是勉強可以說明一樁事的來龍去脈。

近日讀前清高步瀛先生選註《唐宋文舉要》一書中〈岳陽樓記〉註釋中，載後山詩話卷二曰：「范文正公為岳陽樓記，用對語說時景，世以為奇。尹師魯讀之曰：傳奇體耳。」傳奇二字為貶詞，黜記近於小說，非文章之正耳。

後山詩話為宋陳師道所撰，陳師道與黃山谷齊名，古文亦極健朗，頗得時譽。其所記虛實？不得而知？或者尹師魯果有此說亦未可知，果如是，尹先賢只是就文章體裁與作法論文章，他未曾體會文正公先憂後樂的仁者襟懷，文正公憂國憂民的至意他也不曾瞭解，尹師魯即使詩文雄奇，論功業文章道範如與范文正公比，可以說不如遠甚。

岳陽樓記不在寫景色之美，而是文正公藉此一文抒發憂國憂民的仁者懷抱。今日，環視台灣南北，有幾個人以國家存亡民生苦樂為念？每當選舉，賢不肖傾巢而出，個個聲嘶力竭，呼口號，開支票，實則全在憂家憂兒女憂自己荷包不夠豐實，住屋不夠豪華寬敞。與范文正公相較，其差別豈在天壤而已。

兩岸開放，數十年思鄉思親願望，終於如願以償。

以前，數度駐守金門，每當黃昏，即登臨太武山眺望對岸綿邈亙接，朦朧依稀的山色。海那邊曾是我們的故鄉，一水之隔，兩個世界，兵戈對壘，兄弟相殘，我們卻不能依親膝下，拜謁廬墓，朝思暮想，徒興悲切。於今，終於可以自由回家，與親人舉杯同觴，共話衷腸了。

毛主席曾經「破四舊，立四新」，一心要摧毀的古建築，終在鄧小平先生的門戶開放後，成了中國大陸最有價值的賣點，中外遊客雲集，最欣賞的還是歷史名城名樓與民間古建築。

誰說舊文化就是渣滓汙垢？誰說孔孟儒家的學說就該連根剷除？刨個一乾二淨？沒有古文化豐富中國，國家就像一具僵屍，徒有形體而無生命與精神。倘若徹底夷平了古建築，中國便不再美了，只剩下硬體的山峰，搖天樹木，蒼翠固然蒼翠，缺少紅牆綠瓦作點綴，那分美，也是美得淒涼。

建設國家與時代共呼吸，需要文明，更需要文化。

拜開放之賜，我們終於可以跟著旅行團走遊大江南北。回湖南，當然少不了去張家界，更不能不登岳陽樓以覽洞庭湖烟波浩淼之美，瞻仰岳陽樓構建之雄，唐宋詩賦文章琳瑯之華。

當我一步步走向岳陽樓時，心想這是我童年時夢寐以求的景觀，今日得以站在城樓眺望浩浩蕩蕩、橫無際涯的湖面，帆檣高矮不齊，如同劍戟豎向天際；小船如小魚，四處竄逐；大船若巨鯨，龐然大物，動則翻浪掀濤；鷗鳥爭鳴，競逐上下，也是個「落霞與孤鶩齊飛，秋水共長天一色」的妙景。

洞庭湖原本號稱「八百里洞庭」，由於長久淤塞，道光年間，洞庭湖誌記載只六二七六平方公里，一八九六為五四〇〇平方公里。中共建國，毛主席為了解決缺糧問題，賡續清康熙「圍湖築田」的詔諭後，登高一呼，高喊「圍湖造田」。主席的指示就是玉旨綸音，早已偷佔湖沿種稻種菽的農民，欣然色喜，合理合法了。遠距離的農民全皆怦然心動，人人響應主席號召，紛紛奔來造田，港汊溝渠淺岸，全部填塞，阡陌縱橫，綠浪搖春。完啦！洞庭湖面積已縮小至二七〇〇平方公里，比原先的湖面狹小了三分之二。當年號稱淡水湖之冠的龍頭地位，獨巍一尊，誰也不得爭此首位。如今時移勢易，被造田農民繳了械，硬被拉下首席寶座，只有拱手讓給江西鄱陽湖了。

每當洪汛，湖面容量不足，沿湖各縣市以及長江下游等地全遭水患，漂沒屋宇，淹殺禽畜，無辜生命全成陪葬之俑。幸而長江大壩竣工，才為洞庭湖分去蓄水無功之罪，悲夫。

湖沼河川水源充沛，成為魚蝦育樂的溫床，岳陽市沿湖餐廳，多以鮮魚為號召，爭奇鬥勝，各擅烹飪奇能，推出的魚蝦菜餚，紛陳雜出，鹹甜皆屬上品，真箇是人間美味，仙佛攢眉，引誘得食客川流不絕，鼓腹而歌。

湖南號稱魚米之鄉，諺云「湖廣熟，天下足」。蓋因兩湖與兩廣河川縱橫，水量豐沛，自然稻麥不愁缺水溉育而年年豐收。民無飢寒，全拜昊天恩賜。遺憾人類貪欲無窮，不知戴德感恩，知足長樂，千方百計向天地討財貨，破壞天序，耗傷大地臟腑，雖獲近利，卻傷元氣。我們超支了兒孫福澤，將來卻讓兒孫為我們償付這筆巨債，我們預支福澤，踰分享受，心安嗎？

八十六年歲月匆匆過，老爸已然作古四十餘年，自己亦垂垂老矣！生命代謝不絕，老成凋謝，新生命繼起，一代代輪替，一代代登臨岳陽樓，感嘆人生苦短，名樓與范文正公的德勳與鴻文卻是永垂不朽。

二、駢體文

我讀前清桐城派巨擘高步瀛選註《唐宋文舉要》一書，其中甲篇自唐太宗時名相魏微〈十漸不克終疏〉，到南宋朱熹先賢〈送郭拱辰序〉為止，共四十六家，皆為唐宋時代的精要文章。自卷二到卷四，選註素為桐城派鄙薄的駢體文，自唐王績〈答刺史杜之松書〉開始，至文信國公天祥〈賀趙侍郎月山啟〉為止，共二十九篇。

這部上下選集，厚一七一三面，我買回家已三十五年之久，曾於七一年將主體文披讀一遍，內容數倍於本文的註釋，我不暇仔細品賞。今年，我終於下定決心，不僅細讀全文，更詳讀註釋。高先賢的註解文字，雖嫌駁雜枝蔓，往往對某一詞，各家解釋不同，全部收攬，不能定於一尊，引述繁多，反增疑慮，究竟何者為是？何者為非？費時亦費事。不過，高先賢所費精力與時間之多，見證他讀書之博，涉獵之深。由於他的帶領，也讓我認知到前賢往哲文章之美，一字一句全從學問中精鍊而出。更令自己汗顏的是一生都在讀書，卻是讀得不夠廣博，由博而約的功夫更是闕如，也欠梳櫛濾瀝細密本領，比之前賢往哲，為之侍茶水，展紙磨墨當侍讀也不夠格。今日讀書人識得二三千字，便以這二三千字舞文弄墨，著述不衰，其中內蘊豐歉，與前賢的著作相較，豈止不足，簡直是貧困已極。

就讀書論讀書，我檢討自己所下苦功不足，今日不學無術，可真算是「實至名歸。」

讀到駢文，我想到這種文體由盛而衰，確實有它不能存在的理由。

駢文又號之曰駢體文，何謂駢？兩馬並行謂之駢。凡物二者併合或重列對偶皆謂之駢。如唐李賢〈上文選註表〉（註釋昭明文選）曰：「竊以道光九野，縟景緯以照臨，德載八埏，麗山川以錯峙。」駱賓王「為齊州父老請陪封禪表」……「伏惟陛下，秉乾握紀，纂三統之重光，御辯登樞，應千齡之累聖。」四句一節，首二句四字，後二句皆六字，此即駢字之意。一般連稱之謂曰駢體文，前四字句相對，後六字句相對。

另有所謂當句對，唐人詩文中累見，即一句中自成對偶，如王勃滕王閣序中之「襟三江而帶五湖，控蠻荊而引甌越，龍光牛斗，徐孺陳蕃，騰蛟起鳳，紫電清霜，鶴汀渚鳧，桂殿蘭宮，鐘鳴鼎食之家，青雀魚龍之舳，落霞孤鶩，秋水長天，天高地迥，興盡悲來，宇宙盈虛，丘墟已矣等，皆為當句對。

辭海對駢文的解釋：

文體名，別於散文；古代之文，頗多偶語，蓋取其屬辭比事，協音成韻，易於諷誦也；洎於南北朝，則專尚駢儷，惟以色聲相矜，以藻繪相飾，文格遂趨於卑靡矣。唐初尚沿此習，韓柳繼起，力起八代之衰，主以氣勢行文，不尚辭華，世遂稱用偶語者為駢文，與散文對舉。

柳宗元乞巧文始有「駢四儷六」之語，至清代，駢文駢體等名，方盛行於世。

偶語就是對語，即上下聯相對之辭。數學有偶奇之數，偶是雙數，奇為單數。男女成婚謂之配偶，即是男女配成一對。駢文中就是四與四對，六與六對，是以謂之偶語。

八代乃指東漢、魏、晉、宋、齊、梁、陳各朝代。

駢體文是文章類型的一種，我國文體一般分為序跋、奏議、書牘、贈序、詔令、傳狀、碑誌、頌贊、辭賦、哀祭、典志、敘記等。為文的對象不同、目的不同，文體所採用的方式也就分別有異。駢體文為辭賦類的餘支。自古謂賦起源於楚詞，楚詞宗之於詩，詩經為我國最早的一部詩，先聖孔子就曾讀過這部經，可見詩經起源之早，而且早於春秋，或者更早於書經。書經中詔誥類等，孔子刪詩書、訂禮樂，後人裒集成書。

駢文中的偶語，楚詞中亦常見，如離騷「呂望之鼓刀兮，遭周文而得舉，甯戚之謳歌兮，齊桓聞以該輔。」九章中涉江「與天地比壽，與日月齊光。」宋玉九辯中「燕翩翩其辭歸兮，憚寂寞而無聲，雁噰噰而游兮，鵾雞啁哳而悲鳴。」

賦類中這種對語尤其多見，只是不像駢體文那樣四六句屢見不窮。

駢文押韻也該是韻文的一種。所謂韻，就是聲音相和的意思。詩的韻味最突出，無論五絕、七律、古風、樂府，讀來均感音韻和諧一致，氣韻一體。讀詩人也不覺心懷暢朗，百脈貫遍，心臆為之一快，此即文章取其協韻的效用。

駢文重辭藻與對語，文心雕龍歸之於麗辭一章，不僅求其辭藻允當而典雅，不沾俚俗味，尤重神理為用，事不孤立，運辭與屬對，嚴密而諧協，不相違離。比喻唐王績答刺史杜之松書云：「淵明對酒，非復禮義能拘；叔夜攜琴，惟以煙霞自適。登山臨水，邈焉忘歸；談虛語玄，忽焉終夜。」不但辭藻美而對語緊密相扣；王績鄙棄名利，遁跡山林，不為世俗牽纍的高懷雅操，文字中躍然而見矣！

文體窮而後變，罄而後革。賦作到極點，先賢已然窮盡智巧，極盡才華，後人再無法突破前人桀範，於是求變求新，唐朝詩人蔚起，文思泉湧，詞意煥出，唐詩代賦獨領風騷於一時。詩變為詞，因為詩已極盡巧思於窮境，後人無力再超越前人。詞本就是詩，詞起因詩與樂府分離為二，詩不能入樂，詞便代替了詩的作用，與樂府結合為一，成為一種新體詩。抒情寫景，詞的句型少受拘囿，均能曲盡其妙。自晚唐到宋，詞大都是寫來給伎女伶工作歌唱材料。此類詞為適應大眾需求，不能不從流俗，求其淺白易懂，內容以男女之愛為多，使聽者易受感動。及至李後主的詞出，寄家國之痛亡國之思於詞內，亦不受文字多寡與音律所限，詞的文學價值在微妙繁複的意境內突出，詞的境界也帶向更高一個層次。

詞的風頭過了，就是傳奇與劇曲等……如此推陳出新，後人不斷企圖超越前人，才豐富了文化內涵與生命新生。駢體文就是文人窮盡各種抒發思想和表現才華，而構思出的一種新文體，自東漢末年就有人嘗試，盛行於魏晉，風靡於六朝，風潮所至，幾乎淹漫了所有文人的思慮與創作路線。

文風原即社風政風的反映，什麼樣的政治禮教，形成什麼樣的社會風氣與民情，什麼樣的社會民習，便產生什麼樣的文學作品。

西漢結束秦始皇的殘暴統治，休養生息，民情康泰，皇室營宮室，擴苑囿，極物欲之盛，彰顯出國強民富的政治績效，乃有寓諫諍於歌頌式的賦產生。……初唐賡兩漢之後，政績民風，國防疆域，不下於強漢，府庫殷實，民生安康，教育發達，人才輩出，乃孕育出詩體以抒文人襟懷。唐太宗鍾愛王右軍書法，唐之書家堪稱人才鼎盛，與漢隸魏碑鼎足而三。元朝高壓統治，帝王粗魯無文，志在擄掠，不在獎勵教化，興盛人文；且重蒙輕漢，混亂華夏文化正統，文人乃逃遁於小說戲曲創作，以避秦政暴虐，而求得抒發情懷，藉以安身立命有所託寄。

駢體文是不是基於政治和社會風氣的崩毀，文人無所發展抱負，竭其才智於民生樂利，轉而在文學形態上運斤肆力，以暢胸臆之快呢？我想，應該有他的因果關係。

文體發展與改變，與政治、社會、民風浮沈有絕對的因果關係。

我們且粗略地追溯一下當時的政治環境。

漢朝末年，天下已非劉家私物，貴戚專政，宦官盜權，黨禍為害，正人君子不得聊生，平民罹於戰禍，災於旱澇，寒餒交煎，永無寧日，生計摧殘，境況之慘，勝於暴秦之侵軼六國。黃巾亂起，四方響應，遍及幽、冀八大州，平民在生死界線上掙扎，才嘯而相聚一致反抗暴政。接著州牧割據，地方勢力抬頭，濫權與享受幾與皇帝相埒，重征暴歛，民窮財盡，兵役交征，後嗣不保，這些軍頭巨寇不在保鄉衛民，而在蓄馬養兵，以備將來逐鹿中原，爭奪帝座寶位。嗣後董卓亂政，曹操繼起，挾天子以令諸侯，權傾一時，為爭取士家豪族向心，陽為招賢納士，徵聘地方名士為官，以收買人心；實則是擴張自己勢力，以收異日坐得江山成果，勢力已成，漢家帝業只剩一絲游氣。曹丕繼乃父之後，終於把漢家江山拿到手，南面而坐，國號曰魏；數傳之後，又為司馬氏父子兄弟襲曹家父子篡漢故技，而奪得天下曰晉。晉武帝駕崩，惠帝嗣位，蠢蛋作皇帝，賈后擅權，釀成八王之亂，這一亂，比之秦始皇蠶食六國、楚漢之爭，尤為慘烈。終於北方拱手讓給五胡，元魏一統中原，繼之是齊，周。南方，晉元帝僥倖登位，號令天下，又有王敦，桓玄等覬覦在旁，興兵為禍。淝水一戰，總算暫時穩定時局，苟安帝業於建康，僥倖於百年之後，終於讓劉裕擠上帝位，國號曰宋。嗣後齊、梁、陳，換皇帝如同公車換座位，沒有先劃位後入座的預置，誰先搶位誰先坐。政局如此紛更，讀書人深感生活痛苦，生死懸於一線，不想出仕，亦難在民間求得耕稼之樂，只有寄情於書畫琴棋，騁志於文字創作，在創作中，各個竭盡才華，鬥聲律，較韻腳，究平仄，字斟句酌，在運辭上猛下功夫，在句型結構上求變化，去陳腐而創新意，駢文之風，或即如此形成。

在政治變革中，曹操父子文韜武略，冠絕一時，曹操的才華，開魏晉文風之盛；曹丕兄弟，更是文人領袖，衣冠冠冕，當時傑出文人，皆在曹丕兄弟幕幃中，接席左右，遊宴聯歡，吟詩為文，互爭雄長。建安七子孔融、陳琳、王粲、徐幹、阮瑀、應瑒、劉楨，極當時文風之盛。晉繼魏後，張載、張協、張華、陸機、陸雲、潘尼、潘岳，並不亞於建安七子。

魏晉之際，儒學中衰，操觚為文者，漸向浮華，東漢排偶之文，一變而為駢四儷六，號曰駢體。駢體之風，倡於子建（曹植），盛於晉初，靡於六朝。蓋子建雖趨重工整，猶不失東京典型，所謂「正始文字」，厭世之想，樂天自然；放達之行，耽於審美；至晉太康，漸趨於繁縟一途，皆措意於意偶辭六，幾純乎四六矣！

由於政治變革，戰禍蔓延，生命如螻蟻，慶幸朝生或不幸而夕死。田園荒蕪，人民不得朝耕夕息，作個與世無爭的農民。商旅沮於戰禍，不得貨暢其流賺取利潤，裕康社會。百業亂序，饑寒頻侵。如此人生又有何留戀可欣之處？於是，有人耽溺於糟粕，幕天席地，醺醺然無酒不歡；有人則以棋琴消遣人生，寄愁緒於音符，嘯悒鬱於林泉；有人則在文學中苦心構思，寄託襟懷，創新文體，不讓自家寒窗苦讀，腹笥蘊積與草木泥土同腐朽，變陳為新，駢文庶出而翹楚為一時之冠。到了唐初，此風不革。唐太宗為一世之雄，神彩秀發，多聞博達，亦雅愛四六。唐名相魏徵以為「亡國之主多有才藝」，華褥之文，無益於政教，尤其暗危於江山，期期然以為不可。他說：「……文艷用寡，華而不實，體窮淫麗，義罕疏通，哀思之言，遂移風俗，以此而貞萬國，異乎周頌漢莊矣……」老成謀國，時時以國家危亡民生苦樂為念。因之，自隋朝開始，具有經世濟民胸懷的文人，就有改革淫麗四六的想法，到唐韓愈與柳宗元先賢，起而倡導古文，以散文體表達思想才情，隨興而發，不拘一格，才情所至，筆墨隨之，宗經說理，自由奔放，駢文革命才告成功。嗣後，宋、元、明、清各朝仍有許多好駢文創作，終竟無法接續魏晉駢文正統而再樹文學大纛了。

十幾年前，我也誦讀駢文，覺得四六對語，精巧洗鍊，後人難及，可惜許多用典，雖能豐富文章內涵，畢竟典只是往昔人物一件事故，不足以典型萬古；不懂典故出處，即使搔盡白髮，也難領略文章妙處，反損文章義理，得失之間，值得商榷。

當時，拙頑無知，也學著作四六，雖知幼稚，純為玩票取樂。茲將曩日所作〈素齋賦〉抄錄於後，正好搪塞篇幅。

素齋賦

國學大師錢穆先生有一棟素書樓。我的朋友也有一個「素齋」。他享有父祖餘蔭，原有一大片土地被劃成商業區，一夜之間變成了大富翁。他讀書作畫篆刻習書法，很有幾分藝術人氣質；加之熱情好客，家中經常高朋滿座。與他相交的朋友，多有幾分瘋癲，相聚時高談闊論，旁若無人；用餐時猜拳鬥酒，頗討人厭。朋友的雙親年已古稀，素好清靜，每當這批子侄輩光臨，立刻躲進三樓看電視。朋友不希望父母受干擾，再則也讓來訪客人有處發表謬論的地方，於是，把棄而不用的舊居加以修葺粉刷，略加佈置，便覺高雅宜人；地方寬敞，容得下這些狐朋狗友，不拘形跡，高談闊論。他把這間屋子名之曰「素齋」。取其友情素、生活素、人品素，名利得失無不素之意。大家不羞腹笥有限，反而搜盡枯腸，為他寫篇〈素齋賦〉，東拉西扯，滿紙荒唐，非賦非詩，非文非贊，簡直是篇四不像。文好文壞，大家居然置之不問，沾沾自喜之餘，以為不公諸於世，實為台灣藝文界損失一樁掌故，於是我抄錄於後，以為素齋誌盛。

賦曰：

居屋之陽，圃之東側，曠地卅坪，蝸居一椽，蒙翳於蔓草，受侵於榛莽，乃伐其根株、戢其矮叢，略加葺治，營為小齋；不憚簷低礙眉，最喜安於容膝；乃置圖書、備翰墨；左置竹床一榻，中列書桌一張；椅凳四五，不拘形式，矮幾二三，聽任散置；琴音間奏，樂譜霓裳之曲；詩吟聲漫，法追李杜之章；好友常臨，暢談無忌；偶然興來，歌詠自由；園蔬二三，盃傾滄海之酒；吆五喝六，拳豁五嶽之雄；醉則逍遙偃仰，醒則談藝論詩；硯蓄天池之水，紙展浣花之箋；繪畫則山呈水現，滿紙蒼茫，湖山全收；裁詩則吟風弄月，抒懷述事，縱筆如飛。志相同而道相合，醉則歌而醒則和。右為短垣，老磚斑駁，花疏疏兮三五樹，竹娟娟兮數十竿，高矮參差，各守其分；蔥蘢滿眼，碧綠醉人。小徑蛇行蚓步，傍短垣而迤邐；蔓草恣睢縱橫，常侵道而阻行；淺塘一口，水盪洞庭綠波；菡萏半畝，花開嬌嬈冶容；老農鋤圃，菜分蔥韭薑蒜；歲別四季，常招蜂飛蝶吟；門窗半掩，書聲出戶；屋雖舊居，雅氣怡人，賓非鴻儒不入，客欠雅操不來；自春徂冬，高朋不缺；談文論藝，捨此無貳；不慕榮華，尤鄙名利。主人名之曰：「素齋」。

當其春步隱隱，新葉並抽，名花野卉，吐蕾含苞，蕊紅瓣白，紛華滿樹；屋角牆腳，春意盎然。蝶翩翩而起舞，燕矯矯常翦風；新柳柔如情絲，千條萬縷，剪不斷理還亂；嫩籜怒若利劍，撓霄拂雲，怯佞悻而驚奸邪；團荷款款，渾似村童戲水；萍蹤徐徐，宛若浪人辭家；蛙鼓咚咚，春意已鬧；遊目四望，遍地紛華。及高樹匝蔭，涼風宜人，蟬嘶梟梟，暑意漸濃，薄衫一襲，竹簟一蓆，不扇而涼颸適至，小睡則蟬夢聒耳；徑掃殘花滿地，荷綻綠波照影；竹幽幽益蔥蒨，風翦翦已漸涼。序次初秋，景色漸非，縱目遠眺，黃葉滿山；小步荷塘，殘梗礙眼；階砌蛩音嘶嘶，雲天雁影陣陣，落葉遮徑，掃完猶滿；秋禾已收，莖枯復綠；淡淡雲影，天益清而氣爽；徐徐秋風，氣清和尤景媚；驚秋訊之悄至，嘆歲序已云暮。北風吼樹，冬寒迫人；衰草倦對斜陽，綠蕉長依疏竹；幾波寒流過境，冬衣頻添；寒雀四處覓食，啼聲悽悽；村犬吠寒，枯樹苦冬；戶掩重扉，窗垂層帷，茗茶一壺，濁酒數盅，三五好友，坐談不倦，或競美為文，或展紙作畫。琅琅書聲，響徹寒冬冷空；融融友情，羨煞幾多人家。若乃朝日耀眼，早霞染窗，草色青簾，苔痕綠階，鳥送歌來，風散花飛，時而煙雨濛濛，樹濕新痕；時而重雲黯黯，花篤曩艷；夜則新月窺窗，輕霧叩戶，蟲聲唧唧，疏星在天。疏鐘不來，市聲反雜；對景生情，觸物興感；文思不請而自至，詩思因酒而立來。展紙濡毫，各構巧思，此優彼劣，軒輊難分；文思如縷，談鋒益健，乃相偕出戶，曠野同樂，穿曲巷，走窄徑、登高山、遶清湖，天高地曠，遼闊無垠；長嘯震天，話機帶禪；觸目皆為綠意，滿心全多歡樂；志先淡乎名利，心尤鄙薄侈泰；胸齊天闊，心合雲清；園蔬勝珍饈，溫飽感國恩。此樂也，樂在適情恬性，不假造作，書畫為伴，良友互磋，心平氣和，自得其樂。主人曰：「歸，歸。」濁酒一壺，青蔬數味，陶然一醉，不知秦漢魏晉。生命苦短，人壽幾何，青春已老，來日無多，今不放懷，更待何時？三餐無虞，友情彌篤；求之唐虞盛世，焉有此等富足？優哉遊哉，完矣美矣！夫復何求？夫復何求。

三、對酒當歌，人生幾何

人生一條艱險路，數十年歲月，荊棘梗道，阻礙橫生，壯志不得酬，謀猷不得伸；進一步，頓挫困辱，退一步，夜半飲泣；妻啼寒，兒號饑，親友無力伸援手，自己無能拓新境；歡樂不可得，苦則糾纏不休；偶然一杯在手，終獲醺醺然之樂，有酒為伴，苦樂相共，樂與酒偕，夫復何求？

因酒亡國

戰國策，梁王魏嬰觴諸侯篇曰：「梁王魏嬰觴諸侯於范台，請魯君舉觴。魯君興，避席擇言曰：「昔者，帝女令儀狄作酒而美，進之禹，禹飲而甘之，遂疏儀狄，絕旨酒曰：「後世必有以酒亡其國者」。」

儀狄的職務在釀酒，他把酒釀得芬芳馨甜，希望禹帝首肯他的勞績。任何一位部屬都會如此盡分盡職，卻不料反遭帝禹疏遠，連酒也不喝，真非始料所及。

夏禹為大聖，他的預言真的應驗了，自禹帝至其裔孫桀，十七君四百七十一年，終於亡國於商湯。

韓詩外傳云：「桀為酒池，可以運舟，糟邱足以望十里，而牛飲者三千人……。」終於以酒亡其國。

不過，也有人反韓詩外傳之說（韓詩外傳為漢韓嬰撰，引古事古語，證以詩詞，非說經之書，蓋多雜說）謂：「桀既為帝，何患無酒。後世羞之酒池可以運舟，糟邱可望十里，雖然形容其蓄酒之多，釀酒費秫費粟之巨，損害民食，究竟意欲何為？桀固無德，好色好酒無心於政事，但也不會壞到如此不堪。」

這是為桀脫罪一說。

韓詩外傳之說來自何種資料？如今是則公案，無法判定對錯？反正「桀夏」罪惡滔天，加他十罪八罪也壓不死他。

大禹可絕旨酒。酒這東西神妙無比，喝下之後，能讓自己忘了自己是誰？自認為帝就是帝，自以為王就是王，天下之廣，眾生之多，唯我獨尊，千煩百慮，一掃而空，全不放在心頭，人世間那有如此美好東西？

我國釀酒歷史，始於何時？夏禹絕旨酒在公元前二二〇五年。實則大禹之前，我國就有酒這類飲料，約在三八〇〇年前的龍山文化晚期，就出現不少口小腹大的陶器；酒的主要成分屬水，顯然這種腹大口小的陶器為盛酒器具。我國有酒供人飲用，至晚在三八〇〇年前就已出現生活中，甚至於為時更早。

酒的釀造技術可能得之於自然。先民食物，以野生果類為大宗，水果不吃，堆聚一處，發酵即變而為酒，不釀而酒出，飲之而醺醺然，不知天有多高地有多厚？釀酒之法，不謀而得。其後再改良以穀類釀酒，由旨酒而烈酒，由馨甜而火辣，飄飄然的感覺一日超過一日了。

嗜酒可能是普遍性，中西皆同。台灣地狹人稠，數十年來，經濟發達，人民富康，生活享受隨之水漲船高，中西美酒，消耗量驚人。凡有讌會，不止小酌，持杯擎瓶拼乾杯，杯杯見底，痛快之極，也豪邁之極。

夏桀無德，商湯取代了夏桀，相傳三十餘世六〇〇餘年至紂辛而國亡。史記曰：「帝紂資辨捷給，聞見甚敏，材力過人，手格猛獸，智足以距諫，言足以飾非，矜人臣以能，高天下以聲，以為皆出己之下，嬖於婦人，愛妲己……以酒為池，懸肉為林，使男女倮相逐其間，為長夜之歌……。」

紂帝生性殘暴，復又自矜其能，益之酒能亂性，助長其淫暴之威，終於引起百姓愁怨，大臣畔離而國亡於周。

商湯六百餘年天下，農業已經相當發達，人民不饑不寒，才有餘糧釀酒取樂，形成沈溺群飲惡風陋習。官釀民釀，各取所需，是以自地下發掘的酒器甚多，盛酒的有尊、彝、卣、壺……調酒的有盉，溫酒的有爵、角、斝，飲酒的有觚、觥、觶，型製美而多樣。可見商朝酒的文化非常風行。

周武王順天應人取得天下，周公懲於商湯群飲惡習，敗風氣、亂民習，誤事毀性，趁康叔被封於殷故地衛國去履新時，乃作酒誥，命康叔到衛國後宣傳戒酒。酒誥的文辭正如先賢韓愈所說「詰屈聱牙」，規定了嚴厲的法令條例，且規定只有祭祀時才可飲酒，但不可酗酒濫醉，敗壞德性，故曰：「飲惟祀，德將無醉。」

周公苦口婆心呼籲禁酒，周朝官民喝酒風氣才不如殷商之盛。惟諸侯會盟，或朝覲，賓主應酬，仍然舉酒稱觴。由地下發掘的酒器不如殷商之琳瑯滿目，種類繁多，可以想見。

西漢之亡，亡於王莽纂漢，東漢之亡，亡於曹家父子「挾天子以令諸侯」，箝制全國人士滔滔之口。自漢光武中興，歷十二世一八二年至漢獻帝時，完全是個傀儡。

董卓之亂後，黃巾餘燄竄於兗州，曹操引兵入兗州，自領兗州牧，追黃巾到濟北，得降卒三十餘萬，男女百餘萬口，收其精銳，號為青州兵。參謀荀彧勸曹操迎獻帝，以從民望，以服雄傑，扶弘義以致英俊。曹操乃遣部屬迎獻帝，旋又遷都許昌，自為大將軍，武平侯。

獻帝雖為天子，應該號令天下，大權旁落曹操手中，他只是備位而已。獻帝受盡委屈，曾對曹操說：「君若能相輔，則厚，不爾，幸垂恩相捨。」

獻帝這幾句話重如千斤鐵錘撞巨鐘，鏗鏘之聲聞千里，曹操雖奸，亦不免汗流浹背，自此不敢朝獻帝。

曹操死，其子丕繼掌朝政，最後漢家江山，變成曹魏天下。不是因酒，而是酒也讓曹家父子壯膽雄心，劫奪帝業如婦女上菜市場取根蔥蒜那樣輕鬆平常。

「月明星稀，烏鵲南飛，遶樹三匝，無枝可依。」這是曹操的橫槊賦詩之一首，既悲涼亦豪壯，曹操當時氣概之雄，意氣英發，不喝酒怎麼能如此目無餘子。漢獻帝不曾失意而耽溺於酒，曹家父子倒是向酒借膽吃掉漢家江山。曹丕稱帝後，不時與建安七子賦詩作文、佳餚名酒逐酒為樂，無酒怎能釀出曹魏文風之盛？

三國之後是兩晉，兩晉亡，南朝為宋、齊、梁、陳；北朝為五胡亂華，戰亂相尋之局，北魏承平不到百年，分裂為北齊、北周。隋文帝乘北周母寡息弱之危，篡其帝業為隋。幸而有隋文帝出而拯救蒼生，扶持民族，江山總歸大一統。不幸偏聽獨孤后一面之辭，且不滿太子楊勇多蓄姬妾，乃廢黜楊勇，立次子楊廣為太子；這個逆子乘文帝病重，大臣宮人不在左右之際，弒父自立，是為煬帝。隋得天下三十七年，最後亡於唐。

西遊記孫悟空有句狂語說：「玉帝輪流坐，明年到我家」。自三國到隋一統天下三五三年之間，皇帝換位等於餐飲店換雅座，前座尚未用畢餐飲，旁侍者立刻攆人讓座。

隋煬帝桅檣畫船遊江南，日夕間那能離開醇酒美人。隋失江山，雖未全然因酒，酒精發酵絕對是亡國因素之一。

各朝亡國君主，多皆淫暴酗酒，不惜政事，嬖寵嬪媵，揮霍無度，殺戮大臣，屠滅親人，終於引致天怒人怨，拱手讓出帝位，自己也不得善終。

東晉孝武帝在元帝司馬睿於江表延晉祚五十六年之後嗣接帝位。孝武帝名曜，元帝孫，篤信佛教。淝水之戰後，政局趨於安全，重臣輔政，江表恬寧，在位廿四年。

此時，北方符堅淝水敗後，其將姚萇背符堅，自立為王，國號曰秦。未幾，慕客沖僭即帝位於阿房（陝西省長安西北）。姚萇殺符堅而僭即皇帝位。慕客垂僭即帝位於中山（陝西淬陽縣北）。北方侵奪之戰未息，東晉始有喘息餘暇。孝武帝雖貴為天子，也可能深感人生無常，生命不永，富貴過眼雲煙，帝位亦難保磐石之安，早期的英武奮發，赫赫有為，一變而溺於酒色，常為長夜之飲，歌舞昇平，美酒佳餚，酣醉為樂。末年，長星見（即彗星，星象家謂為主兵革），帝甚惡之，於華林園舉酒祝之曰：「長星勸汝一杯酒，自古何有萬歲天子耶？」孝武帝得壽三十五，自此，晉祚衰微，再歷安帝、恭帝共二十四年，國家大器便落在劉裕手裏。

陳武帝陳霸先，原本微賤，自謂為大丘長陳實之後（陳實，東漢人，有志好學，坐立誦讀不輟，桓帝時除大丘長，遭黨錮禍，遇赦得出。實在鄉間，平心率物，鄉人有爭訟，輒求其判正。子元方季元，皆有德行。父子皆著聲聞。實卒時，海內赴喪者三萬餘人，共刻石立碑，諡為文範先生）。以戰功累封公封王，終承梁後受帝位，國號曰陳，五帝三十二年，至後主陳叔寶時，隋文帝已篡得北周帝業於長安，國號曰隋。陳後主以江表瀕海之狹，不自強奮，猶妄自尊大，不慮隋文帝有窺伺東南企圖，不虞外患，荒於酒色，不恤政事。左右嬖佞，珥貂者五十人，婦女美貌麗服，巧態以從者千餘人。常使張貴紀，孔貴人等八人夾坐；江總、孔範等十人預坐，號曰狎客。先令八婦人襞采箋，製五言詩，十狎客一時繼和，遲則罰酒。君臣酣飲，從夕達旦，以此為常。終為隋軍所虜，陳叔寶為囚首，自建業（今南京）至長安，王公百司大小五百里纍纍不絕。真是敗亡之國的勝蹟。

陳叔寶降隋後，隋文帝原欲令其戒酒，後又曰：「任其性，不爾，何以過日？」

隋文帝也算得上是推己及人，深體人心的君主。有一日，他問監者：「叔寶所嗜？」監者對曰：「嗜驢肉。」問：「飲酒多少？」對曰：「日與其子弟日飲一擔，常耽醉，罕有醒時。」

隋之一擔，不知究有多少？

後，叔寶從文帝東巡登芒山，叔寶侍飲，他獻詩於文帝曰：「日月光天德，山川壯帝居，太平無以報，原上東封書。」後從至仁壽宮，常侍宴隋文帝，及出，隋文帝目送之曰：「此敗，豈不由酒？將作詩功夫，何如思安時事？」

失國亡族，仍然離不開一個酒字。

北齊高洋，為齊神武帝高歡次子，智勇多力，外柔內剛，果於斷割。既嗣帝業，遂留情酖湎，肆行淫暴，或躬自鼓舞，謳歌不息，飲酒如牛，醉舞若狂，屠戮親黨，虐殺臣僚，不辨親疏，性情不暢，立刻屠戮，血流漫地，不以為意，幾以殺人為樂。常幸李后家，以鳴鏑射后母（高洋岳母）中其頰，因罵曰：「吾醉時，尚不識太后（親母）老婢何事？」因以馬鞭鞭后母一百有餘。

※※※

酒、酒、酒，醉得人不成人，人無人性，酒無害於人，人不自知節飲，醉則變為狂悖，傷身敗德，亂常毀倫，家也敗了，國也亡了，剩下的就是一個酒徒的來日悲歌。

借酒遁世

晉劉伶，沛國人（安徽省宿縣西北），字伯倫，放性肆志，不妄交游，嗜酒成癖，為建威將軍，不曾死於晉室離亂，居然得以壽終正寢。伶嘗渴甚（酒癮發作），求酒於妻，妻捐酒毀器，涕泣勸諫斷酒。

伶曰：「善，吾不能自禁，惟當祝鬼神自誓耳，但可具酒肉。」妻從之。

伶跪祝曰：「天性劉伶，以酒為名，一飲一斛，五斗解酲，婦兒之言，慎不可聽。」仍然引酒御肉，陶然復醉，因述酒德以自頌。酒德頌曰：

有大人先生，以天地為一朝，萬期為須臾，日月為扃牖，八荒為庭衢；行無轍跡，居無室廬，幕天席地，縱意所如，止則操卮執觚，動則挈榼提壺，唯酒是務，焉知其餘。

有貴介公子，搢紳處士，聞吾風聲，議其所以，乃奮袂攘襟，怒目切齒，陳說禮法，是非鋒起，先生於是方捧甖承糟，銜杯漱醪，奮髯踑踞，枕麴藉糟，無思無慮，其樂陶陶，兀然而醉，豁爾而醒，靜聽不聞雷霆之聲，熟視不睹泰山之形，不覺寒暑之切肌，利欲之感情，俯觀萬物，擾擾焉如江漢之戰浮萍，二豪侍側焉，如蜾蠃之螟蛉。

讀罷酒德頌，不由轟然而笑，喝酒有如此多好處，難怪人世間醉翁之多，酒品之繁，釀酒技術日新月異，一杯在手，果然視天地如吾廬，山河如帳戶，陶陶然不知人間有帝有王有爭有攘之事在耳。倘若人人一壺酒，醉裏天地永，壺中日月長，人世間那還來戰爭事呢？先賢劉伶真是位樂天安命的達人。

我記得自己好像是十歲左右，我老爸教我這篇〈酒德頌〉，其中「日月為扃牖，八荒為庭衢，幕天席地，縱意所如」四句，熟記不忘，歷久彌新，其他詞句全忘了，以後買到商務印書局出版的《漢魏六朝文》，終於重讀到〈酒德頌〉全文。深感劉伶先賢藉酒忘憂，亦未見他醉生夢死，昏昏然沈淪墮落到品德狼藉境地。究其因始，劉伶是在借酒遁世，忘卻晉時不得安寧活下去這個濁濁人世。

他嘗開罪俗人，其人奮臂攘拳要揍他，伶徐曰：「雞肋不足以當尊拳。」意思是我瘦骨嶙峋，不堪你飽我以老拳。

其人一笑而止。進退緩急之間，先賢別有機智。可見他並未為糟麴所淪陷。

晉之竹林七賢，不僅酒友慕之為聖哲，一般文人，亦以彼等逃名避世，高其德行，在歷史傳承中可真是名聲響亮。七賢為稽康、向秀、山濤、阮藉、劉伶、阮咸、王戎，這七位先賢，感魏晉之際，天下擾攘，名與命少有全者，遂以酣飲為樂，藉酒逃世，有得於方外。

魏晉重清談，此輩為之倡，常聚首於竹林，群飲縱歡。竹有節操，正與七賢鄙棄宦途，蔑視名利，遁於糟粕之性相契合。

嵇康以琴名世。康游洛西，一夜，有古人來訪，與嵇康暢談韻律、彈奏一曲，高雅幽深，世間少有聆聽，名之為廣陵散，當即教授嵇康，嵇康後被司馬昭所殺，廣陵散從此成了絕響。

戰爭攘奪，強者為雄，弱者不得苟全，一般百姓，固難逃戰禍於死亡，即使士人，有救天下之志，卻少扶天下之力，求天無助，逃死不遑，窮年累月紛紛擾擾，欲得一夜好眠亦為奢望，生死俄頃，不知明日可否看見日出，尤其於世宦途中，幾與亂離戰伐相浮沈，進則捲入洪流濁浪中不得出，退亦無清淨安全之境以全殘軀，怎麼辦？只有在老莊之中求安身，在酒杯糟麯中覓快樂，清談玄理，以求心神放達，因而視名利如桎梏，鄙仕途如荊棘纏身，整日持壺擎杯，提榼攜觥，與酒為樂。

晉先賢陶淵明，介於晉宋世代交替王業移易的尷尬時代。

陶淵明曾祖父為陶侃，係東晉一代重臣，先後討平張昌、陳敏、杜弢、蘇峻之亂，官至侍中太尉，位為三公，封長沙郡公；在軍四十餘年，雄毅明決，聲威卓著，據守兩湖之間，長江滔滔千里，凡敢有異圖者，不敢以巨舳大舟越侃之軍事重地而直抵帝都建康懷覬覦之心。東晉偏處江表至晉安帝為劉裕所弒，晉祚壽終。淵明先賢家國之痛，概可想見。曾為彭澤令，不慣官場迎來送往陋習，掛冠而去，賦〈歸去來辭〉一章以明志。一生耽酒，小酌痛飲，醺醺然忘懷得失，縱身大化之中；此中消息，或為先賢澆熄心中塊壘之方，以酒遁世，借酒澆愁。天日猶昔，江山依舊，回首故國之思，有不勝今昔之感。陶公作為，正是以酒遁世一顯例。

先賢有《請節先生集》傳世，原為梁昭明太子所編，其序曰：

夫自衒自媒者，士女之醜行。不忮不求者，明達之用心。是以聖人韜光，賢人遯世。其故何也？含德之至，莫逾於道，親己之切，無重於身，故道存而身安，道亡而身害……有疑陶淵明詩，篇篇有酒，吾觀其意不在酒，亦寄酒為跡者也。…………

其後，先生文集版本甚多，注釋者尤夥，至清道光年間，湘潭周詒樸先生秉承其外舅陶澍文毅公從政之餘，不知幾寒暑所註靖節先生集十卷，年譜考異二卷重刊問世。此集皆經陶澍先賢嚴謹校勘，去其訛誤，正其本源，先賢詩文始不為歷史所淹沒，吾輩也能自文集中認識其志節之高，「是非分付千鍾酒，日月消磨一醉中」的心懷。

淵明先賢德高品清，所為詩，質而實綺，癯而實肥，平淡出於自然，蕭散沖淡之趣，盈溢於字詞之外。

朱文公晦庵語錄云：「晉宋人物，雖曰清高，然箇箇要官職；這邊一面清談，那邊一面招權納貨，陶淵明真個能不要，此所以高於晉宋人物。」請節先生湎於酒，實皆借酒澆愁，以酒消憂。晉世宰輔子孫，恥復屈身異代，自劉裕篡奪勢成，遂不肯出仕，大倫大德所在，惓惓不忘如此。大勢已去，復興無力，只有著書述懷，藉酒為隱耳。

與酒為友

詩人生性浪漫，思想飛天越海，滿宇宙自由奔馳，想摘下月亮當燈照，剝下星星當裝飾，思慮無際無限，所以才能創作許多好詩篇，美化人間，豐富文化，讓我們後人吟哦諷誦，心有所寄，情有所託。

我記得我老爸教我第一首詩，就是大詩人李白的〈月下獨酌〉。

花間一壺酒，獨酌無相親；舉杯邀明月，對影成三人；月既不能飲，影徒隨我身；暫伴月將影，行樂須及春；我歌月徘徊，我舞影零亂；醒時同交歡，醉後各分散；永結無情遊，相期邈雲漢。

大詩人的詩不用典，淺白清晰，直抒心曲。髫齡童稚，雖不瞭解作者作詩時的心境，但「花間一壺酒，獨酌無相親，舉杯邀明月，對影成三人……」這些句型，還真能體會得出作者寫景抒情妙不可言之狀。

李白是詩仙，也是酒仙，他的〈將進酒〉為飲君子找到了名正言順的大道理；當時通都大邑，鄉村小鎮，凡有酒肆飯館所在，都會央請書家寫下「將進酒」裝裱懸掛壁間，以鼓舞乘旅喝幾杯上路。

將進酒曰：

君不見黃河之水天上來，奔流到海不復回；君不見，高堂明鏡悲白髮，朝為青絲暮成雪；人生得意須盡歡，莫使金樽空對月；天生我材必有用，千金散盡還復來；烹羊宰牛且為樂，會須一飲三百杯。

岑夫子，丹丘生，將進酒，杯莫停；與君歌一曲，請君為我側耳聽。鐘鼓饌玉不足貴，但願長醉不願醒，古來聖賢皆寂寞，惟有飲者留其名，秦王昔時宴平樂，斗酒十千恣讙謔，主人何為言少錢，徑須沽酒對君酌，五花馬，千金裘，呼兒將出換美酒，與爾同銷萬古愁。

人生苦短，青絲白髮，現在不喝，還待何時？

鐘鼓饌玉都難迷惑飲君子之心，只願長醉不願醒；五花馬，千金裘，亦可典當換美酒，幹嘛？銷那萬古愁呀！愁什麼？什麼愁都有，萬古也萬斛。

大詩人豪放不羈的性情，在此詩篇裡看出多真摯多可愛。

《今古奇觀》一書為評話的一種，評話亦即平話，就是說書，以口語敷衍故事；宋時最盛行，為民間娛樂最引人入迷項目之一，明朝民間亦以說書取樂，江蘇蘇州一帶尤為風行。

此書中有一篇〈李謫仙醉草嚇蠻書〉，把詩仙醉酒之狀描寫得淋漓盡致。尤其令楊國忠磨墨，高力士脫靴的情節，飽含有鄙斥奸佞的意味在。邪正之間，判然有別。

平話雖為小說故事，作者捕風捉影，添油加醋，以增加故事中奇詭情節，想當然仍未脫離謫仙生活生性綽綽之影。

明太祖朱元璋辛苦打下天下，為兒孫企圖開創萬世基業，很可惜肖子賢孫的帝王不多，昏庸愚弱的卻不少，加之大臣掌政，奸佞弄權，旱災水潦，饑饉交臻，民不堪其苦，吏不堪其勞，明朝二九七年天下可以說是一篇爛汙賬。今古奇觀借古諷今，頗有深意在。

謫仙善飲，半醉半醒中刻意因皇帝命他以番邦文字起草回書，故意要求楊國忠磨墨，高力士脫靴，羞辱這兩個掌政誤國的內外大臣，兩個奸佞不敢抗旨，只有靦覥忍辱照辦。

當時，楊國忠高力士在玄宗身邊可謂炙手可熱，楊國忠磨墨敷衍二三下可以過關。高力士脫靴非要雙膝跪地使力將長統靴子脫下不為功。

當時，高官巨吏，宰輔重臣全在場，眾目睽睽之下看見這齣羞辱楊高二人的鬧劇演出，當事人豈能心甘？

高力士受辱之後，乃摘取太白所作〈清平調〉以激貴妃（清平調共三首，皆為李白歌誦楊貴妃的詩篇，其中第二首三四句「借問漢宮誰得似，可憐飛燕倚新粧」。引漢宮趙飛燕與貴妃相較，愈見貴妃的國色天香。李白馬屁沒拍到，不幸拍到馬腿上。高力士乃以此二句讒謗李白，使李白中箭落馬。）玄宗累欲授李白官，皆為貴妃明裡暗裡所阻，後坐事流夜郎，會赦歸，代宗立，以左拾遺召李白，此時謫仙已卒。據傳謫仙死於醉後水裡撈月，溺水而死。

詩仙飄然而來，飄然而往，一生與酒為友，晝夜相伴，終於名登仙籙。月不可摘，亦不可撈，醉後矇朧，果如傳說，謫仙之死倒是浪漫得令人毋須嗟惋，只有羨煞。

李白詩仙，杜甫詩聖，杜工部一生苦難，把當時戰亂饑饉情況，點點滴滴記在詩裏，成為此後研究唐朝政事民情重要參考資料之一，人稱之為史詩。

唐太宗一生英武，削平各方勢力，為李唐開創帝業，勵精圖治，任用賢俊，廣納諫言，有過則改，有失則正，文治武功較之窮兵黷武的漢武帝猶有過之，貞觀之治終成為中華歷史上一項政治懋蹟。很不幸卻生了一個不肖兒子唐高宗，信任武則天，屠滅親黨，連自家親生兒女也不放過，帝祚危危乎即將成為武氏基業。武后稱帝在位二十一年，帶著滔天罪惡歸西後，無端竄出一個韋后又欲效法武后牝雞司晨，李唐帝業危如累卵，幸而唐玄宗出而拯溺，清除餘孽，掃清穢惡，唐太宗的英靈在地下才大大吁出一口氣，國脈民命不曾斷在這兩個惡婆娘手裏。

武則天自光宅元年廢中宗為盧陵王，立皇弟李旦為睿宗，臨朝視事，歷二帝三十年，至玄宗奮其神武，改革朝政，革除弊害，開元之治幾可與貞觀之治媲美。

由於武則天的倒行逆施，親武派臣僚坐觀成敗，酷吏為虐，佞倖逢迎，雖然重器未墜，實則官民困阨。唐玄宗改弦更張，刷新吏治，自然容易收功效。為官的忠於朝廷，愛護人民，獎勵耕作，推行新政。人民勤於耕稼，奔走貿遷，上下一片雍和盛興氣象。府庫充實，廄馬肥壯，晚年，玄宗耽於淫樂，歌舞昇平，醇酒美人，寵愛楊貴妃，信用楊國忠，終於釀成安史之亂，半壁江山全在烽火煙燧之中，最後不得不兩度奔竄四川避難逃命。

國家無主，玄宗子李亨即位於寧夏靈武，是為唐肅宗。搖搖欲墜的中央政府總算有位元首頂起傾覆的危機，號召官吏歸隊，安撫四民安居樂業，等待昇平日子降臨。

杜甫原為名宦杜審言之孫，舉進士不第，玄宗時以獻賦待制集賢院；肅宗立，拜右拾遺，出為華州司功參軍，後棄官依嚴武，武表為檢校工部員外郎，後人因而稱之為杜工部。

嚴武亦為名宦中書侍郎嚴挺的兒子，累官至劍南節度使，劍南在四川劍閣以南，大江以北及甘肅鄰蜀部分地區，治成都，杜甫草堂即位於成都，屬嚴武權力統治範圍之內。生活安定，飽暖無虞，心有所寄，情有所託，詩聖憂國憂民，寫下了鏗鏘有聲的史詩。

嚴武為軍人，他追隨肅宗在安史之亂中著有戰功，所以累官至劍南節度使。節度使為武將，唐朝凡有寇戎之處以採訪防禦使加以旌節，謂之為節度使，大者領十餘州，小者二三州，用人理財，賦稅收入，皆得自主，後演變為晚唐藩鎮之禍。

巴蜀素稱富庶，物產豐饒，民情康泰，以嚴武的功名與權位庇佑一位詩人杜甫，自然力有裕餘。杜甫於安居成都時寫下了不少有名詩篇，為我們後代留下豐富的文化遺產。

舊唐書杜甫傳云：「……武與甫世舊，待遇甚隆；甫性褊躁無器度，恃恩放恣，嘗憑醉登武之床曰，嚴挺之乃有此兒。武雖急暴，不以為忤。甫於成都浣花里種竹植樹，結廬枕江，縱酒嘯詠，與田父野老相狎，蕩無拘檢，嚴武過之，有時不冠，其傲誕如此……」。

很不幸，嚴武早於詩聖前卒，杜甫失去靠山，加之四川暴亂，甫攜家扁舟出峽，船過湖北。湖北亦不安寧，乃掉棹泝湘江遊衡山謁南嶽，後寓居耒陽定居。永泰三年（唐代宗年號，其父肅宗已然崩殂），啗牛肉白酒，一夕而卒於耒陽，年五十九。中壽之齡遽歸道山，詩人不幸，耒陽欣幸，埋葬了一位千古詩聖。

傳又云：「天寶末詩人甫與李白齊名，而白自負文格放素，譏甫齷齪，而有飯顆山頭之誚。（飯顆山在長安，李白才逸氣高，律詩殊少，故以詩戲杜甫云：「飯顆山頭逢杜甫，頭戴笠子日卓午，借問別來太瘦生，只為從前作詩苦。）不是李白輕視杜甫，而是李白作詩不用典故，不搜索枯腸，較平仄、究音律，靈感到來，詩興勃發，信筆揮灑，抒情寫景，無不妙造自然。杜甫推敲辭句，舖陳篇章，字字謹慎，事事落實，不若李白之豪放縱逸，自然真摯之趣。

杜甫全集中有三首詩懷李白，李白除了前面那首飯顆山頭譏誚杜甫吟詩之苦外，無一首詩與杜甫通契闊，可見詩仙心目中原少一個位置安下詩聖。

李白醉後撈月而死，杜甫啗牛肉白酒而死。

詩人與酒為友，酒這個朋友暗懷鬼胎，卻把詩仙詩聖的老命斷送掉，平日還真不能與他傾心而交，打得火熱哩！

王右軍在蘭亭曲水流觴，四十幾位友好晚輩，飲酒吟詩，高懷雅集，真箇是千古以來的風流韻事。王勃滕王閣序中，文武俊彥，集於一堂，高談闊論，極盡文酒歡娛。只有王勃這位年輕人，藉著酒興，引發文思，振筆直書，鴻文驚嚇倒與會文武健筆，人人斂容，個個禁蟬，除了嗟嘆讚賞，不敢置一詞以為褒貶。今日吟誦斯篇，猶不禁拍案叫絕，真的是千古不朽的好文章。

文起八代之衰的韓愈有〈醉留東野〉詩。

昔年因讀李白杜甫詩，長恨二人不相從，吾與東野生並世，如何復躡二子縱，東野不得官，白首誇龍鍾，韓子稍奸黠，自慚青蒿依長松，低頭拜東野，願得終始如駏蛩，東野不迴頭，有如寸莛撞巨鐘，吾願身為雲，東野變為龍，四方上下逐東野，雖有離別何由逢。

孟東野即孟郊，少隱於嵩山，人稱嵩山處士，李翱為官洛東，與之遊，薦於留守鄭餘慶，辟為賓佐，性孤僻寡合，韓愈一見，與之唱和於文酒之間，未久而卒。

另有〈贈張徐州莫辭酒〉詩，張徐州即張建封，時任徐州刺史，徐泗濠節度使，韓文公為其從事。

舉其二三，知韓愈先賢不僅詩文稱雄於一時，也常借酒助文思，與酒作親密交遊。

宋歐陽文忠公所作〈醉翁亭記〉，飲少輒醉，原來醉翁之意不在酒，在乎山水之間也，山水之樂，得之心而寓之酒也。

歐陽修不狂飲濫醉，他也要以酒名篇，可見酒雖為惡友，此中分寸，要自己把握，親近他擺脫他？自己內心要有個主張。

蘇東坡先賢的前後赤壁賦內，如果沒有酒，先賢那來遊江豪興，又那能寫出如此震古鑠今的好文章。

歷代詩人文士，不論酒量如何，凡有集會，都少不了名酒或家釀助興，三杯下肚，立刻文思泉湧，詩文源源而出，作畫作書，激情狂野，顏彩墨瀋中完成真金寶玉般作品。酒是引子，居然引出中外史上諸多不朽作品留給後代子孫。他們與酒為友，自知檢點，並未因酒誤事而壞了人品。酒不害人，如果因酒觸犯禮法，那是自己把持不住，不能怪酒。

藉酒滋事

有人說：「酒能壯膽」。三杯黃湯下肚，立刻膽子大了，自己姓什麼也全忘記。

史記記載季布使酒罵座。季布曾為項羽將，數窘高祖，高祖得天下，怨季布，以千金購求季布，季布逃匿再四，後得朱家求滕公（夏侯嬰）說高祖，高祖赦季布，拜為郎中。季布任俠，一諾千金。季布楚人，楚人諺曰：「得黃金百斤，不如得季布一諾。」漢文帝欲召為御史大夫，人有短季布「使酒難近」。使酒就是酗酒，酒精發酵，自己難以控制自己，加之性格豪爽明快，是非分明，扶是鋤非，往往開罪四座，使酒任性之名遠近傳播，季布官運前程也被酒精燒毀了。

酒這東西，一旦進入腸胃，立刻沸騰全身，令人七分興奮三分麻醉，內心裏一時委曲不快，憤懣不平，藉著酒興，不由傾吐而出。若是自傷，你發你的酒瘋，與人無干，亦可避免糾葛。一旦言語無忌，亂箭傷人，這事兒可大條了。懂事而又性情溫順被罵人，自認倒霉，三十六策，走為上策，不與你這酒鬼計較。遇到性格暴烈的粗漢，好端端你罵我幹嘛？老子一生專修理別人，不挨別人罵，鐵樣拳頭揍得你鼻青臉腫，狼奔豖突；有種，你敢再磨牙？看我如何收拾你？你敢不敢？

實則，酒醉心明白，醉漢醉了，發酒瘋成了慣性，下次黃湯下肚，依然照表操課，開罵不誤。

喝酒有癮，不喝遍身不自在，醉後發瘋，也成慣性發作，家人為他酒醉失態頭痛，他清醒時，也知酒醉傷身失儀，決心戒酒，今日戒了，明日再犯。戒戒犯犯，犯犯戒戒，戒酒成了不能殺青的連續劇。每當與酒友相遇，四手交握，勝過古昔的刎頸之交，醇釀溢香，不喝那熬受得住呀！切盤滷菜，隨地而坐，幕天席地，開懷痛飲，這正像劉伶誆妻給酒置肉向天誓告的慣例，「天性劉伶，以酒為名，一飲一斛，五斗解酲，婦兒之言，慎不可聽」。

時代進步，現在流行續攤，各家菜色不一，情調不同，吃了一家不過癮，接著二家三家，愈喝愈多，愈多愈醉，酒的醇味全渾忘了，收獲的是醉態朦朧，最後演出的戲碼不是鬧劇就是悲劇。

打架滋事，全靠酒精壯膽。

自古至今，中外同例，人世間多由黑白兩道統治，政府白道管白晝；黑道弟兄管暗夜和看不見的事事物物。無論城市或鄉村，一心企圖闖出天下的三山五嶽人物，眼紅別人賺錢如汲山泉進屋那樣自然容易，自己又無能開創商機，賺個三餐飽飯，只有佔地為王，自己的地盤就是王畿京城，藉暴力按月收取保護費，不勞而獲，居然名車華廈，好吃懶做，而又不用大腦的標緻女孩，忙著獻身甘作壓寨夫人，真是具體而微的小皇帝享受。按月挨家挨戶收規費，不給立派手下砸店，不來武的來文的，也派嘍囉佔著座位不走人，逼你今日做不得賣買，不交錢，明日舊劇重演。反正灌下酒精，天王老子也不在乎，你不就範，教你挨割挨剜關門走人。

社會進步，經濟繁榮，多數人都買車代步，車輛這東西雖不比飛彈太空梭機械複雜，偶一失慎，它也不聽使喚。許多車輛主人，明知自己舌頭打結，睡意陣陣襲來，也要強辯未醉，醉後照常開車上路，踩油門，打排檔，狂飆於大街小巷國道鄉野之間，好不快哉。結果，不是機械出問題，就是自己神智失守無能掌控方向盤，咔嚓一聲出事了，自己喪命，咎由自取，怪不得誰。可憐無辜路人，成了陪葬活俑。

台灣酒後開車出事的事件層出不窮，怎樣抓也抓不完，看出台灣經濟富裕原是好酒貪杯的溫柔鄉，既損己也害人，怪酒嗎？酒原無辜，罪在醉鬼呀！

酒像烈火，一旦點燃即難以澆熄。好友相聚，本來藉酒傾心，醉後言語往往自己不知檢點，香臭不忌，軟硬並出，任性傾瀉，復又聲音高亢，話不對盤，彼此駁斥，最後拳腳上陣，管你朋友不朋友？先打一架分出勝負再說，幾十年的友情，互相扭打算是文場，武場則是刀棒齊來，兩條老命也賠了進去。

酒不醉人人自醉，自己鬧事，那能怪酒，結局就是如此之慘。

劉伶好酒，阮藉猖狂，人家滿腹經綸，讀阮藉的〈詠懷詩十七首〉，抄三首如後：

登高臨四野，北望青山阿，松柏翳岡岑，飛鳥鳴相過，感慨懷辛酸，怨毒常苦多，李公悲東門，蘇子狹三河，求仁自得仁，豈復嘆咨嗟。

平生少年時，輕薄好弦歌，西遊咸陽中，趙李相經過，娛樂未終極，白日忽蹉跎，驅馬復來歸，夜顧望三河，黃金百鎰盡，資用常苦多，北臨太行道，失路將如何。

步出上東門，北望青陽岑，下有采薇士，上有嘉樹林，良辰在何許，玄雲起重陰，鳴雁飛南征，鶗鴂發哀音，素質遊商聲，悽愴傷我心。

全是傷時感懷，直攄心臆之作，字斟句酌，句句令人悲惻難禁，果真是千古絕唱。今日常見的醉翁，個個肚裏裝的是牛排白斬雞，怎能與雖好酒，卻自我檢束嚴格的高賢相提並論呢？

酒之為用大矣哉

我國有酒，應該早於儀狄進旨酒於大禹之前，只是酒精含量不及儀狄所進旨酒香醇度高。儀狄負責釀酒工作，依揣測倘若前此無酒的來歷，為何要設一個釀酒工作的差使呢？

殷商時代，仍為甜酒，後來漸漸知道蒸餾法，才蒸留出酒精濃度較高的烈酒。

大體說，酒仍然是官家的寵物，民家經營吃穿事畢之後，尚無餘力可以杯酒在手，忘懷得失以自樂。及後農業技術改良，糧食不虞匱乏，民間始有穀物釀酒供應自己消費。

飲酒過量，往往誤事，殷商六百年天下，飲酒文化算是生活主流，醉後失態失儀之外，往往怠忽工作，引起鬥毆，破壞社會安寧。周得天下，周公才作酒誥，以告康叔去殷商故地履新時執行戒酒工作。

酒是友誼的媒介物，也是國與國結盟謀和敦好的調劑品。古時朝覲、盟會，使臣聘問等等場合，都是先舉觴，再升歌，然後進饌，御飯；嗣後再舉觴以敦友好，互祝「福壽康寧，國運昌隆」。

時至今日，酒依然是長官部屬、朋友相聚，國與國互訪的黏合劑，不可或缺的餐飲要項。朋友小聚，婚壽喜慶，親友來往……有飯局就得備酒，有酒則歡，無酒不樂。

台灣煙酒公賣局，以前為供應煙酒的總匯，嗣後，金門大麴，馬祖，東引老酒，窖藏既久，香醇特殊，小小島嶼，居然以酒馳名中外，尤其是金門高粱，為金門賺進不少鈔票，金門同胞也普霑酒的福澤。

適量飲酒，有益健康，無止無量的猛灌，絕對會出大事。迷姦、檢屍、殺人、鬥毆、縱火、打群架……多少違法悖禮的事，都因飲酒無量而招惹出來。苦了警察，也忙壞了法院。

不喝酒的，言行多守分寸；好酒貪杯的朋友，一有酒會場合，立刻提瓶摯杯，到處找人敬酒乾杯，有了幾分醉意，便不管尊卑大小，稱兄道弟，王哥柳哥麻子哥，全成了推心置腹的好友。喝酒不開車，開車不喝酒，酒駕傷人，多少無辜路人成了不明不白的冤魂，這也是台灣酒文化特色之一。

酒不害人，自己因酒常誤事，誤事也要喝酒。社會環境複雜，各人賦性不同，性柔性烈，形成兩極對比，言語爭執，拳腳較量，在所難免，但大事化小，小事化無，酒就有此種消弭力量。

宋太祖「杯酒釋兵權」，靠酒也靠太祖的一顆誠摯心。唐末五代擾攘紛亂之局，就是因為強將擁兵，更易帝位如同兒童遊戲換座位。兩宋帝業免於野心悍夫側目而視，防禦外患的軍事力量卻不幸削弱了，所以，歷朝宋帝苦於邊患不戢，往往寢食不安。抑武事而崇文化，宋朝文風之盛倒是不輸於強唐盛漢。

朋友歡樂，靠酒；男女婚媾，靠酒；兩國結盟，靠酒；公司合作，靠酒；化宿仇為友好也靠酒……酒之為用大矣哉。不喝酒的只有在旁乾瞪眼。

人生得意須盡歡，莫使金樽空對月。我滴酒不沾，不知酒裏乾坤究竟有多大？我問嗜酒友人，他們也說不清楚，只知道喝了酒，萬般愁苦全滌盡了，日日醉眼朦朧，人世間頻增幾分春霧紛飛美感，活著，因酒而人生意趣無窮。

喝酒如此美好，不喝酒，活著幹什麼？

四、讀史粗識說東道西

我喜歡讀史藉，史書雖然是幾千幾萬年的往事，卻是當時人物的生活寫照，忠奸邪正，無一漏網，融入古人生活中，也能與他同憂患共苦樂，找到許多令人憬悟的事例，可供自己當借鏡。

唐太宗名相魏徵於貞觀十七年薨，太宗聞徵死訊，登苑西樓，望哭盡哀，顧謂侍臣曰：

「以銅為鏡，可以正衣冠，以古為鏡，可以知興替，以人為鏡，可以知得失。」

這雖是唐太宗哀悼魏徵死亡的感懷話，實則「以古為鏡，可以知興替」，說明歷史事實，可讓我們洞悉歷代興廢成敗之道何在？國家大事固然是興替，個人事業成敗何嘗不是興替大事呢。只是與國家興亡有具體而微之別而已。

人有智愚，才有長短，一個人一生事功成敗，就在此一點點中見出高低。

智是天賦，天賦多寡？人力不能強求。開啟智慧，就得靠名師啟發，給人指出一個方向，傳授你追求的方法；許多人如同獲得了寶笈，不管創業或做學問，都能開拓自己一片天地。

我掂量過自己的智力才能，天賦不足，所以一生愚騃，做任何事都不曾做出一點成績。比如讀史書，許多前賢往哲就能在史籍中找到許多材料和線索，成就不少著作。我也在苦苦讀史，笨漢讀史，就是少了一點料，讀了一輩子史書，依然一竅不通。因為泛讀，不曾專精一方，結果，只給自己拿到一張「喜歡讀史」的便條證明。成績不及格，不曾讀出一番成果來，一生歲月算是荒廢了。

中華文化有兩大系統，一為文，一為史。文與史又是骨肉兄弟，手足情深，一生相攜進退；文離不開史，史離不開文。

我不知道我如此作區分合不合邏輯？比如五經，戰國策，國語，老莊，孟荀……等諸家著作，屬文也含史。尚書，春秋……以及先哲許多著作，屬史也屬文。二十五史均為歷代飽學之士，褒集資料，斟酌損益，再加整理敘述，完成初稿，後經多方專家校勘審核，去蕪存精，才正式刻版成書，全為作者一生學問和智慧的結晶，讀歷史就是讀名家文章。所以我才敢說史也就是文。

假如你也愛讀史書，不管任何朝代的歷史，都是篇篇字斟句酌，文彩燦爛，讀來不由擊節賞嘆，前輩文章筆法，輕則為清流一泓，潺湲有聲，重則如洪濤翻浪，拔樹捲屋，我們後輩仰望如遙天雲峰，想攀緣也攀緣不上呀！

孟子曰：「世道衰微，邪說暴行又作，臣弑其君者有之，子弑其父者有之。孔子懼，作春秋，春秋，天子之事也。」又曰：「王者之跡熄，而詩亡，詩亡然後春秋作，晉之乘，楚之檮杌，魯之春秋，一也。其事，則齊桓晉文，其文，則史。孔子曰：其義則丘竊取之矣！」由是可以想見晉楚魯史書，只記載史事，並無義理，無義理則是非邪正混淆不清。孔子據魯史事而作春秋，豐富義理，寓褒貶、別善惡，以戢人倫失序，篡弒成習惡風。春秋一詞一字，皆寓獎善去惡深意，冀望政風社風，重歸於淳厚。當時亂臣賊子懼惡行劣跡載於史事，而有一言之褒勝於華衮，一語之貶，過於斧鉞的畏懼。

春秋是經，是文，也是史。

司馬遷曰：「孔子明王道，干七十餘國，莫能用，故西觀周室，論史記舊聞，興於魯，而次於春秋……魯君子左丘明，懼弟子人人異端，各安其意，失其真，故因孔子史記，具論其語，成左氏春秋。」

班固曰：「孔子因魯史記而作春秋，而左丘明論輯其本事，以為之傳。」

由是可知今之春秋左傳，經為孔子作，傳為左丘明所作，經是綱，傳則將此一本事，詳細縷述以明經之始末不誣。春秋是經是文，左傳是文也是史。

太史公著史記以前，我國三皇五帝時代無文字記載歷史，只散在百家作品中。前聖往哲，墾拓疆土，教化人民，農耕女織，各安生業，當時雍熙之象全成一片空白。

唐朝司馬貞作史記索隱曰：「史記者，漢太史司馬遷父子之所述也。遷，自以承五百之運，繼春秋而纂是史，其褒貶覈實，頗亞於丘明之書，於是上始軒轅，下訖天漢……又其屬稿，先據左氏，國語，系本，戰國策，楚漢春秋，及諸子百家之書，而後貫穿經傳，馳騁古今……。」

由司馬貞此序中，可知太史公當年撰史記，其資料廣搜博采，得自上列諸典籍，此亦坐證鄙見文即史史即文之說，並非妄論。

太史公的文章，果真為文章之雄，博達宏肆，浩蕩無際，敘事詳辨，論人中肯不黨，二千年來，我國文人代代卓越，而能超越太史公者，不曾多覯。清康熙時，吳楚材吳調侯二位先賢選輯《古文觀止》，史記中太史公文章入選十五篇，可見史記中的文章，果為文章翹楚。文史不分家，益證無訛。

兩漢傳承三百多年後，到桓靈二帝這兩個漢光武敗家裔孫手上，已到山窮水盡境地。曹操專權，以法治理軍政，集大權於一身，千計百慮，算計漢家江山，終於他兒子曹丕把一統江山拿到手，無如人算不如天算，曹魏天下五主四十六年，便拱手交給了司馬師兄弟父子。

歷史真的很詭譎，詭譎得令人搖頭苦笑。

曹操父子算計劉家產業，司馬師父子兄弟算計曹家產業，司馬炎終於篡得曹魏天下號曰晉。也許是積德不厚，不能蔭覆子孫，也許是晉武帝原無鴻圖遠略百年大計，只耽於個人驅羊車以幸美人專恣房闈之樂（原有宮女六千人，平定東吳後，東吳六千江南佳麗全部納入後宮。）不遑計及江山一統萬年大計，終於一傳之後，釀成八王之亂，懷愍二帝成了匈奴臣虜。晉失去北方疆域，晉元帝司馬睿鎮守建業，這個司馬懿原本無足輕重的曾孫，成了避難江表重臣世宦寄望中心。

打天下容易，治天下難。

打天下是乘人之危，出蠻力使蠻勁硬把他人家產業奪到手。治天下可不能蠻幹，政治要清明，人心要收攬，生產要增加，教化要推行，治安要安靖，當年跟著「造反有理」的寨主角頭利益要均霑，外敵要防範，內部政治派系要互相牽制而免於單獨坐大……在在都要慮及週詳，稍有偏失，便會江山不保。

晉朝北方喪土，帝業失緒，建業在王導王敦縱橫捭闔於江東士族之後，士族無貳心，黎庶望風而服，晉元帝才尷尬登位收拾人心，在維持晉家帝業一〇一年後又為劉裕所篡。

晉武帝只圖閨房之樂，不曾妄冀兒孫萬世一系的帝統傳承，事實上未來是個渺茫，未來誰能料定呢？

也許晉武帝早就洞悉世事一局棋，秦始皇的美夢只十餘年就失去天下。三國分裂，魏繼漢後，晉又伺機攫奪，自己搶得的江山，豈能真當私家產業傳承？晉武帝之不為兒孫謀遠圖，應有他勘破世事的禪機在。

自另一方面著想，晉得江山原本僥倖，立德不弘，恩垂不廣，民不蒙澤，猶如瘠土播種，怎望豐收？秦始皇一統江山，也曾圖冀帝業永固，傳承不絕，結果兩傳十六年就亡了天下，只剩下始皇陵寢一隻大謎團留給後人瞎猜。可見凡事想算計也算計不到的。

北方成了五胡亂華之局。南方群雄爭奪，江山易主，如同走販換草鞋，不幾日就換一雙新履上腳。

北方元魏終於削平群雄，登上九五之尊的寶座，號令天下，與南方宋齊梁陳四朝各分半邊江山。

西晉淪亡，士族東徙者落戶江表；豪富舊宦，家產饒富，家口眾多，不慣於跋山涉水，走向不可知的未來，仍然留住原籍，出仕元魏為顯宦；朝廷易主，政制仍舊，晨興上朝，拜謁如儀，與當日西晉上朝議事無異。魏帝為收拾人心，籠絡士宦名族，乃改拓拔氏為元，易服制，變風俗，慕從中華文化，士族歸心，舊宦款洽。

道武帝令修國史，後復令崔浩、浩弟覽、高讜、鄧穎、晁繼、范亨、黃輔共襄其事。崔浩奉命，務從實錄，敘述國事，無隱所惡。在崔浩心裡是忠於史實，應為信史。他的天真犯了大忌，未為帝族搽脂抹粉，去其惡而揚其善，誇大好處抹滅壞處，才得保全首領，免於刑戮。修史完成，即刊石寫之，以示行路。崔浩「無隱所惡」掀翻了元魏帝家一大甕穢臭，結果坐夷三族，同死者二百餘人，魏書未成。

筆墨賈禍，崔浩那想到自己憨厚的想法作法卻釀成二百餘人枉送了生命。

齊（高洋當政）天保三年，勅秘書監魏收博采舊聞，勒成一史。魏收與崔浩的作法卻是南轅北轍。崔浩忠忠實實修史，魏則七改八竄造史，魏收諂媚齊氏（齊已篡元魏而有北方天下），對魏室舊族載記不實（元魏雖已亡國，元魏族裔有任北齊高官，退居林下者也為赫赫士族）。且因黨同北朝，厚誣江左，性憎勝己，喜念舊惡，甲門盛德與之有怨者，莫不被以醜言，沒其善事；喜怒自恣，善惡任性，黨諸權貴，阿好勢位，書成公諸於世，人皆醜之為穢史。

同樣是兩個讀書人，卻有兩種不同作法。在那種生殺由我的專制王朝之下，是保命全族要緊？抑是只重信實不惜帶著家族和同僚同赴黃泉路為重呢？這倒是一個值得深思的問題。

梁任公強調修史須具四長。即史德、史學、史識、史才。崔浩兄弟四長皆具，惟一缺少的是只知忠於史實，不知為皇家避諱，結果二百餘人成了冤魂。魏收阿好權責，罔顧公義，德我者史中備為頌揚，忤我者不惜筆墨大肆醜化，正義不彰，事實乖訛，此無史德，雖然未遭戕戮，穢史之惡萬世不得泯滅。

時隔幾二千年，我們後人評定當年是非，時移勢易，利害不相同，以今日之是論當年之非，以今日之非道當年之是，都是犯了隔靴搔癢之失。特此標出，給自己下筆時一點警示。

南北朝對峙，我茫然無知，於是我讀南史北史。

南史包括宋齊梁陳四個朝代，北史則包括元魏北齊北周及隋之局部四個朝代，為唐李延壽所撰。

李延壽相州人（今河南安陽縣治），字遐齡，貞觀中，累官御史臺主簿，撰南北史共一百八十篇，剛繁補闕，頗有條理，初時，人以其年少位下，不甚稱其書，卒後，唐高宗觀其書，美為直筆，賜帛其家，其書遂見稱於世，為史書中不可或缺的重要典籍。

中華民族疆域包括寒溫熱三帶，地廣民富，土地肥沃，出產豐饒，北方江河水源不足，仍堪供應農牧。南方瀕海，水系萬流歸宗，密如蛛網，富漁鹽之利，便舟楫之行，賦稅倍豐於江北，因之，梟雄獍傑，視之如禁臠，人人欲攘奪為己有，擇肥而噬，傳之子孫，永享富泰生活。於是戰亂相尋，烽火不熄，無辜人民，在在成了芻狗，枉死城裏，盡為無主冤魂。

我讀南北史之後，終於對歷代的帝位更易，多少有了一點認識，雖非史家，也未枉為炎黃後裔，對祖宗家業興廢成毀也有一點淺鮮認知。

兩漢四二八年天下，包括呂后八年，王莽十四年在內，分為前後漢，以王莽篡漢為分水嶺。自劉邦創業到王莽篡位為止，是為前漢。

太史公撰史記，本紀自高祖至孝武帝為止共六帝，前漢史至此終絕。班固父子乃著漢書，班固二十三歲始經營漢書，經過三十多年斟酌損益，自高帝到孺子嬰十三帝二一三年的巨著完成，使前漢興革教化用兵戍邊大事有所交代。

王莽沐猴而冠，亦享天下十四年。光武中興，終於奪回新莽霸佔的產業，自光武至獻帝十二主共一七五年。曹丕篡漢，在史籍上仍屬正朔，五帝共四十六年。晉武帝司馬炎代曹魏而掌管天下金鑰，共十四帝一五四年，江山為劉裕接管國號曰宋，形成南北對峙之局。

此時，自光武中興至劉裕篡晉為宋，歲月齒輪已走過了三七五年，順陽（今浙川縣東）人范曄字蔚宗，歷任宣城太守，及太子左衛將軍，他博涉經史，才華出眾，運筆如椽，文如雲興兩舞，他刪定眾家後漢書而成一家之言，即目前列入廿五史中的後漢書。范曄自少佻達，又負多能，亟亟名利，不知休止，其兄范晏常云：「此兒進利，終破門戶。」

凡見利忘義之輩，只知趨利，不知感恩，功利所在，罔不畏死，自視甚高，常懷不平之心，背禮違法，難戢狂惑之志，最後利令智昏，狂悖益甚，終以謀反誅死。

說穿了就是一個貪字作祟，貪權、貪位、貪財、貪得，無所不貪，最後賠上自家腦袋與兒子性命。

宋書為沈約所撰，沈約武康人（近浙江湖州）字休文，在宋及齊，累官司徒左長史，宋齊國祚皆短，梁武帝受禪，為尚書僕射，遷尚書令，博志好學，貫通群籍，藏書多至二萬卷，著有晉書、宋書、齊紀、梁武紀等，他在宋已官至司徒左長史，對范曄所作所為，當然瞭如指掌，因之，宋書中范曄牽涉謀反經過縷述甚詳。一位博學才著的文章之士，就由於一個貪字不知收歛自省而走向了斷頭台，不由令人嗟惋。歷史殷鑑，豈可不能給人一點憬悟。尤其像范曄這樣一位聰明俊傑之士，一代才傑，為何昏愚至此？我也不由為之擲筆三嘆。

我讀三國志，商務書局早期印行的百衲本，字大如黃豆，注釋字亦能朗然寓目，南朝宋裴之先賢作註釋，他糾陳壽著三國志之所略，事有乖謬，或有脫漏，先賢則上搜舊聞，傍摭遺逸，皆於注釋中詳述分析，以矯著者之失。

晉書亦為大字百衲本，字體粗壯，大省目力，為唐太宗撰，自帝紀、志、列傳、四夷，皆書名為御撰。其實，一部晉書共一五四年，如此悠長歷史，而且事蝟萬端，復雜糾結，唐太宗治國理政之餘，那來如此功夫寫下滔滔百年晉史？蓋皆當時大臣魏徵等分別撰著，唐太宗掠臣屬之美，掛個名而已。

我讀晉書讀了兩次，對兩晉百餘年動亂不安，四夷擾攘之局，終於或多或少有些認知。不是讀書人，當然讀不出一個局面來，笨人做笨事，我總算讀了這部書。

一雙眼睛，不付薪水，不給休假，辛勤工作數十年，終於年老體衰，疲懶不太稱職。讀商務書局出版小字百衲本史類，確實費力，新唐書，舊唐書，字體大小不一，我不能再奴役我的一雙眼睛，驅迫他窮歲月而竭生命餘力。盛唐三百多年天下，只有讀司馬溫公與他重要助手劉恕、劉攽、范祖禹諸賢費時十九年才完成自戰國到五代的《資治通鑑》。

五位先賢學貫古今，博通經史，各自負責各段歷史著述，皆為此方獨一無貳專家，史家健筆當時不作第二人想。

宋末元初天台（今浙江會稽）胡三省先生注通鑑，其父於新注通鑑序云：「世之論者率曰：經以載道，史以記事，史與經不可同日語也。天道無不在，散於事為之間，因事之得失成敗，可以知道之萬世無弊，史可少歟？為人君而不知通鑑，則欲治而不知自治之源，惡亂而不知防亂之術。為人臣而不知通鑑，則上無以為君，下無以治民。為人子而不知通鑑，則謀身必至於辱先，做事不足以垂後；乃如用兵行師，創法立制，而不知跡古人之所以得，鑑古人之所以失，則求勝而敗，圖利而害，此必然者也。」

通鑑之作，本為宋英宗命司馬光論次歷代君臣事跡為編年一書。神宗皇帝以鑑於往事，有資於治道，因之賜名曰：「資治通鑑」。

書成，司馬溫公自云：「惟王勝之借去一讀，他人讀未一紙，已欠伸思睡。」當時，通鑑被世人冷落如此。實則好著作如同鑽石，雖掩埋地底，耀人光輝非雜草汙泥所能掩蔽，日久必見光輝耀人。通鑑列為我國史籍重要著作之一，未曾枉費司馬溫公監修苦心。

讀書原有方法，囫圇吞棗，不辨滋味，所得自然不多；知道方法，再按法找路，自然所獲必豐。

我讀通鑑讀了三次，再參照民國廿四年王緇塵先生所著《資治通鑑讀法》再讀通鑑，居然另外覓得一些線索。正反忠奸，事逆事順，緇塵先生在遍讀群籍之後，另有觀點。可見讀書博而後約，才能有自家主張，做得自家學問。如只困於一家，雖然有得，不免偏狹，亦只是鸚鵡學舌的一點學問而已。

聰明才智天賦者居多，自家奮進努力，只是像一把純鋼不多冶煉時間不足的劍，時加拭抹保養，可以保其不鏽，但鋒銳絕不如鋼多而千錘百煉的寶劍，可以說是遜色多矣。我就是如此一把頑鐵多而純鋼少的劍，窮一生歲月在書籍中，我依舊是個不曾開竅的粗漢。

悔恨嗎？不，天生如此，你能恨誰怨誰？

唐之盛世終於由強而弱，由光耀燦爛變而黯然無光，最後一位君主唐昭宗，被朱全忠弒立而篡唐為梁太祖，此後，梁、唐、晉、漢、周、史稱為五代，各代國祚短促，誰有軍馬武器，誰就可以攆舊主如逐家犬，稱帝稱王自便。朝代更迭，蒼黎蒙災，那個時代的黎庶，忍受戰火飢荒的摧殘，晨起面日，不知有無幸運看到日落？我讀歐陽修先賢所著五代史，終於看出五代帝王的齷齪面目。

帝王有何尊貴？與劫匪有何異？攘奪不讓人，搶位比誰都先都快，那是天意授受，兆民歸心的帝王呢？

我讀宋史，我參照吾湘衡陽王船山先賢的《宋論》和張孟儒先生於民國三十六年出版的《宋代興亡史》來讀，這二位先生把兩宋政治制度、經濟得失、國防、外交、民生等各類問題都有詳細評析。兩位先生的主張未必就是我的主張，慚愧，我的看法都難超越博學卓識兩位先生之外。

宋太祖趙匡胤結束五代亂局，登基稱帝後，杜太后亦再以「兄終弟及」囑咐太祖必須懍遵慈訓。宋太祖手足三人，大弟光義於太祖崩殂後嗣位即宋太宗，小弟廷美為杜太后養子，無分於帝業。太祖在位十六年，有子德昭、德芳，根據歷史傳嫡不傳長的先例，德昭應該子承父業繼太祖為帝，杜太后有懿旨在先，德昭退而為王，其叔太宗光義防範極嚴，無骨肉之親，有攘奪權位之危，惟恐大臣簇擁德昭爭奪帝位，自己亦將岌岌可虞；德昭在危疑震撼之勢下，明裡暗裡權勢言語步步逼人，即使淡泊帝位，恭己以事太宗，但精神壓力大得寢饋難安，最後以自我了斷作結束。德方亦相繼殂逝。

廷美降封涪陵縣公，房州安置，安置就是監管，未幾亦告命終。太宗不曾親手殺弟戮侄，弟侄之死，何嘗不是他逼死的。

帝位誘人，權位之下無骨肉親，亦無手足義。

宋史百衲本十大冊，我只讀了少部分，嗣後，舊唐書、新唐書、金、遼、元、明諸史，卷帙浩繁，復又字小如蟻，望史興嘆，我自覺已然嚼不動了。

讀史，常常感到開國之君，不重椒房之寵，遠離酒色之惑，勤勞儉樸，節用愛民，用賢臣，任良吏，所以上下相洽，蔚然雍熙之象。承平日久，嗣位君主，昏昏惑惑，以為帝業天授，疏於用人，怠於理政，親小人，遠賢臣，佞倖在旁，嬖寵分權，俗漸澈而不悟，政寖衰而不改，習亂安危，荒耽嗜欲，帙不自睹，耳蔽箴誨，厭偽忽真，猶豫歧路，莫適所從，見信之佐固位保祿，疏遠之臣言以賤廢，王綱鬆弛於上，智士鬱悒於下，國家安危，帝位久暫，繫於一線，一旦禍起蕭牆，則上下相失，倉皇不知所措，國亡家敗，就在此俄頃之間。

歷史就是如此循環不斷上演悲喜劇。

聰明俊傑之士讀史、治史，專於一朝一代，精心專一，絕不旁騖，終成一代專家。我國五千年綿長歷史，有誰能把廿五史讀得一線貫系，事事條理井然，首尾不失呢？我不是專家，我只是讀讀歷史，讓自己自古人嘉言懿行中得到一點啟示，而不讓自己傖俗得令朋友作嘔，自己也迷失人生方向。

因為喜歡讀史，以後我又陸續零星讀過梁任公《中國歷史研究法》。杜金英先生等著《中國歷代政治理論》。李源澄先生的《秦漢史》。陳寅恪先生《唐代政治史述論稿》……熊公哲先生《王安石政略。》……東剽西竊，不止這一點點，總以為自先賢前哲大著中偷得一點金銀財寶，讓自己成為巨富，誰料到命定寒薄，只堪凍餓一生，到老依然是個不學無術之徒，面目可憎，言語無味；朋友相聚，也不由人嗤之曰：「此老傖陋討厭，酸腐氣薰人，遠離他為是。」

悲夫，悲夫，一生學而無得，老而無成，豈能怪怨朋友鄙而棄之哉？

五、蕭家帝業兩王朝

英雄開創歷史，不肖兒孫斷絕國祚。

富家兒女多驕縱，吃喝玩樂，十八般武藝樣樣精通，最後敗光家業，拆屋樑，賣屋瓦，玩盡祖先家業後窮餓以死。

這不是結論，而是我個人自歷史事例中抽樣而得的個人看法，不求認同，只申己見。

蕭何裔孫當皇帝

齊高帝蕭道成接收劉裕帝業。

宋劉裕弒晉恭帝而有天下，傳七主共六十年帝業告終，禪位於齊。

蕭道成與梁武帝蕭衍之父蕭翰之為族兄弟，論輩份，蕭衍為蕭道成族侄輩。

齊梁兩代開國主，均為佐漢高祖滅先秦平項羽而開大漢三七九年基業名相蕭何二十四、五世孫。

歷史好好玩，創曹魏天下的曹操父子，為繼蕭何為相的曹參後裔。

隋文帝楊堅，為拒受贈金天知地知你知我知「四知堂」楊震後代。

弒晉恭帝而自立為帝的劉裕，又為漢高祖弟楚元王劉交之後。

我國自漢以後兩千多年歷史，好像就是他們這幾家人上台下台在搬演；打打殺殺，戰禍不熄，也是這幾家在點火滅火。

齊高帝梁武帝全都學有根柢，博涉經史，援筆為文，源源如長江黃河之水，滔滔不絕。

齊高帝十三歲受業於儒士雷次宗，治禮及左氏春秋，並工草隸書。梁武帝草隸尺牘，無一不精，儉約愛民，布衣素履，膳食粗糲，一日三餐，只求飽暖，希望身先此風，以率家人臣屬而激揚全國儉約之風；可惜帝業二三傳之後，便由盛而衰再而竭，此豈荀卿所謂「聖人之有天下，受之也，非取之也」？天數已終，自然而然把帝業拱手讓給別家，而形成宋齊梁陳迭興迭終之局。

鬱林海陵兩不肖

宋武帝劉裕起自田間，一時運會，踅入宦途，由於天賦神武，膂力過人，沈厚多智，謀出諸輩之上，由小吏而至方面，平桓玄，滅譙縱，率師北伐……功高當代，羽翼已豐，勢力已成，東晉大勢已去，不得不禪位於宋。自劉裕創帝業，歷四世八主六十年而亡。

雖說天下是全民的天下，非司馬氏父子兄弟篡曹魏而可獨有，畢竟兩晉覆育人民百餘年，無恩澤也有人情在。劉裕奪得天下，悖入悖出，只得享國六十年便告壽終正寢了。

蕭道成一世之雄，前代篡國弒主秘計獨有心得，踵繼篡緒，恭承篡業，他也步曹魏司馬氏劉裕之後把劉宋天下攫為己有。弒主自立，得之不正，失之也速，自蕭道成到和帝共四代二十二年就亡了天下，帝統墜緒，齊祚告終，為歷史添上新頁。

蕭道成登基時已屬天命之年，在位短短四年即撒手西歸，長子蕭賾繼位。

蕭賾齊武帝紹繼其父遺風，勤政愛民，獎勵農業，擢用賢才輔弼政治，恤囚憐貧，賑濟孤稚……總冀禹甸昇平，上下同沐堯舜大化之風。無如命有修短，數有始終，天命如此，凡事執拗不得，他在位十一年，不得不放棄尊貴的皇帝寶位而赴閻羅王之約了。

蕭賾一死，其子全部幼弱，挑誰繼承帝位呢？最後選拔鬱林王蕭昭業龍袍登朝。昭業為武帝之孫，其父文惠太子已卒，昭業登位時，才二十歲左右，二十上下的年輕人，養於深宮，長於婦人之手，錦衣玉食，朝夕與宮人近侍為伍，無高德博學鴻儒教其養德立身，治國蒞民大事，只知耽於玩樂，肆志自恣，心中既無蒼生苦樂之念，更少帝位大寶久暫之危，這麼一個輕浮躁急德薄才弱的年輕人，立為萬民之主，那能把國家治好呢？他登位以後的罪惡，可以羅列如下數則：

一、其父文惠太子薨，每臨哭（喪儀禮數，是真是假，全在後人感受，儀不可失，按時遵禮跪拜哭泣，以示哀悼之意），號咷不自勝，那分傷慟之情，人人謂之為純孝。還進內宮，歡笑極樂。其祖齊武帝崩殂後，臨喪哭泣，進入後宮，則列胡伎二部，夾閣迎奏以為樂。表裏不一的一個年輕偽君子。

二、登位後，極意賞賜，內侍嬖寵，皆沾恩惠，其祖父蕭賾庫儲銀錢數億，不到一年，全部賞賜耗光。

三、自高帝到武帝蕭賾之主衣庫，令近侍開啟與皇后縱觀，閹人豎子，隨其所欲，聽行恣意輦取而去。

四、皇宮內室，恣意剖擊破碎，以為笑樂。

五、居恒赤身露體，裸裎相見。平日著紅縠褲，雜綵服，四處遊蕩，無帝王動止有法尊貴之象。

六、祕密買鬥雞於深宮以為樂，不惜價昂，恣意自得。

七、其父文惠太子幸姬崔氏，恣色美艷，昭業淫慾難禁。私與淫通，穢亂深宮。

八、皇后不貞，亦步其後塵，生張熟魏、夜夜換新人，其淫亂不下乃夫。

九、齊高帝蕭道成姪子蕭鸞，為道成兄道生之子，父母早亡，高帝鞠育，令其長大，愛之有踰己子，追隨高帝征討四方，歷任朝廷要職，眼見昭業如此違越禮法，勢必危及蕭齊天下，累諫不聽，反被昭業疑其懷有異志，並計謀誅殺蕭鸞，以圖耳根清淨；蕭鸞勢如騎虎，於是先下手為強，令蕭諶率數百人入宮，先誅鬱林王近侍嬖寵然後拘執鬱林王殺之，昭業時年二十二，結束了他荒唐的一生。

十五歲的鬱林王親弟海陵恭王昭文繼位為皇帝。

朝小野大，帝位岌岌難保，守禦外鎮的藩王皆擁重兵強將，時時窺伺帝業，帝幼齡稚，不悉理政愛民，敦親睦族，全以近侍嬖寵的意見為意見，為防外藩偷移鼎祚，乃大開殺戒，所有伯叔輩全成了他屠戮對象，殺氣騰騰，大臣親王人人自危。

此時，蕭鸞已掌大權輔政，眼見皇帝不肖，金鑾殿上那把座椅，早有取而代之的打算；帝之起居飲食，皆諮問蕭鸞而後行，想吃一味蒸魚，太官令不供給。宣德皇太后知事不可為，乃廢帝為海陵王，廢後不到一個月便告殞逝，時年十五歲。

海陵王之死，猜也猜得出是蕭鸞及其黨羽為絕後患所採取的最後手段。皇帝有何尊榮？想做一個平民日出而作、日入而息亦不可得。

十五歲的海陵王怎能處理經國大事，只是一個傀儡而已，一切作為，全由大臣親貴出主意擺佈。

蕭鸞作帝猜忌刻毒

宣德皇后原為高帝蕭道成為文惠太子所納的正室，齊武帝蕭賾之媳。海陵王廢後，乃以蕭鸞入嗣為高帝蕭道成第三子，即皇帝位，是為齊明帝。

蕭鸞殺了自己多少人，建武二年，他屠殺蕭道成的兒子十九人，蕭賾的兒子二十二人，全是他的堂兄弟和侄輩。

帝王之家娶妻納妃，等於農家收紅薯芋頭，成擔成筐往家搬，輕而易舉，諸王生兒育女，妻妾競賽，生得愈多愈益人多勢眾，齊家親族供應殺戮，絕不缺貨。

蕭鸞如此大開殺戒，一是當前的帝位搖搖欲墜，隨時有被黜奪之危，再則也是為自家兒孫剷除障礙，冀望永保自家兒孫帝業不墜。

惡貫滿盈，閻王爺那筆賬記得清清楚楚，蕭鸞四十七歲便一命嗚呼，在位共得五年。把帝位交給不肖兒子寶卷，只幾年時間便把齊家帝業玩光了。

東昏玩掉齊家江山

東昏侯寶卷為蕭鸞次子，他當皇帝的惡言惡行，依現在慣用詞語，應該說是十隻火車鐵皮廂也拉不完。

明帝蕭鸞的兒子連東昏侯在內共十一個。東昏侯第二，其他諸子全都走的歷史老路，覬覦帝業，妄冀妃嬪盈室，府庫充積，吃喝玩樂，享用不盡。不僅此也，喜怒之際，親者貴之，疏者賤之，授官封爵，全憑自己一句話；廣土眾民，輸賦納稅，徵調皆供皇家享用。可是帝位遙遙在宮殿之內，咫尺天涯，那有如此容易得手？但貪心恣肆，慾望不熄，一個個謀反不成，都被誅死。就算乖順地守疆衛民，安於一方，皇帝為防萬一蠢動，帝位不保，也要藉謀反之名清掃乾淨，送他去閻王殿報到

其實，處在那個權力傾軋人心微妙的時代，鬱林海陵和他老子蕭鸞開了屠戮親人的先例，血跡斑斑，有例可沿，東昏黨羽當然找藉口開殺戒，掃除障礙，企圖帝位如泰岱之固，永享太平，長恣淫慾之樂。誰個謀反有憑有據？栽贓陷害，反正給你死路一條。

東昏侯十七歲當皇帝，十七歲正是血氣方剛，淫慾熾盛，玩心極重的沸點，一呼百諾，內侍嬖寵個個以好臉色伺候，順其所好，助長其慾，他那理會得治理天下，撫育人民，外禦強敵，安撫內部反動勢力的軍國大計呢？

以前當太子時有位無權，如今當了皇帝，權位在手，便不由濫用權力，先誅不順眼的大臣。親

信閹人及左右，不計忠奸，善於蠱惑，日夜進讒言，出點子，以取媚於主上，東昏侯學會騎術後，日夜於後堂戲馬，鼓噪為樂，五更就臥，午後起床，奏章堆積如山，閱月或數十日不批閱，時日一久，案卷往往不知所在。

好遊走，所經路線，數十百里皆空家盡室，不使有居民窺視，以防不測；巷陌懸帳幔為高障，置仗防守；常於夜半出遊，鼓聲四出，儀從、旗幟、隨侍武士，填塞道路。出遊無一定方向，隨興所至，東西南北，驅走百姓，既絕圍觀大眾，免於說長道短，以逞其遊興。凡設幔帳處都設樂隊，鼓吹奏樂，夜出晝返，火光照天，陵冒雨雪，不避阬阱，鞭策急馳，樂此不疲。並設五六十人為騎客，選無賴小人善走者為逐客，左右五六百人常以自隨，奔走往來，略不暇息。

置射雉場二百九十六處，極盡奢華裝飾。郊郭四民，不得農桑，斷絕樵采，殯者不得葬，病者不得醫，婚者不得成禮……。

天子撫育萬民，視民如子，他卻害得民不聊生，生者死者皆不得安寧。

大興土木，起神仙、仙華、玉壽諸殿，刻劃雕琢，彩繪炫人。剝取寺廟佛剎藻井等裝飾以供新起宮殿之用。歛取市民租稅無一逃漏，京邑酒肆飯店客棧，皆盡輸稅以供揮霍……。為綠化新起宮殿環境，凡民家所種好樹，皆遭挖掘移植，搬運時，拆牆毀屋，罔顧民家產業與市肆營業，民怨填膺，苦不堪言。

宮殿苑內設市肆，以潘妃為市令，賣酒賣肉，以此為樂。所寵群小三十一人，黃門十人，助紂為虐，如同白蟻蛀屋，全體一同蛀壞了東昏皇帝寶位，也蛀蝕了蕭道成的帝家天下。由於淫暴不法，激起全民反抗，大臣守將，人人憤怨，義師四起，叛眾紛出。蕭衍起兵於雍州襄陽，一路殺來，攻入建業，大臣不護，守將不禦。寶卷無力抵抗，在位二年，蕭衍以宣德太后令廢之為東昏侯。

作惡多端，惡成了險浪凶漩，終於把自己和帝業捲進去一齊毀滅。

大數已盡，帝祚已由齊入梁，梁國新建，普天之下已為蕭衍所擁有了。蕭齊最後一個皇帝和帝寶融為蕭鸞第八子，在位一年，蕭衍登位後，未一年，以十五歲之齡結束了生命。

自梁武帝蕭衍建國到今日為止，歲月齒輪已轉過一五二五年，我這個昏庸老朽掉弄筆頭在此大論前人是非，實在有失冒失；我只是想到中華版圖之大，物產之豐，人民之眾，山河之美，胸懷大志不甘寂寞的英雄豪傑，打打殺殺，連帶無辜人民一塊捲入血淵骨嶽中的冤魂，究竟為了什麼？說穿了，他們私慾難填呀！你要當皇帝，我要爭大位，你幹不好，我來，誰上台，全部一片糟，人民生活依然未見改善，生死安危全部操縱在別人手裏。世事一局棋，最後掀翻棋盤，重新落子角逐輸贏，誰贏了？誰也沒贏，苦了百姓，永遠不輸的還是那水長流山長綠的萬古江山。

帝王將相，平民百姓，智愚賢不肖，我們全是過客，你擁有什麼？你能帶走什麼？

梁武帝如願稱帝

梁武帝不是一位普通人物，文武兼質。

東昏在帝位二年，無法無天胡作非為二年，最後為近侍所殺，廢為東昏侯，得壽一十有九。

東昏侯死，蕭衍入建業，宣德太后以衍為梁公，然後梁王，加九錫，與漢魏晉故事無異。

齊國帝業瓦解，大臣守將早已紛紛送款蕭衍，蕭衍人望所歸，雖然暫時掌理齊之軍國大計，望禪之心，早已昭然。

東昏侯嬖寵茹法亮、梅蟲兒伏法。

好色，男人天性。但自古至今，未有見好德如好色者，蕭衍亦然。

東昏寵妃潘氏，有殊色，嬌媚可人，人見人愛，蕭衍欲留之以荐寢席，他問王茂，王茂回道：「亡齊者此物，留之恐貽後議。」

乃縊殺於獄。

潘氏冤枉，他雖受東昏侯寵愛，以東昏之輕躁蠻悍，他那有能力改變東昏？不與同惡，可能早已命喪黃泉。苟延壽月，仍然不免於一死，他也成了政局變易下的祭牲。女性無權，真堪同情。

潘妃年輕不解事，以為東昏帝業千年，恃寵驕縱，或有可能；加之內侍嬖寵助紂為虐，鼓煽越法，致使宮內尊卑失序，出處進退，全失禮法，罪魁禍首在輕躁狂悖的東昏，潘妃只是隨其喜怒而作傀儡舞而已。兩年極欲肆志的宮廷生活，終於賠上一命，惹來萬古罵名，值也不值？讀者自家估量，蕭衍是男人，而且是位權傾一時軍政兩界極頂巔峰的男人，叫他見美色而不動心，可能我們先師孔子也難把持。

東昏余妃美艷不輸潘妃，拒之不得，蕭衍納之以伴長夜。另外吳淑媛及始安王遙光愛妾阮氏，艷冠群姬，體態輕盈，顰嗔皆能令人心旌動搖，蕭衍全部接收。

范雲不以蕭衍為色所迷而招物議為然，力主驅逐出宮，衍不從，范雲乃說蕭衍道：「昔沛公入關，婦女無所幸，此范增所以畏其志大也。今明公始定建康，海內想望風聲，奈何襲亂亡之道？以女德為累乎？」

劉邦入關不幸秦宮內女色，原為呂后隨軍，整日虎視眈眈，劉邦縱然粗魯無文，他那有這個色膽。范雲美化了劉邦，以後戚姬的悽慘下場，就是鐵的反證。

范雲與蕭衍曾為齊竟陵王子幕下文學八友，蕭衍拒諫不得，只有忍痛把余妃賞給佐衍起兵，赴死不辭，功勛為最的王茂。

慶幸余妃於東昏時無寵，兵燹離亂中才逃過一死，雖然充當餽贈品賞人，已無自尊可言，能保得一命，也算是不幸中之大幸。

生命是自己的，可恨自古至今我們都不曾有生命自主權，不是操縱在別人手裏，就是掌握在閻王殿裡的生死簿上，誰曾生死由自己作決定？

婦人再嫁，自古不忌。生命不易，生活艱難，再嫁從夫，共謀衣食，不應該遭到物議，既人性亦未有違禮法。自宋理學興盛，才有「烈女不事二夫」之說，執拗強固，守舊頑僻，既乖情理，亦失人性。

蕭衍功高勢盛，手下謀臣驍將，個個翼從，內心早想受禪，可又猶豫不決，不知如何出口？曾與蕭衍同在竟陵王西邸文學八友之蕭績，並以〈三都賦〉馳名南北的沈約，窺透了蕭衍心事，相繼進言道：

「今與古異，不可以淳風期物，士大夫攀龍附鳳，皆望有尺寸功；今童豎牧兒皆知齊祚已終，明公當承其運，天文讖記又復炳然，天心不可違，人性不可失，苟歷數所在，雖欲謙光，亦不可得已。」復又進言激蕭衍，「……若不早定大業，脫有一人之異，即損威德。且人非金石，時事難得……若天子還都（指和帝在江陵即位），公卿在位，則君臣分定，無復異心，君明於上，臣忠於下，豈復有人方更同公作賊？」

沈約一席話，正中蕭衍下懷，直剖時勢人心，蕭衍如不早圖，時機於俄頃間錯失，想再起爐灶爭帝位，則不可得矣！

蕭衍意志已決。而且，沈約已將封衍為梁王，加九錫及禪位詔書等重要文件全已備好。經過內中七轉八灣，也無齊和帝點頭不點頭的權利，只得禪位於蕭衍，國號曰梁。

蕭衍不是一個粗魯無文的赳赳武夫，齊武帝蕭頤次子子良為竟陵王時，范雲、蕭琛、任昉、王融、蕭衍、謝朓、沈約、陸倕為竟陵王子幕下文學八友之一，衍既與沈約、范雲等齊名，其文學修養，當然與他天情睿敏，下筆成章，千賦百詩，立馬而就等量齊觀。他善草隸，尺牘尤為精雅，當時士人以得衍之一紙為寶為榮。

他著有《老子講疏六卷》、《老子義疏理綱一卷》、《諸子集百二十卷》，佛經義記數百卷。尤擅長佛經講述，數度於國泰寺設無遮法會，親講佛經，聆聽者常逾萬人，穿絲引線，條理井然，信眾廣集，咸皆為之動容。

宋齊梁陳四朝國祚短促，亦有一五八年之久，這百餘年間，却是江南士庶痛苦的煉獄。開國君主多能勤儉踏實，恤刑愛民，傳之二三代後，嗣位幼主以為帝冑天授，富貴當然，建宮殿，養犬馬、寵孌倖，任興揮霍，縱耳目嗜慾之樂，奢靡成風，費盡府庫積儲之後，則向民間橫徵暴斂，以恣身心之娛。

江南水鄉澤國，富漁鹽之利，饒魚米之豐，船舶往來，貿遷有無，江埠棧站，貨物堆積。不幸皇家如虎，地方官吏如狼，臺使下鄉，督責逋欠，如狼似虎，若鼠似蛇，朝辭禁門，情態即異，暮宿村縣，威福便行，鈹槊微具，顧盼左右，叱咤自專，摘宗斷族……酒肆秦樓，屠沽小販，無不徵收，津渡橋埠，嚴設關卡，按貨徵索，絕不寬貸，重重剝剋，百業蕭條。益之皇家兄弟叔侄輩，為爭奪權位，不時興兵，此城一呼，那城響應，烽火所至，城里皆墟。人民逃死救生之不遑，那能安於生業，盡力生產呢？

當時江南與五胡亂華江北情景相同，田園荒蕪，人煙稀少，城市囚犯獄滿，囹圄不空，鄉野黎庶四處遷徙，一避盤剝，二逃烽煙，飢疲交絡，死無寧日，人民之苦，可以想見。

梁武帝登位後，以廉儉誡屬吏，自己衣布衣，木綿皁帳，安於樸素，一冠三載，一被二年，三餐蔬食，謝拒鮮腴供應。累下詔書，斷絕諸郡縣奉獻，身先廉儉以勵政風社風。

興辦學校，獎拔賢才，以文學教化治天下，不得仕進的舊家大族，優先任用，使東晉以來湮沒不顯的南遷舊士族，優先遴選，得有仕進機會，重振家門儒風；設五經博士，廣開館宇，培植後進，供給衣食，俾其安心學業，學行優異者立即派為官吏。獎勵農桑，增加產量，豐給民食，富家裕國作為，無不力倡推行。

梁武帝算是一位知民疾苦勵精圖治的皇帝，在位四八年。除北魏寇邊，兒輩爭皇權的鬥爭外，四八年統治下的黎庶，尚稱得上是生活安寧，衣食豐給的昇平日子。

朱異登仕初啼聲

梁武帝是位學識優異的士人，文人治國，韜略自蘊，與姜太公佐周武王，張良輔劉邦，諸葛武侯襄劉備，劉伯溫襄助明太祖同樣文武兼質，算無遺策。只是梁武帝成了軍頭，姜太公與諸葛武侯仍是參贊戎機而已。

梁武帝得帝位與劉裕蕭道成同一軌跡，蕭衍才學卓異，復又對老莊佛經有深入體悟，此後因治佛經變成了天子和尚。

大通元年三月幸同泰寺捨身，此時他登位已經二十五年，全國上下算得上是和平安寧，生活富康。九月，又幸同泰寺，設四部無遮大會，捨身。

三年十月幸同泰寺，為四部眾說《大般涅盤經義》。

十一月又幸同泰寺，為四部眾說《摩訶般若波羅密經部》。

大通五年二月又幸同泰寺講經。

武帝捨身，就是捨棄塵俗，遁入空門為僧，當了和尚，又命公卿以上以錢億萬為之贖身再回宮當皇帝。

這位皇帝和尚，行止想法是不是有點怪異？三十多年皇帝寶座，他坐煩也坐昏惑了，迷於佛經，忽於政事，既捨不得皇帝大位，又要出家當和尚，國家大事，軍經大政交由朱异幾位近臣發號司令，八十多歲的糊塗老人只是劃可而已。

如此治國，國家希望何在？人民希望何在？

梁武帝身邊最紅的寵臣朱异，善於察言觀色，揣摩上意，梁武帝聽了他一席接受侯景降款肉麻的阿諛話，內心疑團忽然解鎖，這把心鎖打開，終於送掉了蕭衍一條老命，也斷送了南梁蕭家帝祚。

朱异浙江錢塘人，年十餘歲，好群聚，賭博，為鄉黨所惡，後乃折節從師，遍治五經，尤明禮記易經，涉獵文史，兼通雜藝，博弈，書算，皆其所長。還真是一位多才多藝從政的讀書人。

朱异年二十一時，博通經傳，獎援人才的五經博士明山賓表荐朱异曰：

竊見錢唐朱异，年時尚少，德備老成，在褐無散逸之心，處闇有對賓之色，器宇弘深，神表峰峻，金山萬文，緣陟未登，玉海千尋，窺映不測，加以珪璋新琢，錦組切構，觸響鏗鏘，值采便發，觀其信行，非惟十室所稀，若使負重遙途，必有千里之用。

梁武帝召見，使說孝經，周易義，深為激賞，由是信任有加。

梁武帝學植深厚，文武兼質，朱异阿其所好，講述武帝老子義敕，並於士林館，與賀琛，遞日講述武帝禮記，中庸義等著述，由是成為梁武帝身邊一位不可或缺參贊謨議的重要幕僚。

朱异深諳仕途求達之道，一登仕途，直達天聽，梁家帝業也因為他的緣故不久就告粉碎瓦解了。

降將反覆性難測

南北對峙，互相侵擾的時日少，和睦通好的時日多。

蕭衍已登位三十餘年，三十多年無烽火兵災之劫，南朝大抵安定富庶，農安於耕作，漁習於網罟，商旅貿遷，舟楫絡繹，男耕女織，樵采自得，算是三十多年難得的安定歲月。

侯景羯人，驍勇有膂力，善騎射，歷事爾朱榮，有功，封濮陽郡公，後事時為魏相齊武帝高歡，頗得信任，景性殘忍酷虐，馭軍嚴整，劫掠所得財寶，皆頒賜將士，驍將士兵皆樂為之用。高歡疾篤，謂其子高澄曰：

「侯景狡猾多計，反覆難知，我死後，必不為汝用。」

乃為書召景，欲殺之以絕後患。

侯景是隻老狐狸，吉凶安危，他自己算計得清清楚楚，高歡父子企圖用計殺他，侯景算無餘策，他豈會輕易上當。

景揣知書召非善，殺身之禍倉卒難免。乃遣丁和向梁武帝請降。

這是一尊瘟神，接納了侯景就招來喪身亡國敗家大禍。

蕭衍召群臣商議。尚書僕射謝舉以為不可，接納侯景，有傷南梁北齊多年和局，戰事一起，黎民受禍。

老臣謀國，慮及深遠，忠諍之言，那能撼動梁武帝亦欲一天下而定四海的幻夢。

蕭衍原就有意納降，大臣分析利害得失，反對者多，他進退無計，疑惑難解。晨起，於武德閣閒步自言自語。

「我國家承平若此，今且受他，理亦當然；若是造成以後紛擾，又將愧悔無及……。」

理亦當然。梁武帝事實上內心早已洞開大門納侯景，此刻只是擔心以後的紛擾而已。豈止紛擾，南朝生民塗炭，民生凋敝，朝綱毀常，文物毀滅，帶上南梁覆國，就在梁武帝內心那「理亦當然」四個字中決定了命運。

朱異早已窺知武帝心意，乃逢其所好說：

「聖明御宇，上應蒼玄，北土遺黎，誰不慕仰？為無機會，未達其心。今侯景分魏國太半，輸誠送款，遠來聖朝，豈非天誘其衷，人獎其計，原心審事，殊有可嘉。今若不容，恐絕後來之望，此誠易見，願陛下無疑。」

朱異一席說詞，梁武帝遂決定接納侯景降款。

梁武帝不是堯舜禹湯，也非文王武王，北土已將百年治局，只要飽暖無虞，烽燧無煙，人民響往你南方帝業幹嘛？朱異是鬼拿藥單，勾魂使者冒充善人，梁武帝這條八十高齡老命以及好不容易安享近四十一年江山，就被朱異這幾句門面話送進了鬼門關。

侯景降梁，帶來十萬大軍及所轄十三州地，實則這項虛榮，依然為侯景所轄，南梁派不得一名官吏任職，收不到一文賦稅入庫，梁一無所獲，反而背上一隻與北魏為敵的大包裹。

此時，北魏氣數已屬暮景，高歡壽終，高澄為相，不欲與南梁起釁鏖戰，派員南來，倡言維持原有和局；南梁朝廷辨論利弊，朱異又力主以和為允當。

南梁的處境很尷尬，有句俗諺說：「豬八戒照鏡子，裏外不是人」，梁武帝此時真的變成照鏡子的豬八戒，戰不得，和不得，戰則輕啟邊釁，勝負難料。和則家中飼養了一隻新進的惡虎，他正希望梁齊掀起巨風巨浪，他就可在這巨風惡浪中尋得寧日。朱異以和為允當的建言，恰正壞了侯景的盤算，南梁從此風雨交加，莫再奢望有好日子過了。

侯景為逃高澄誅殺，才以十三州地號稱十萬大軍降梁，梁如與北魏重申和好，將置侯景於何地？北魏的算盤也是打在魏梁仍然維持和局，通過談判，你南梁絕不能窩藏侯景保護他的安全。

各懷鬼胎，各有算計。

侯景為阿武帝所好，鞏固自己在梁地位與安全，輕率率師北伐。

梁武帝這著棋又走錯了。

侯景新近歸款，雖然號稱十萬大軍，他有多少能耐肩負北伐重任？他北方羯族，與南朝瓜葛不深，他憑什麼為你南朝北伐拼死賣命？他的實力究竟有多雄厚？

侯景出師，遭遇到慕容紹宗驍強三軍，結果丟盔棄甲，狼狽敗歸。

這裏面又牽拖出朱異這個成敗皆由他一手造成的因由來。

朱異在梁武帝身邊紅得發紫，朝廷大小屬吏皆仰其顏色辦事。侯景北代途中，請糧缺糧，請械沒械，朱異千方掣肘，戰爭失敗，一切罪過侯景全推給朱異一人身上。加之南北議和消息透露後，鎩羽而歸的侯景多次致書朱異反對和議，言辭懇切，皆為朱異所不納。

這位狡猾多智的北羯悍將，便以討朱異清君側為名舉兵反了。

梁武帝迷於拜佛講經，年壽亦高，精力顯然不濟。分封各地的諸多兒子，為覬覦帝位個個無智而驍勇，尤其勇於屠滅兄弟，一旦與侯景交戰，卻是人人怯懦，束手無策，難以興師勤王，即使出兵，也只是虛張聲勢，徒具形式。結果，侯景大軍破建康、燒宮殿、毀文物、焚典籍，魚肉百姓，擄宮人以配軍士，圍困梁武帝於臺城之內，衣食艱難，像待決的死囚。

皇帝做到如此境地，這個皇帝當得實在不怎麼光彩。

梁武帝不是一位等閒人物，一著之失，大局全非，一時失算，滿盤皆輸，他那能想到他隻手建立的國家以及自己這條老命都輸在自家手裏？

事出意料之外，治理國家豈可不聽從忠諫凡事計慮週詳？一時輕忽，全部輸盡賠光啦！

梁武帝餓死侯景死於非命

兩晉以後，南北局勢都混亂，北方山頭林立，人人稱王稱帝，到元魏才歸於一尊。以後分裂為東西魏，遞遭為北齊北周。南方的劉宋蕭齊到蕭梁，全是憑武力搶得天下，登上帝位。侯景雄心勃勃，也想爭個皇帝位置過癮。他累攻臺城不下，於是先扶植梁武帝養子蕭正德接帝位，自己當丞相，發號司令，儼然正式朝廷。

所謂臺城，自東晉到劉宋，朝廷處理軍國大事的所在曰禁城，晉之臺城建於南京玄武湖畔，亦曰苑城，或曰新宮，宋齊梁陳四朝皆以之為宮。梁武帝就被侯景困餓在此城內。

侯景進入南朝當政，如同橫柴入灶，嗣後戰戰和和，和和戰戰，困得梁武帝守在臺城，卒不足二萬人，城中男女不足十萬，飢疲交困，戰力耗盡，剩得一個負隅頑抗的局面。

勤王之師，保持實力，觀望不前，坐觀虎鬥，好撿得鷸蚌相爭之利。

以後，侯景用王偉計，誑得進入都城，控制全部形勢，派兵監管蕭衍，南梁天下，侯景已掌握多半。

梁武帝年壽已然八十五六，前半世英明神武，後半生篤信佛教，忽於國政，自以為昇平數十年，萬民所歸，南北響往，一統之局，不能在自己手上完成，亦可為兒孫立下根基。誰料侯景南來，好夢全部破滅。侯景既已掌握南梁都城全局，讓蕭衍活著，無異阻絕了他的皇帝大夢，障礙不除，前途多艱呀！

梁武帝經不起諸多磨折，名為皇帝，實為侯景虜囚，想吃一點喝一點，全不供給，於太清三年以八十六高齡困餓去世。

皇帝不當了，和尚不做了，一生叱咤，剩下一個餓斃而終的歷史事例。

梁武帝一死，南梁全局均在侯景手上當活棋使用，立帝廢帝，隨他高興。

侯景急欲稱帝，也效宋齊梁受禪故事，自加九錫，置丞相以下百官，出警入蹕，細微末節一項也不遺漏。未幾，僭稱漢帝。真正的鑼鼓喧天唱大戲了。

侯景不稱帝尚可挾天子以令諸侯，有個皇帝在上當幌子，自可橫肆無法。今已稱帝，不出激起在外藩王義憤，各懷鬼胎，指軍建康。加之陳霸先與王僧辯兩軍在湘東王蕭繹指揮之下，自尋陽舳艫數百里直指建康，士氣高昂，咸有滅此朝食之忿。

侯景派軍抵擋，紛紛敗退，上下疑貳，軍心渙散，至此，侯景已至窮途末路，不斷埋怨王偉勸他稱帝以號令天下，一著之錯，全盤皆輸，導致今日走投無路。

三十六計，走為上計，建康在勤王之軍圍困下已成危城，他與腹心數十人，擬從水路逃命，計算由江入海，再由海入北，保此殘喘以冀東山再起。結果在船上為羊鵾以矟矛刺死，結束了他反覆難制的一生。

侯景之禍，造成南梁十室九空，宮殿破敗，圖書府庫，劫掠一空，居民老少，不死於戰火，即斃於饑饉……未幾，南梁蕭家帝業即拱手讓即陳霸先了。

蕭何兩裔孫，打出自家一片天地，也葬送不少無辜黎庶。

梁武帝原是位一世之雄，當年取蕭齊天下，如同棋局換子，登上帝位後，以廉儉率身，勤政愛民；數十年承平無事，他耽溺佛教，勤研經義，忽於政治，尤弛武備，信任朱異少數幾位身邊寵臣，施為雖未至大奸大惡，終究誤了國家大事。加之諸子侄覬覦帝位，早已互相砍殺，必欲屠滅淨盡以為快；侯景已陷帝都，私心自用的蕭家子侄輩，仍然在外擁兵自雄，觀望風色，養寇不討，坐令侯景恣睢跋扈，淪覆宮闈，毒徧黎元，如此胤嗣，既無孝思，更欠忠藎，最後鼎覆餗潰，家國淪亡，帝祚他移，為陳霸先開創另一盤弈局。

歷史循環，不斷上演舊戲碼，只是換了新人當主配角而已。我國五千餘年歷史，盡演的這類老劇目，擔綱的起勁演出，可憐觀戲的黎元，卻被正反兩派上場下場殺得血流成河，成為無辜祭牲，豈不悲哉？

附記

一、朱異，正史上名朱异，异與異通，實為同一個字，在日常書寫中，异字不常用，筆者故以異代异。

二、自蕭道成稱帝，到梁敬帝失國，兩朝共七九年，單是蕭衍帝位就有四十八年之久，七九年的政教，軍事、外寇、立藩、封官、晉爵、民情風習等等，經緯萬端，紛亂擾攘之局，豈是區區一稿所能盡述？我只是就其大略作一簡單敘述，大體不離史實。細節則有失詳盡。因為題目是「蕭家帝業兩王朝」，所以只把這兩個王朝得國失國作一簡單交代。至於當時不臣之吏，叛主之徒，彼侵我軼，戰事不休，此處興兵，彼處聲援等等，史事複雜，要理出一個頭緒，形成一總索串細縷，令人一窺即曉頭尾清楚，條理井然，亦非易事。

此篇作品，類似個人感慨之說，不夠週延。請各位讀南史，北史、齊書、梁書、資治通鑑高賢著作，勝過在下千百倍，千頭萬緒，可以理出一個端倪來。請各位鑒諒。

六、尺幅之間

凡事要有成，必須專心壹志，朝斯夕斯，反復琢磨，心無旁騖，有如老僧入定，時日一久，自然功夫獨到。

熟中生巧，巧中生慧，別人不能到達的境界你到達了，旁顧四週，無人可與比肩並列，你成功了。

竹匠、木匠、泥水匠、鐵匠……都能藝精技嫻，邁向成功，成為專家。書法家、畫家、篆刻家……一生盡悴於斯，廢寢忘餐，既沈醉亦痴狂，到最後他們成為各行各業的巨擘，人人仰望，尊為宗師。這分殊榮，是積一生歲月的累積，點點滴滴堆砌而成，他們成為星月，得享榮光，絕非虛受。

繪畫一張紙，尺幅之內，經過畫家構思經營，高山流泉，蒼林綠篁，竹籬茅舍，僧寺道院，全在這區區一幅紙內囊括無遺，三幾筆中包羅萬有，淡墨濃墨，千萬里江山盡在毫端呈現。畫家那枝筆，像一根魔杖，點到那兒那兒就幻化無窮，真令人羨煞慕煞，嘆為觀止。

我從小喜受塗抹，說俗陋一點，毫不稀奇，這是兒童塗鴉的自然表現。如果自我抬舉的話，這裏面，天生可能賦予了幾分才氣，如同礦脈微露，倘若有人循脈發掘開採，可能會挖掘出一些寶藏。

八十年前的鄉間，只有秀才舉人，窮經究史，名師具在，想學繪畫這類雜藝，無師可從。家嚴端莊公只會吟誦詩文，圈讀五經，叫他執筆作畫，或吹奏樂器，他沒有這分別才，那是強人所難，非不為也，實不能也。

老爸也知道「癩痢頭的兒子，是自家的好」，明明看出了礦脈影子，就是找不到礦工挖掘，他也無可奈何，罷了，扼殺了兒子一分才情，終於一事無成。

進入師範，美術老師陳湘綺先生，湖南長沙藝專畢業，受過傳統美藝教育磨練，水墨山水，蟲魚鳥獸，皆有獨到之妙，老師只為謀得一家溫飽，教學生是有教分類，上課不教畫法，一張簡單畫稿貼在黑板上，他便飄然而逝，聽任我們瞎子摸象，亂塗一番。

抗戰中晚期，自華北到華南，多數地區都在日寇鐵蹄之下喘息，物資艱難，運輸阻梗，一盒水彩顏料，一卷畫紙，不知經過多少週折才能在市場露臉，一經出現，富家子弟搶購一空。

我老爸一生儉省，我也素知大二哥耕稼辛苦，油鹽葷腥，全賴出售稻穀換錢才能哄騙腸胃免於鼓噪鬧事；家中無活錢以資家用，我不敢隨便開口向父母討錢買這添那，畫紙畫筆顏料樣樣都缺；陳老師一心不在授徒薪傳，他只是為一家飽暖而已。所以，我們這批寒素學生不在他青眼之列，全班只有一位曾鴻軒同學，頗受他的青睞，常常在他宿舍外間大桌上作畫。老師用心指點，當時尚未獲得老師真傳，倒也有幾分髣髴。

中共建國，據說曾鴻軒任外縣市某高中校長。陳老師教學多年，一生寢饋於藝事，只有寥寥這個位高足，比有教無類的先聖，弟子三千賢人七十二，當然遜色多矣！我們這些疲癃瘸腿的學徒，個個在紅潮波濤中飛向他枝討生活避生死。

三十八年，老爸一句「你去外面謀個差使吧」！父命不可違，就此父子永訣，再也無緣奉養父親一杯水一碗飯，向母親靈前焚炷香。

外面的差使豈是如此容易謀得，我既非學富五車，亦不才堪大用，更無舌粲蓮花令人移樽就教的本領。幸而識得幾個字，終於謀得一身紗線可以牽牛的粗布戎裝，一項文書上士的職務。

部隊駐守湖南株州朱亭埠，一位中藥店老人，成日高談闊論他與毛主席在萍鄉醴陵一帶領導的農民運動，津津樂道，百談不疲。

他家牆壁懸掛著框裱四幅花鳥條屏，我無鑑賞能力，不知出自何人手筆？只覺得用筆用墨，豪放沖淡，點染間就見出飛禽栩栩如生，似有振翅飛去之態；花樹淡濃交替，似無卻有的生動神貌。

軍人一向討人嫌，我這個生澀小兵。尚未沾得老油子流氣，所以，亦未招惹得主人白眼，每日去中藥店條屏下佇觀數分鐘，嗟嘆跟感歎自己能作畫多好。

株州、湘潭、衡陽，位於粵漢、浙贛、湘黔、湘桂鐵路的中心點，交通便捷，人文薈萃，文風興盛，臥虎藏龍之區。王船山先生就是衡陽人。王闓運湘綺老人湘潭人。齊白石大師託祖宗福蔭，有幸生長在湘潭，宿儒碩彥的德行與學養，有形無形化育一方黎庶，導引一時文風與民風，白石老人才有緣從師學畫為學，終於塑鑄成百年來畫壇一宗師。

假如我生在這幾處寶地，再不肖，也可能有機會僥倖跟得名師，不成大器當亦堪資小用。徐蚌會戰結束，勝負已成定局，國民政府被逼得在東南沿海一帶準備倉皇登船，另闢天地，大陸的地盤愈打愈小，最後不得不忍痛移師台灣，防守台灣這處中華民國基地。

不能輕責蔣公重軍事而忽略文化，抗戰八年，故宮文物輾轉流徙八年。就怕日寇抄掠慾壑難填，竭我府庫，掠我典籍文物東運扶桑三島。國共內戰，又擔心文物一被毀於無情戰火，二被無知軍頭侵為己有，排除萬難，歷經險阻，終於輦運來台典藏。且在戰事危迫之際，把國家瑰寶學者教授優先機運來台安置，等同將中華文化正統苗脈移植台灣，今日台灣學術風氣之盛，人才薈萃，後進蔚興，此是一大機關。

台灣海峽成了兩岸對峙的天塹，毛主席在那廂急得跳腳，台灣在這岸弦歌不輟。這時節，我們七五師改編為預備第一師，進駐成功嶺。軍隊本來就是大老粗憑著不怕死精神創功立業的發祥地，此時，官兵文化水準仍然停留在經國先生擔任總政戰部主任時編著的「東方發白，大家起床，整理內務，打掃營房……」階段，誰要妄想去營外求點新知，等於挖掘主官家的祖墳，深惡痛絕到與你誓不兩立。

此中消息，告訴你頭腦愈簡單愈好統御，知識愈發達，知道事物愈多，慮事愈深密，猶如千里馬駛破馬車則愈難駕馭。

另方面，軍人薪俸低，從師求知，也得奉送一分薄薄酬勞；老師不是神，只受煙火供奉不吃飯；他與家人也要衣食堪足才能活呀！我那來餘錢拜師學藝呢？

不甘心，自家摸索，企圖自己找到門路。五十幾年，師舉辦書畫比賽，我從妻女口中剋扣少數菜錢買回幾張棉紙，畫了四幅花鳥條屏參賽，未曾妄想求名，只奢望獲得名次拿一點點獎金給妻女碗裏添一點點五花肉佐餐。

比賽結果，第一名為第二團一位營輔導長，我名落孫山，連邊也未沾上，希望落空，參賽前的如意算盤撥錯了。

我站在第一名的作品下揣摩畫作得冠軍的優點何在？兩棵禿樹，一所茅亭，幾塊崖石，一抹遠山，如此而已，簡單得蕭颯寒瘠，一片淒涼況味，不是溥心畬、張大千等大師那種畫在筆墨外的深厚之作，與我的水準伯仲之間耳。

參賽帶來悲愴，自己只有自認晦氣。

幾個月後，我為師長孫伯先將軍夫人量血壓，進入師長夫人租住的民家，赫然親睹我那四幅被打入十八層地獄的彩墨花鳥，師長已經裝框掛在他家客廳牆壁上。

我問，畫好，為什麼連名次也沒有？不好，為何師長賞識裝裱當客廳裝飾？

我凝望良久，想到所謂評審，只是虛幌一招，搪塞我們這些盲目官兵。權在他人手上，可以置你於雲天之上，也可把你下放到十八地獄之下。原來名次早已內定，政戰部主辦比賽，肥水落在政戰人員手裏。如同以後台灣各類徵文，所有名次，評審按親疏遠近分給了他的學生兒女和相知相識人士，其他人莫想分得半杯羹。

承辦單位為政戰部第二科，科長陸德洋中校，既不退件，也沒一句話作交代，真是「吃人」

夠夠。

我為師長夫人量過血壓後，默默離開。不怨不恨，不嗔不怒，只憐妻女福薄，買畫紙的錢是妻女的豆腐費，如今，碗裏依舊少一味五花肉，勸自己莫鬱卒還真不太有效果。

老兵常常有句口頭禪：「鐵打的士兵流水官」。意思是軍官常常調動，一個單位能待三年五載，那就算是很安定。士兵不須經歷調任，也不用歷練各類職務以備大用。我這個庸材也像流水般流到了台北地區。

台北為台灣首善之區，重慶南路一條書街，是我經常流連的地方；各種書畫展覽，少不了我去左顧右盼；中外名家的作品專集，更讓我開了眼界，我不曾吝嗇購置；這時候我才有緣上窺漢唐下逮民國年間的畫作，漪歟盛哉。我國典籍文物厄於兵災烽火的不知凡幾，現在倖存的仍然豐富厚積，並遍及全球各著名博物館典藏。作為一個中國人，每因戰亂，不知枉死了多少無辜生命。作為炎黃後裔，先人盡一生歲月雕琢自己，而為我們後代留下這許多寶藏，我以作中國人為榮，如果真有轉世來生的話，我願生生世世當中國人。

中華文物，如不毀於戰火，豈止目前這些藏品而已。

看看歷史紀錄。

秦始皇焚書坑儒，是文物遭遇的第一災劫。

史記秦始皇本紀曰：「李斯請史官非秦記，皆燒之，非博士官所職，天下敢有藏詩書百家語者，悉詣守尉雜燒之，有敢偶語詩書者棄市，以古非今者族。」

第二毀於愚蠢強悍的項羽火燒阿房宮。

漢高祖承秦之後，經過文景二帝休養生息，文物書畫創作收集日漸增多，到東漢董卓之亂，這個肥壯如非洲水牛的西北蠻漢，窺伺漢鼎，專制朝政，廢少帝立陳留王為獻帝，盡徙洛陽人百萬口於長安，悉燒宮廟官府居家，二百里內無復孑遺。嗣後連串政權爭奪，文物全罹災劫。

晉八王之亂，肇致帝業動搖，匈奴劉曜侵入洛陽，劫掠焚燒，御府所藏，多遭毀散。

梁朝侯景之亂，又遭火災和人為洗劫。梁元帝亂後收集殘餘部分運到江陵，不幸又被西魏大將于謹所陷，梁元帝未降前，想到江山殘破，帝業墜緒，一時悲憤填膺，亦不願中華寶藏落於北魏之手，乃將書畫典籍共二十四萬卷，命高善寶全部燒毀。個人榮辱得失，累及文物存廢，此種共存亡的狹隘心理，實為戕害文化愚行。所幸于謹來得快，自二十四萬卷中才撿得書畫四千多幅，只救得四分之一數量，實為人為巨災。

隋煬帝平定江南，自陳後主所藏八百餘卷中捲收歸隋，煬帝嗣位東幸楊州，風流天子荒唐愚行，把這八百多卷隨身帶去楊州，不幸覆船，太半都遭漂沒。

唐高祖繼隋而有天下，接收隋內府所藏。高祖能畫，尤耽愛古畫，命宋遵貴用船西運，船抵砥柱，船隻翻覆，文物又一次漂沒，自激流惡浪中才搶救得十分之二。

此後唐宋相繼，加上五代各傑出畫家的創作，以及宋元明清的不斷增益，才形成今日中華文化的浩浩巨流。其他鐘鼎彝器、漆雕、瓷器、玉器，書法、琺瑯、刺繡不計，單是畫作精品就有六千四百多件；宋元兩代精品畫作亦有一千多件，皆藏於外雙溪故宮博物院。海對岸和港澳收藏的，尚不知藏量多少？以中華歷史綿延之久，人才之眾，其藏品與台灣故宮藏量應該不相上下。

漢代畫作，兩岸都屬少見。最早的只有東晉顧愷之〈女史箴圖〉。此圖真本失傳，八國聯軍之後，英軍劫奪回英藏於大英博物館，為隋唐時期的摹本。女史箴係西晉張華所著，以歷史故事和譬喻的說理方式，講述宮廷婦女應該恪守的道德規範，意在諷諫晉惠帝，皇后賈氏霸悍，干預朝政，殘毀朝綱，終於導致八王之亂，釀成西晉滅亡。

顧愷之今江蘇無錫人，曾為東晉大司馬桓溫與殷仲堪參軍，採取張華所著〈女史箴〉作畫材，亦含有警世誡時，忠告宮廷婦女切莫干預朝政，重蹈西晉覆轍之禍。

我曾在中壢一位文物收藏家藏品中，觀賞過東漢管寧一件山水横卷，一件書法横卷。兩漢畫作傳世的不多，不知與華歆割席絕交的高士管寧所作山水畫是否真偽？我發現此畫樹葉係以濃淡墨交錯點染而成。我自知缺乏鑑賞能力與知識，但大體上我知道以大筆點染樹葉始自北宋以後畫家所常採用。我再參照顧愷之所繪女史箴圖「道罔隆而不殺」一節，其中有山雲樹木，顯然是秋景，樹木皆以小點成葉，未見以大筆濃淡墨交錯點染成葉的。因之，我私下揣摩，這幅畫可能是後人偽作，經過各類手法製造成流傳幾二千年的管寧作品，只為誑得好賣價而已。

自己不敢遽下結論，只是私自估量，也不敢明告藏家，壞了收藏家一副好心情。

這位不鶩名的收藏家，收藏不少自宋到當前的書畫作品，四樓至八樓皆為收藏寶庫，價值在數百億之間，單是岳武穆王的書法作品，可以喻之為搜羅殆盡。其中有幅蘇東坡先賢的朱竹，一長枝一短枝，斜出，數片竹葉，氣韻生動，應屬蘇公朱竹在台灣的真品。

北宋畫竹名家文與可，四川梓潼人，與蘇軾為表兄弟，曾任陵州（今四川仁壽縣）太守，在任命湖州（今浙江吳興縣治）太守時病卒，享壽六十有二，世號文湖州，為湖州竹派的始祖。文章翰墨照耀千古的蘇東坡，固然天秉英才，聰明才智為一時之冠，曾云「願終身北面事之」。表兄弟相濡以沫，他師法文與可，屬湖州竹派的傳人，可惜傳世的不多。

相傳蘇公擔任典試官時，閱卷之餘，一時興來隨手用朱筆作竹一幅（閱試官以朱筆圈點試子文章，以防墨筆汙染而使字體不清）。同仁一見曰：「世豈有朱竹耶？」

蘇公急智應曰：「世豈有墨竹耶？」朱墨只為寫竹工具，竹色蔥綠，既非朱，也非墨。蘇公此

一回應，應得急智回答冠軍。

我讀畫集，沒讀出學問，也未讀出門道，但給自己內心添了一些主張。

兩宋武力不競，故累為契丹、西夏、遼、金寇邊；為獲得和平，讓朝野得有一分安寧生活，賦稅所入多半以「輸金」方式送給了外敵當和平押金。但文事鼎盛，詩文書畫，推陳出新，倍於晉唐五代。書畫作品都是大開大闔，展現泱泱大國之風。元承宋後，雖為異族入主中原，稱孤道寡，以文化落後的蒙古族統治文化深厚的漢族，政教旨趣，判然有別，南轅北轍，格格不入，但元朝帝宝九十一年統治期間，並未高壓力制文人，文人不屑政治，乃專心於書畫而淡忘亡國之痛，藝術之盛，不減唐宋。不過此中透出一些消息，許多愛國畫家深感河山殘破，國土變色，畫山水取景殘半，以示河山不再完整，寄憂國之思於畫作筆墨間，此中含意深焉。

詩文書畫，是文人中的四胞胎，書法好畫也好，詩好文也好，自魏晉至民國，這類傑出人物，

歷歷可數。單以明朝文徵明、唐寅二位先賢為例，山水、人物、花鳥、蟲魚、書法，無一不精，詩文尤為蔚然大觀，成為當代的領袖人物，他們的成就，豐富了中華文化，沒有歷代這類傑出人士一生不懈創作，我們後代怎可能景仰到當時鼎盛的文風呢？

我在中壢藏家處看到唐寅先賢所繪人物畫冊頁，線條細緻，行動坐臥，如見其人，如見其景，那種功力，真可說是爐火純青的絕境。

人有賢愚巧拙之不同，此為天賦，一分之得，一分之失，皆來自遺傳，強求不得。倘若天賦少一點，而又後天努力開拓自己，孜孜矻矻，無大成也有小就。

想到自己，同為五官四肢的人，為何他人聰明成就皆卓然可仰？自己碌碌一生，也曾勤苦開拓，終為瘠土種作物，就是根不壯而苗不盛，葉不茂而瓜伶仃。看看別人，想想自己，真該愧煞；繼而一想，老天原只賦與我如此之少，還能妄想搬張梯子去摘星星嗎？也罷！凡夫俗子就安於平凡，樂於平凡，也好省卻一些煩惱，留得些微快樂，打發殘餘歲月。我無成，我曾經努力過。

七、穿衣吃飯

天氣冷，要穿衣；肚子餓，要吃飯。穿衣吃飯，誰不會呀！會是會，你不一定會懂。

這問題看似簡單，其實，簡單的問題，追根究柢，並不簡單。

我們居住這個地球，什麼時代有人類？

民國十八年，在河北房山周口店發現古代猿人頭骨，考古學家稱之曰「北京人」。距今約五十萬年，五十萬年究竟是多少年？你算得清楚嗎？

陝西藍田陳家窩發現藍田猿人，與北京猿人時期相同，也是五十萬年前的「老古董」。

人類進化，究竟是由何種生物演變為人類？誰有鐵證說得清清楚楚？人類學家全都在推想，推想等於永遠揭不開謎底，沒有肯定結論。

凡是生物，要活就要吃，毛毛蟲要吃，老虎獅象要吃，螞蟻蟑螂要吃，我們人類不吃能活嗎？

吃的問題暫時擱著，先談穿衣。

古早那有棉葛綢這類既實用又美感的衣料，初始時，男女都不著衣，裸裎相見，坦蕩清白，夏秋兩季，就是如此這般自由自在地四處幌蕩，不受衣著之累。一旦時序轉入秋冬，寒流自北呼嘯而來，接著春寒咄咄逼人，身無寸縷，如何禦寒？先民們只有編樹葉，披樹皮；待知道利用狩獵得來的獸皮裹身，嗣後，羽毛爬蟲皮等都知善加利用，人類文化便已萌芽了。

衣服起源之說，人言言殊，由於居住地區不同而說法各異。有人說是由於羞恥觀念不得不把肉體遮蔽起來，免人偷窺恥笑。此種說法歸之於「禮貌」說。先民時代如果人人懂得禮貌，也就不會獵人頭啖人肉了。有人謂之為抵禦氣候侵犯和外敵攻擊才設法穿衣，此為「護身說」。有人以為裝飾外觀藉以炫耀於眾，謂之為「裝飾說」。

前幾種說法，不是沒有道理，有道理，也全是後人穿破錦緞綾羅之後，以今測古穿鑿附會之論，不是根柢，只能歸之於學說而已。其實，說穿了，保命要緊、禦寒防敵才是穿衣的起源。不過，居住南方的先民，拜天候炎熱之賜，自春至冬，全可赤身露體過一年，他們穿衣可能與裝飾多少有些關連。

居住南北兩極，冰層高厚數千尺，吹口氣都結冰，你不穿衣能捱過寒冬，我給你磕三個響頭。他們不管禮貌說裝飾說，穿衣禦寒為第一要義，到以後才慢慢講究禮貌裝飾。

什麼時候人類知道種棉抽絮成紗織布裁衣？由我國地下發掘的材料，六千多年前就有蔴布。黃帝創制衣裳，嫘祖教民養蠶，不止是穿著保暖，更有建立制度，區別階級貴賤的用意在。因而可以推知，我國黃帝時已進入農業時代，植桑養蠶，使衣裳品質精緻而美觀。種蔴種棉，所製衣服全在價值與實用。

黃帝妃子螺祖教民養蠶之說，深入人心，深信不疑。但根據我國各地出土的文物，有蠶的圖案及土陶蠶蛹及絲織品，都早於螺祖時代，可能是螺祖教民改進養蠶方法，使養蠶工作更成功更豐收。

由絲織品的出現，可以推知人類智慧已非前古那種用聲音和手勢以表達意念，溝通思想。他們潛心研究，製造工具，改良生活品質。比如蠶結成繭後，揀繭殺繭、繅絲織絹，這一系列的製作過程和工具製造，都需要專門技術和人才才能完成，工具樣樣齊備，技術項項熟練，才可自繭抽絲，由絲成絹，不然只有望繭興嘆，無可奈何。可知老祖宗的頭腦並不比我們差。

我國古籍，把螺祖畫成人首蛇身，蛇身或者會有聰慧巧黠，變化萬端、推陳出新的寓意在。但螺祖距今究竟有多少年？歷史漫長，四五千年只一剎那。傳說固為傳說，史藉多有記載，螺祖這位智慧的老祖母，可能不假。

吉林混同江赫哲族，以魚皮製衣，這應該是他們幾千年老祖宗代代相傳的絕技，與中外先民以獸皮充衣服的歷史事例相同。

衣著製作技術精良後，食飽衣暖，才講究美觀炫人。穿衣的實際作用是為了禦寒保命。人類文化隨著時代而進步，由個體而團體，由單個部落擴大為社群，再組成政府，其間是經過一段相當長時間的醞釀。

原本各部落各自據地為生。凡是適於人類居住的地域，必須水源充沛，地勢不甚險峻，有森林可資蕃殖野獸，便於狩獵。有河川湖沼滋生魚類，可供撈捕。人同此心，心同此理，不同部落紛紛群聚於此。時日一久，為了爭奪生活資源，便不免會有衝突，有爭執也有鬥毆，有鬥毆也有和諧，藉此互有交集，互有來往。既無宿仇大恨，也無和樂融洽。智慧高目光遠的賢哲，為了族類和平生存，便放下武器，走向和平協商的途徑。此間，輕重多寡，依然難以取得平衡，誰來主持正義？評定是非呢？於是各族首領共同推選德行優良，言而有信，是非分明，黑白不淆的人士擔任共主，一言九鼎，協和萬邦，國家元首不期然而然產生了。

這位至聖賢哲，為了各族群生靈和平安寧生活，於是，委派賢俊掌理治民安民工作，土地疆域、森林資源、農業墾殖，道路開拓，溝洫修建、族群治安、社會秩序、青年教育、對外防禦，各司其職，各盡其分，由是政府組織誕生了。

由部落的上下關係，擴大為政府的上下關係，責任有輕重，位階別高低，官位有大小，執事有多寡，階級等別便明顯地呈現出來。

好啦！社會階級差別產生，掠奪資源，聚歛財富，佔領土地，盈積府庫，加上首領的任命和賦權，階級觀念成了社會牢不可破的惡咒。於是，吃用穿著，也顯然有別，除了款式，型制，顏色，因階級不同而分類，卑不踰尊，賤不越貴，連裝飾髮型也有規定。各自安於階級範疇之內生活不得僭越亂了管理權限與社會地位，這是衣服劃分，也是政治地位的象徵。

衣服不僅分貴賤，也有地區寒熱和職業差別的不同。

北方寒冷，厚棉重裘，包裹得像肉粽，防寒如防敵，不得讓他越雷池一步。南方燠熱，寬襟大袖，步步生風，求其涼適散熱。北方貧寒之家難捱，南方溫飽不足之戶，倒是洞門敞戶，歡迎涼風襲人，將就過日子也不懼冬寒一張冷酷臉。冬寒知趣，到了南方，反而溫言柔行不討人厭。

至於職業差別的衣著則更顯明了。

東周時期，絲織品與布疋都是市場普遍的交易物，為了防止紡成的布疋邊緣脫線，就用窄長布幅加以縫邊，製作衣服時，此邊隨布疋由胸前經肩胛繞過頭部而迴轉至腋下，形成交領右衽的形式；此邊，以後發展成刺繡不同的花紋，以表示不同的身分。此等花紋，乃是上級賞賜下僚以誌榮慶和威權的象徵，一般人不可亂了此套。

兩漢時，官服以青紫為貴。黃色為尊貴者的服色，乃帝王象徵。自漢至清，皆屬如此，只有皇帝老子，以黃緞為質，繡九條盤龍護持，獨尊無上。

因為青紫為官服顏色，所以漢朝夏侯勝為學生講授經時，常謂諸生曰：

「士病不明經術，經術苟明，其取青紫如俯拾地芥耳」。以後，謂得官喻為拾青紫、衣青紫。

古代衣裳相連，被體深邃，故曰「深衣」，惟短不得見體，長不得及地，深衣之內必有裏衣。如短衣至腰曰襦，武術人士多著短衣，取其身手矯捷，便於搏擊。短衣為楚遺俗，漢書叔孫通傳云：「通儒服，漢王（劉邦）憎之，乃變其服，服短衣、楚製，漢王喜。」

劉邦楚人，原本小吏，著短衣習以為常，素無學術，看到寬大瀉地的儒服，便不覺心生厭惡，叔孫通著儒服見他，他不由一肚皮不快，令其變服為短衣，正是投其所好。短衣也確實比寬襟大袖的儒服爽利方便。

漢雖尊儒術，亦重黃老，陰陽五行學說盛行後，代表中央的黃色為皇家象徵；東方青色是士子常服；南方紅色象徵喜慶；西方白色為喪服；北方黑色為老人服色。今日老人服色素淡，不黑即灰，與自漢至今故習所沿不無關係。一直到清代，黃及朱紫色，只有少數人皇家貴胄才敢服用，市井小民搖頭不敢。

清朝入關，以游牧民族當了五族主人，其服制仍然保持滿族傳統式樣，窄袖短衣，與當年風格不相違。至於文武官吏補服刺繡，自一至九品，其紋樣與明代規定一致，蓋沿襲明代官服制式，蕭規曹隨，階級嚴明，不可踰越亂了大局。

時至今日，衣服式樣年年翻新，清末民初，士商多著長袍馬褂，如今已成落伍的古董服式，大家全變易為西裝革履，與西方潮流接軌。

我國婦女素來身段苗條，有若楊柳迎風，婀娜多姿，穿著古時長袖垂裳、束腰飄紳的服裝，更是月裏嫦娥，西方天仙。拜交通發達之賜，全球各國不再閉關自守，開門揖商，互為貿遷。商人為利潤拼命以流行推銷服裝，年年翻新，想著法子掏人荷色。除民族特有衣著外，全球男女幾乎是無尊卑貴賤，穿衣著履全部一致。

俗話說：「人要衣裝，神要金裝。」

衣服象徵禮貌、護身、炫耀三種功能，今日全部表露無遺。男女穿衣雖然同時表現這三種功能，但個人品味仍然有差別，穿得得體，炫耀又禮貌，就得先看看自己身體的條件，儀容俊醜，體重肥輕、自己先作估量，選擇適當的顏色和款式，大方得體地穿著出門，即使儀容稍微「抱歉」一點，也會贏得別人的尊重。最怕自己東施效顰，又不懂得穿著藝術，胡亂搭配，反而連基本分數都被倒扣了，不劃算。

什麼場合穿什麼樣的衣服，雖無明文規定，也得與習俗不相違。婚慶喜宴，男士西裝領帶，女士套裝長裙，比較得體合禮，尊重自己也尊重主人。如果男士拖鞋短褲，女人短裙露乳露臀，這不僅有礙觀瞻，更是大煞風景，對主人有失尊重，十分不宜。

有些場合，藝術人士，詩人作家，好像並不在乎這些，他們高談闊論，旁若無人，穿拖鞋，著短褲，施施然而來，施施然而去，自我得令人哏嘴而笑。今非魏晉，竹林七賢不見於今日，阮藉猖狂也難再覓。這些逃於物外的藝術界極品，安之若素，自得其樂。旁觀者欣欣然覺得如此自我放任也屬難得。

民主自由社會，常常以反抗而躋身於主流社會，吃香喝辣，恣意批人逆鱗墊高自己，業已成了年輕人往上爬的風尚。藝文界人士，他們既不侮人，也不褻瀆自己，誰都會懷著尊重與敬畏的心任他們放任自由。

穿衣是門大學問，專家可寫一部百萬言洋洋大著。我這個半調子貨色，怎能說清楚講明白，只有膚淺地扯到這兒為止。下面再說吃飯。

千里為官，只為吃穿。八個字，戳破了人生的苦痛。

士農工商為四民，四民都要吃穿。

有句俗諺說：「積財萬貫，莫如一藝在身」。這是指人只要有一技之長，如同帶著飯碗趴趴走，不愁凍餓。

農人一生辛勤而勞苦，只要有地可耕，朝斯夕斯，雖不能鐘鼎而食，亦可溫飽無虞。商人舟車勞頓，船走五湖四海，車行偏村僻莊，一本萬利，富可敵國，也堪侔比王侯，不憂飢腸轆轆，兒啼飢妻號寒的慘境頻至。

士人手無縛雞之力，務農不識五穀，經商罔計贏餘，學藝又放不下身段，幹嘛？善說尚書、禮記漢大儒夏侯勝就曾說過：「士病不能明經術，經術苟明，其取青紫，如拾地芥耳」。明經術那是一樁容易事？必須五經貫通，穿鑿無礙，活學活用，能夠經世濟民，始能僥倖獲得政府徵辟，取份聊堪養家餬口的俸祿。今日，讀書人一生收入，拼掉老命教授子弟，講得口乾舌敝，百病纏身，仍然抵不上歌星半場演唱收入。士人價值跌停板，想混個飽暖，還真非易事。

古時讀書人，十年寒窗，就靠這道窄門金榜題名，出仕為官。條條道路都到不了皇宮帝殿，只有這條通路，才可獲得葷腥俱備，仰事俯蓄，勉堪給足。

出仕之後，有良知的官吏，治民愛民，既為皇家挑重擔，也為齊民拓生路，未忘先聖先哲循循之教。若是施政作為，堵住了士宦豪族地方惡霸的利源，媒櫱短處，揑造事實，摭拾得失，一狀告進中央刑部，這群地方惡勢力以錢財打先鋒，上通九重，下賂胥吏，上下勾結，欺瞞混騙，清官就得鎩羽而歸。貪官不甘就此絕了仕途前程，也就只有狼狽為奸，共同魚肉善良百姓。

一部中華五千年史，除了宋朝不殺官吏，有罪只限於貶逐外。自先秦至滿清，清官貪吏，被殺如同屠狗宰豬。幸而不死，只有唯唯諾諾，等因奉此，保住飯碗也保住腦袋為緊要。

有句俗話說：「三代為官，才學會吃穿。」

吃飯穿衣很簡單，要吃得斯文有禮，吃得命不遭殃，穿得體面光輝，還真不容易哩！

三代為官，才懂吃穿，這怎麼講呢？此其中包括家庭教養、風度氣質、孝親敬長、慈幼撫孤的孝心愛心，賓客蒞臨時的接待禮儀，家僕灶婢侍候的恭敬態度。另外還有特別一點的勢利眼——同僚來往，看官階大小，爵位高低而有不同的菜單和佳釀，連吃飯場所都有差別，事事週到，八面玲瓏，四面通風，絲絲入扣，不能亂了規矩。這才將吃穿試卷取得及格分數。

吃是大事，不吃會餓死。

先民覓食困難，幾乎是無所不吃，大至大象、鯨魚，小至蟲蟻，都是盤中佳餚。最易取得的是樹木生長的水果和乾果類，此正是大開殺戒張獻忠所說的「天生萬物以養人」的論證。由於捕獵技術的改進，捕獵動物以猴、豬、牛、羊、鹿、犀、象、虎等，都為珍饈之列。

人口增加，狩獵不足以供應生活所需，於是，發展農業，由肉食而漸漸趨於肉蔬兼濟。肉食供應因為森林地墾發為農地，野獸失去生存生殖所在，不得不往深林高山遷徙，平時可獲獵物之所在已然野獸絕跡，肉食得來更為不易，乃自行豢養牛豬羊犬等，以供應家人肉食所需，農業社會於焉定型。

全人類吃盡天上飛的、地面爬的，水裏游的，地底藏的，上窮碧落下黃泉，全為碗盤珍物。吃不吃人呢？吃呀！如斐濟島、細西蘭、加菲爾人、南美火地島人、北美印地安人、愛斯基摩人等，有需要時，便吃人肉。

外國人吃人，我們號稱禮義之邦的中國人，也不讓外人專美，讀歷史，唐朝二百九十年天下，天旱，災荒，戰亂，軍隊交戰，糧食接濟不給，於是，以人為食，人相食，不知上演過多少次此種人間慘劇。視人如獸，食其肉與食豬牛肉無以異，怎能嚥得下？人吃人，當然為不得已的情勢所迫，如積習相沿，食之，視為當然，此項惡風，豈能令其勢盛不戢？

人吃人，大約有下列幾項因素。

一、特殊民族的特殊風俗。

二、囿於某種邪惡信仰。

三、珍惜食物來源，人死食屍，棄之可惜，食之視為廢物利用。

四、天旱水潦，蟲災傷稼，全年無收，飢餓難熬，只有殺老弱殘障，或易子而食。

五、俘虜敵人以供饕餮，不吃可惜，吃了釋恨。

諸多因素，促成人吃人的慘劇上演。

人肉好不好吃？我不知道。不過，春秋時一匡天下九合諸侯的齊桓公，吃盡山珍海味後，他也吃人肉。

易牙是他的近臣，為了討好齊桓公，居然把自己的兒子殺掉蒸烹以供桓公大快朵頤。

管仲襄輔桓公成為一代霸主，而竟「一匡天下、九合諸侯」之殊功。

齊桓公年老病重，管仲探望桓公。

桓公問管仲：「君後，誰可為相者？」

管仲不好擅作主張，像打太極拳，先推一把說：「知臣莫如君。」問題推給桓公自己去挑選。

桓公問：「易牙如何」？

管仲對曰：「殺子以適君，非人情，不可。」

父子至親，連自己骨肉都可殘忍地殺之烹煮以供君主啖食，一旦掌政，何事不可為。

桓公又問：「開方如何？」

「倍親以適君，非人情，難近。」

桓公再問：「豎刁如何？」

管仲分析回道：「自宮以適君，非人情，難親。」

桓公接受了管仲的分析，放逐易牙等於宮外有三年之多，桓公左右無近侍寵倖鼓唇弄舌討他歡心，內心不懌，再召易牙三人回宮仍任舊職，結果，易牙三人專權，把持政務；桓公病，易牙乘勢作亂，塞宮門，築高牆，嚴禁出入。桓公病重，想喝無水，想吃無食，蒙衣袂，餓斃於壽宮；亂事不平，桓公二月不得入葬，屍蟲流於戶外。

桓公一生吃盡天下美食珍饈，最後自己成了屍虫（蛆）的大餐。我非屍蟲，不知桓公肉味如何？

叩問屍蟲，屍蟲亦無以奉告。

桓公敢吃人肉，其心之忍狠亦可想見。

桓公生於孔子之前，孔子一貫主張的仁義道德，桓公未曾與聞，所以他吃易牙的兒子，吃得津津有味，理直氣壯。

吃也有許多禁忌，比如印度人拒吃牛肉，回教徒痛恨豬肉，美國人不吃狗肉，佛教人士茹素，全不吃肉？有人偏愛馬肉，有人喜好驢肉……反正都因地區、種族、傳統、宗教信仰不同，食物供應多寡而有異。

衣食住行為人生四大需要，吃與穿就佔了兩大項，成為文化戲台上的主角，多少著作剖析吃穿，也豐富了人與人之間交往內涵。杯酒聯歡，觥籌交錯，許多難辦的事常常藉著一餐飯就盤根錯節地解決了——吃喝一事大矣哉。

單是研究吃的材料，尚不足以把飲食文化剖白得囊括無遺。其他如食物調配、烹飪方法，餐具選擇與擺設，酒類釀製與供應，主陪客男女位置安排，餐廳佈置，侍者禮儀，插花選擇……全是飲食文化的要素，講究的一項不能疏忽。像我們這種窮措大，能把肚皮填飽，就得感謝天地好生之德。

三年為官，你真的學會了吃和穿嗎？

日本人喜愛吃生魚片和鮮蝦貝類；有人吃牛排限定三分熟，搭配醬料，據說其味之美雖南面王亦不易；這種吃法，吃得滿口鮮血，與獅虎鬣狗撲殺動物之後群聚撕咬無以異。人類由生食而熟食，原本經過一段漫長的進化歲月，想想這種吃法，居然回復到茹毛飲血的原始時代，是歸真返璞？抑是原始人性蠢蠢然復活呢？

就愛這吃得血淋淋這調調兒呢？我真不懂。

人與人之間相處，難免有言語衝突，肢體傷害，一旦此等事體發生，誰是誰非？總得找出結論，怎麼辦？只有訴之於法。我們老家遇到這種事情，天高皇帝遠，法律未必就是正義的化身；再說，錢能通神，關節打通了，是的變非，非的反是，法院那是是非黑白的定案所在。所以兩造常常請地方公正耆紳出而評斷，這位搢紳聽過兩造訴述經過，各自辯論爭端起因與過程後，他指出關鍵之處何在，並婉言規勸雙方冤家宜解不宜結，理虧就是輸方。是非既已判定，理虧的一方誠心認罪，但如何化解結怨呢？耆紳罰他擺一兩桌酒席，雙方邀請地方有頭有臉人物出席當和事佬，酒香菜香，興會淋漓，吃罷之後，雙方前嫌盡釋，言歸於好，一場爭端就此了結。飲食之用，大矣哉。

富厚之家與貧寒之家的飲食差異極大，烹羊宰牛，美酒佳釀，極盡口腹之欲。帝王之家更異於富厚世宦。一級高過一級。

滿清入關，當了五族的大掌櫃，不再眷戀狩獵時期割臠而食，嗜鮮流血的場面。皇帝這個孤老兒餐餐滿漢全席，眼前盡是佳餚名點，駭紅慘綠，眼花撩亂。這位老天的寵兒，我不知他究竟如何下箸？

至於食具講究，真是極盡民脂民膏之甚，滿清已然覆亡，據說乾隆皇帝一隻飯碗可值數百萬元之多，是我一生拼死拼活才得相等仍有多寡不同的價值，活了一輩子，還抵不上乾隆皇帝一隻小飯碗，怪不得自己一生只有吃糙米飯配蘿蔔乾，命呀！怪誰呢？

雜說篇

一、晚熟果子甜

俊男美女，到處吃香，一生風光。

豬八戒的兒女，鐵定吃癟。

俗云：「一母生九子，九子九條心。」不僅心不同，九人面貌才德亦有差異。普天之下習性相同。男女謀職，凡容貌俊秀，儀態端雅的男女，往往得人另眼相看，優先錄用，就業率亦高，尤其今日重外表而卑內在這個社會，幾乎是靠「面子」賺錢。女性，只要容貌姣好，出語輕柔，復又能言善道，觸處機鋒，表演技能一學則精，不學也能自創品牌；這種嬌客，就能獲得社會老幼男女的認同，不幾年，身價水漲船亦高，數億財富輕輕鬆鬆進了戶頭。

一位窮書生、老教授，皓首窮經，圈破五經廿五史，到老亦只能勉強得個溫飽。不是後者不如人，而是世風如此。外表光華者，往往佔得便宜，受人寵愛，亦易於成功。

不過也不用灰心喪志，此等幸運兒畢竟是少數，多數人依舊要「一摑一掌痕、一棒一條血」，步步踏實才能有收穫。

成功沒有僥倖。

當見許多年輕男女，在學校功課優異，鋒頭健旺，是男女同學的馬首龍頭。一旦進入社會，正常的卓爾不群，確有領袖群倫的才德，也確是人倫之表，國家社會的中堅。有些急於求成功的男女，對朋友同僚，挑毛病，找漏洞，見縫插針，遇洞灌水，言語猖狂，行止怪異，只有我是，別人全非，禮法不能約束，道德鄙為封建……為什麼他會乖張如此？他急著要出頭，身前身後人物全是他的踏腳石。

這社會，頗為怪異，半個世紀以來，這類人士全都打出自己一片天地，成為社會的標的人物。年輕人有樣學樣，步步效法，事事取樣，帶動政風世風和社風失去不少淳厚，教我們這類守分守法的頑梗，不由訝異而嗟嘆，世風如此，誰有能力反其道而行？

回過頭來，這類典型，依舊是少數；多數人仍然步步穩當創業，言行謹慎，不行險僥倖，不嘩眾取寵，危言聳聽，終其一生，一點一點積累功業，成果縱不及幸運兒豐碩，他依舊年年有收穫。

我有位高班學長朱某某，國文程度高，一週一篇作文，老師鐵定給他圈圈累圈圈（朱筆批改，以圈斷句，詞美意豐文句，常以三個圈以上表其造句優美），他也為人望所歸，成為全校的風雲人物。我另一位同學王某某，英俊瀟灑，體型高達一七〇公分以上，他父母又為他生了一張令女同學人人愛慕的俊俏臉，風流倜儻，言語得體，智慧比人高，功課比人強；加之他是獨子，父母愛獨鍾一身，荷包裏永遠不缺鈔票。此等才俊，誰不為他豎大拇指呀！同班同學彭某某，他自詡為小諸葛，國文數學理化無一不優，我這個「豬八戒弟弟」，遇到功課問題，腦筋轉十下也轉不到竅骨眼上去，他一瞧，輕輕一撥我就懂了。我問，這類優秀才俊是天賦抑為父母遺傳？結果，毛主席爭得天下，當時留在老家待時而動的同學，以為從此可遂鵬搏雲天壯志，結果這三位才俊，都在四十上下悒鬱以終。

政局變了，河山依舊；客觀環境變了，主觀心境也受左右。小諸葛不能像真諸葛一般襄輔劉備於西蜀創立帝業，鑄寫歷史。前兩位學長也屈服於現實之下，成了時代祭牲。

誰能為他們做結論？

果農採收水果，先把早熟個兒碩大的摘下，他們是「向陽花木早逢春」，搶先供應市場需要。然後再採摘中型的，次第上市。剩下幾隻原先得不到陽光雨露和營養供應的小不點兒，此時，障礙盡除，所有根株的養分由它獨享，不一月，牠長大了，摘下來一嚐，特甜呀！這就是「晚熟果子甜」的真理。牠不爭不較，蟄伏待時，最後有成。

古話說：「大器晚成」。這個大不僅包含大小之大，更深一層說是精工打造的上等藝品。器是器具，鍋碗瓢勺，畚箕，掃把……都能為世所用就是器。好而精緻或者大型可供大用的器具，都是累經工藝人士改進缺失，變更設計，千思萬慮才把牠製造成功，所以，牠晚成，更能充大用。

看看歷史上許多將相人才，誰不是歷經千磨萬劫，累遭排斥，才成就為真金水鑽般生命，才能為國大用。

純鋼，必須經過烈火洪鑪的燒煆才成其為鋼。

名劍，必須百數十次烈火煆燒，千百次反復不斷錘打才成為削鐵如泥的名劍。

誰見過家常用的菜刀可與名劍比肩齊列？

不要急，不要急著要求成功，一鋤鋤挖土，早晚不輟，風雨不辭，時機成熟，必然豐收。晚熟的果子絕對甜。這是數千百年以來中外古今顛撲不破的真理。

二、小地方人情濃

春社里位於大肚山麓成功嶺山腳下一處小村落，屬於台中市南屯區。南屯區把它組編成里，男女老少人口當然在百口以上。

四十四年秋天，我們進駐成功嶺。幾棟美式和日式營舍，像幾個窮得衣衫破敗的落拓漢，秋風趨炎附勢無情戲侮，他們緊挨著自家取暖，隱忍受辱，那副慘狀，令人同情，也興起自己與舊營舍同一遭遇的感懷。

沒有樹木，道路高低不平，迤邐曲折，儼同人跡罕至的山區，只有山羊小鹿覓水解渴的荒徑。不過，王田圳不曾捨棄這地區，經年清流涓涓，帶著死雞死鴨和枯木萎竹往下游奔流不息。當時，成功嶺洗臉台常鬧旱災，這條王田圳倒成了溉活我們生命的泉源。

學田村一條小街，荒涼破落，中午十二時前，攤販聚集賣菜賣魚肉，十二時以後，車馬冷落人員稀，再度恢復寧靜。

早先，成功嶺偶然也有部隊暫時進駐打尖息肩，像是過路客棧，沒幾日又成批地走了。如今，突然數千人熱火朝天住進營區，忙著修路整營舍，大有就地安營立寨氣象。目光銳利的民眾，立刻在學田村租屋佔房，開茶館彈子房招攬生意，向窮軍人挖幾個錢。

那時節，官兵普遍二十多到三十出頭年齡，忙了一整日，晚餐後，大家像一群蝗蟲全往學田村飛，茶館滿座，撞球場枱枱客滿，座無虛席。

春社里窮苦小村，老百姓尚未自日據窮困生活中爬出來，家家以養豬為副業，養豬戶也知道攻城先攻心的戰略，專派閨女向炊事班長包餿水廚餘。女孩樸實無華，不懂色誘，也不曉耍點小手腕虜獲炊事班長的心，但很自然地雙眼骨碌碌亂轉，就轉得人心猿意馬，不知愛有多深情路有多長？

官兵全部未婚，不敢扮淫蜂充浪蝶，紛飛花蕊採蜜探香；個個却是「當兵三年，看見老母豬賽貂蟬」的焦渴難耐。

說真的，挑廚餘的小姐雖不懂搔首弄姿，眼波顧盼勾人心魄，逗得你天昏地暗，晨昏顛倒；但一顰一笑都能引人遐思無際，甜在心頭，做夢都芳香撲人。眼睛為靈魂的窗子，那一對對靈活如晚星般的大眼睛，真的轉動得令人喜滋滋奇癢難禁。

喜歡熱鬧的往學田村跑，好靜的則各懷鬼胎往附近其他村落當訪客，老百姓拒之不得，只好勉強開門揖客，因為利害攸關，以後還要不要包廚餘？

春社里早已及笄的女孩，全往烏日中本毛紡廠上班，早出晚歸，已逾婚齡的女孩雖想下嫁軍人，無奈鵲橋不通，如同大海茫茫，無邊無際，少了舟楫，怎能靠岸？剛剛成熟的女孩像朵花，瓣張蕊放，有心歡迎蜂蝶前來探個究竟，卻又礙於父母兄長嚴厲監控，一個個徒然有夢，夢卻難圓。

官兵們臨淵羨魚，手持網罟卻無處撒網。

以後，結清總賬，嫁給軍人的只有二位佳人，其他全皆高枝另棲，投往他人懷抱。我也曾在春社里用過功夫，勤苦耕稼，未見種子發芽，經過檢討分析，我才悟出原來是水泥地裏種豆麥，絕對無望。於是，改弦更張，另謀他圖，終於把我這個老母豬妻子虜獲到手。

我是軍醫，擔任第三團門診部主任，說大不大，說小也不算小，小頭目底下，居然轄有十幾個大小嘍囉。

結婚之後，就在春社里租兩間房子充作過客伙鋪（可供應飯食住宿的旅館）。當時，軍人窮苦，老百姓生活也很艱難，軍人再窮，衣食醫藥不匱，老百姓一旦有病，哪來閒錢就醫，能熬就熬，熬不下去便來營房求醫。統帥部瞭解民眾生活艱難，命所有軍屬大小醫療單位一律開放義診，不收費用。每逢國家大典，還派醫療隊去海濱高山作義診服務，為時常在十天以上。

春社里的男女老幼，個個和善，生活雖然寒苦一點，日子卻過得快樂而滿足，只要我回家，一路上醫官長醫官短打招呼。

因為彼此有交集，軍民之間無隔閡。也不像今日在政治人物別有用心挑撥離間之下，把退休軍公教打入十八層地獄，仍不甘心，還要用雙足猛勁踩幾腳。

年長的民眾，把我當日本皇軍看待，一見我經過，立刻退讓路旁向我行九十度鞠躬禮。長者即父兄，我哪能如此消受，我也以九十度鞠躬回禮，然後把老人拉住說：

「阿伯，你年長，你就是我的伯叔輩，你不可以向我行禮，以後見面，互相打招呼就是很友好啦！」

湖南騾子跟閩南祖籍的台灣長者對話，全是雞同鴨講，雖然語言溝通不良，經過比手劃腳肢體語言後，老人知道以後不用尊崇日本皇軍那樣行禮如儀，欣然地彼此四手相握，歡欣地道別。

春社里和番社腳的民眾，多來我所掌管的第三團門診部就診。學田村的民眾則自後山爬坡到一、二團或師門診部請求診療服務。

五十年以前的疾病，軍民相同，感冒、支氣管炎、扁桃腺炎，消化性潰瘍、闌尾炎、細菌性痢疾和小外科等等，心血管系疾病少見。如果是非外科手術無法挽救生命的急症，則送北屯第二總醫院急診。

由於因疾病而建立軍民之間的融洽關係，看過門診的民眾，他們不曾忘記病中之苦癒後之樂，可又苦於無力回報，懷德感恩之心不曾片刻忽忘。青菜種出來後，會給我嫩妻送一把新鮮青菜，小鵝火雞孵出後，常給我家送一對幼鵝或小火雞。我那位「相對單位」（拙荊），不足二十芳齡，居然可把小鵝火雞飼養到十斤以上重量，過年時充實庖廚，省下一筆葷腥支出，吃得兩個搶著出生的女兒嘴角冒油。

我租住阿青伯母家，阿青伯母年輕時挑著零市擔子走鄉穿村賣針線、衣扣和胭脂水粉等這類婦女用品，養大獨子，慈祥賢惠，是一位敬老慈幼恤孤憐貧典型的中華婦女，典型的撫孤創業的慈母。

中年以後，自己開一家小型雜貨店，由兒子媳婦掌管。孫兒女七個，個個優秀誠樸，敦厚忠實。

由於我在他家租住房屋多年，彼此無血胤關係，卻有異姓伯姪般情感，噓寒問暖，緩急相依，異鄉成家，我享夠了止於處鄰而情同骨肉般的愛。

他家第二個孫女秀葉中學畢業後，戀愛成功。此時，我已遷入水湳陸光七村。有一日，秀葉帶著男友來訪，男友是一位優秀敦厚的空軍子弟；秀葉擔心祖母有省籍觀念，婚事不諧，特來找我當說客。

秀葉說：「醫官，我要請你說服我阿嬤點頭，答應我們的婚事。」

秀葉是位溫馴善良的農家女孩，樸實無華，言語舉止，不失農家純樸不矯飾本色，人又長得秀氣，純純中透出一分挖掘不盡的美感。

我聽過他的訴求後，我居然冒失而大膽地拍拍胸脯說：「秀葉，你放心，我出馬，你阿嬤一定點頭，他不答應，我跪也跪到你阿嬤說：「好啦！我答應」。」。

第二日，我專誠與秀葉和他男友「晉」見阿青伯母。說明來意，伯母始終不露口風。

這樁人生大事，不能僵著沒進度誤了秀葉一生幸福。

我內心焦急，急得責備自己拍胸脯保證太早了。

我想，請將莫如激將，我說：

「阿婆，你不點頭秀葉的婚事，秀葉上面有一位姐姐，下面有兩個妹妹，四個孫女都嫁不出去，你難道要把孫女養到七老八十，七個孫子七張嘴，單是吃三餐也把你吃垮，你究竟有多少財產供他們吃？」

這番說辭有效果，阿青伯母終於笑著點頭了，他說：

「好啦！我答應。男方的情況我都不清楚。」

我代秀葉回道：「空軍子弟，絕對忠實可靠。男孩父母有房子，他自己有工作有收入，不會餓著秀葉。」

阿青伯母真給足了我面子，他不再有第二句推拖話。他說：「醫官，你的話，我全相信。以後要好好待我秀葉。」

「謝謝阿婆。」我連忙吩咐秀葉與他男友下跪向祖母謝恩。

這番經過，看出這一家是典型的孝友家庭，祖母至尊至上，祖母一句話就是懿旨綸音。

秀葉與男友雙膝落地，笑淚交併向祖母叩頭謝恩。

我再叩問阿青伯母的聘金問題。

阿青伯母滿口回道：「青菜啦！以後只要他們小夫妻恩愛就好。」

秀葉的婚事就此拍板定案。結婚時，阿青伯母包給我一隻紅包，我堅拒不收，我說：

「阿婆，我雖然是外省人，在我的感覺裏，我們是一家人，秀葉長大了定婚，嫁位好女婿，有個好婆家，我高興都來不及，一家人怎可以收紅包呢？」

阿青伯母說：「這是禮數」。他硬往我袋裏塞。

我堅拒不收，我說：「我不要這個禮數」。

老人家知道我不是虛情假意，這才歡歡喜喜把紅包收回去。

六十六年我遷居台北，在老妻未病之前，我與兒女不時開車回春社里探望老友和舊鄰居。

整個春社里都改變了，原來稻草屋頂土磚牆房子，多數改建成紅磚二三樓別墅型洋房，每間房子地面和牆壁全貼大型瓷磚，美侖美奐，說明經濟環境已非當年靠養豬當副業能夠比擬。

硬體設施改變了，人事變遷也大。

阿青伯母和他兒子已然辭世，嫂嫂雙目失明，黃伯母走了，賢一駝背也離開這痛苦的人世，陳接旺老師伉儷遷住台中市區，瑜芝當了祖母……老一輩多半凋零，剩下當年讀小學的男女已屆中年，他們還能認識我，澀澀地打招呼：「醫官」。畢竟年壽與當年接觸有隔，已無老一輩那份純純情意。那時節讀初高中的孩子，有好幾位取得碩士學位在外地成家立業。

五十年歲月匆匆過，滄海桑田，桑田滄海，想到那些年彼此情感交流的溫馨歲月，我不由黯然落淚，也欣慰微笑。這處不起眼的落後鄉村，給我留下一段生命的珍貴回憶，午夜夢回，我永遠繫念南屯春社里，感謝舊日老友給了我一生難忘的溫情。

三、常常照心鏡

愛美才照鏡子。女人愛美，不論上班上學，人人攜鏡一方，一日總得照幾回。很抱歉，我父母沒給我一張令人不生厭的臉龐，也沒給我英俊瀟灑的體形，說醜得令人嘔吐發暈也不至於，讓人看一眼就留下好印象，也少這類條件；所以，我不常照鏡子，即使照鏡，也不能改變現況。

不過，我有一面心鏡，日日自照，看看自己有無惡形惡狀，令人切齒？反正自己管自己，管得規行矩步，事事不踰禮法；這種自己管自己的結果，一生不涉訟案，監獄拒絕我不費一毛錢可吃三餐飽飯。

沒有鏡子，人人都不認識自己，自己是副何等尊容？誰也不自知。先民直待「臨波照影」，才看出自己是如此一副形貌，欣喜亦驚訝。

在清流中照見自己，可能是偶然，以後，則以圓形容器貯水自照，水靜止不動，效果較波動的流水照面穩定而清晰，仍然不能忠實地全面反映自己。先民為了澈底看清自己，便千般思慮萬種設想出鏡子這玩意。

青銅在殷商時代，已是官民普遍應用鑄造器具的原料，自地下發掘的鼎、彝、爵、觥及兵器等，殷商墓中最多。周繼商後，遺風不減，墓冢中亦有大量青銅器發掘面世。

鏡又曰鏡鑑，殷商青銅應用廣泛，以之推論，銅鏡應該在殷商以前就已應世，遞至兩漢，銅鏡始流行於民間，殷商帝王墓冢中雖未發掘出銅鏡，但在民國初年發掘出戰國時代銅鏡，以後，河南輝縣等地亦多有銅鏡出土。因之，推論我國銅鏡的出現，應該早在殷商以前就已發明；其歷史較西洋尤早。可見我國先哲大腦的腦紋細緻而褶痕多，聰明智慧果然超凡。

鏡子可以照妖，原始自於道教。

抱朴子說：「道士以明鏡九寸，懸於背，老魅不敢近；若有鳥獸邪物照之，其本性，皆見鏡中。」又曰：「昔張、蓋二人，並精思於雲台山石室中，忽有一人黃練衣葛巾到其前曰：「道士辛苦幽隱。」於是，二人望向鏡中，鹿也。」

鏡能照妖，固為妄說。鏡可忠實反映原形，讓自己看清楚自己，也該是一件樂事。

俊男美女，喜歡攬鏡自照，常常顧影自憐，因為他們具備這種自憐自愛的條件。自己長得抱歉，不愛照鏡，也是一項收斂修養。父母生我就是如此這般一張臉，早晚臨鏡自照，毫釐不爽，一點也難改變現況，何苦為這張臉的美醜而傷透自家這顆心呢？

其實，人的美醜，在心的良善，而不是形的媸妍。

我強調我照心境，主在不時檢討自家言行有無傷害到別人？害國害民害自己？

自己做不到的事，要求別人百分之百達到目標，那是狂悖。自己言語凌厲，時時傷害別人，反過來，苛求人家溫厚待我，像是佛祖如來，天主基督一副慈悲心腸，薄責於己而厚責於人，那是迷蠱。

爭功諉過，有利爭先，無利則退縮不前，事事對自己寬恕對別人嚴苛，這種人就是不曾照心鏡，不知自己原形如此醜陋惹人厭。

一個人的成熟，多是經過數十年人生苦難磨練，磨掉了火氣和鋒芒畢露的稜角，到中年以後，才言行內斂，出語如三春溫暖，行止如佛道人物，緩急從容，自然得體，望之如出於塵表有道人士，這就是他常照心鏡的結果。

照心鏡實則就是自我不斷的省察、檢討和修正。

社會是一所大舞台，生旦淨丑，裝扮不同，言行各異，各有唱腔和道白，一齊登台，才湊出戲台上的熱鬧場面。人生也是如此，各人扮演好自己這個角色。妄想人人都是聖哲，溫柔敦厚，春風暖人，當然不可能。但只要有多數人不時省問自己，我的言行有無傷害到別人。令人痛苦與不堪？若能如此退一步天寬地闊與人相處，人世間就會少掉多少鬥毆砍殺的血腥場面。

照心鏡就是自我省察，凡事先問自己，再檢討別人，不是一味不問青紅皂白，別人全錯我全對，攪得社會濁浪滔天，昏霧迷漫，弄不清楚誰是誰非。

台灣幅員狹隘，但良善人士填街塞巷，尤其農村老幼男女，人人一張和善的臉，一顆溫柔的心，使人處處感到愛的瀰漫，因為他們人人一面心鏡，勤拂抹勤自照，所以才顯出台灣社會人性多溫暖，人心多善良，同證出寶島真的很美。

四、書卷裏洞天福地

讀書不賺錢，讀到老死，幸運的溫飽無虞；不幸的，三餐不給，窮死而後已。窮，人人都怕，楊雄有〈逐貧賦〉，韓愈著〈送窮文〉。窮，這位朋友，死皮賴臉，一旦被他纏上了，朝夕不離，如影隨形，想半途絕交也難。

書香傳家，是項光彩，有書香卻少肉香魚香，一生寒酸，滿身霉味，自己難受，左右鄰居也望望焉而去之，誰樂意與窮漢坐臥不離，自己也被沾惹一身寒酸味呢？

兒女不在我書櫥中找書讀，我也看開了，隨他們去吧！要是他們另外找到衣食暖飽的行業，甚至生活裕餘，買屋置產，住得舒適寬敞，我何苦強迫他們讀書呢？

俗話說：「三百六十行，行行出狀元」。讀書人的狀元及第，自古就不太吃香。重慶南路一條書街，好幾家關門歇業，倖存的，亦以兼營餐飲才能勉強支撐。十年風水輪流轉，這風水為何這般轉法？轉得我心寒膽慄。

自己一生窮，吃用我都省儉，窮歸窮，惟對買書，出手還算大方。一本本買回家，即使每本書不曾用紅筆密密麻麻圈點過，我絕不讓他打入冷宮，幽悶而終。結果，這一生也讓幾隻書櫥擠得站的站，躺的躺，甚至書上疊書，壓得底層喊苦叫痛。

書櫥也不甘心，我為何如此受折磨？

每當我巡視書櫃，逐一檢閱，一生不曾高官厚祿，內心卻有一種統帥閱兵點名時的快感，過足了官癮。

前些年，覺得書中知識不傳播，對作者是一種褻瀆，也失去買書的本意；書不是裝飾品，只為自家粧點門面，而是要把知識推廣出去，讓大家提昇自己。

於是，我要把書送出去。

我問大孫女：「公公的書給你好不好？」

大孫女是電腦系的高手，他答覆得很明快，他說：

「公公，我不要，要查資料，電腦中全齊備。」

我是電腦文盲，我不知道電腦收集的資料，究竟比書中記載翔實還是簡單籠統？

一聽孫女如此一說，內心感到好酸楚。

前些年，我送他商務書局出版四庫全書放大《昭明文選》三大本，和日本瀧川龜太郎先生所著《史記會註考證》一巨冊，這兩項典籍，我曾用心細讀，正文注解我全用紅筆一字一句圈讀過，有眉批、讀後感想……在我的感覺裏非常珍貴，當時，孫女二話不說含含糊糊帶走了，可能他心裏也不覺得有何意義在？

愛讀書的孫女都不稀罕，另外幾個視讀書為畏途的兒女，當然興趣索然，問也白搭。於是，一千多冊書和一套三十幾冊精裝本「大英百科全書」，一股腦兒送給了別人。

當時送書時，正是老妻與閻王爺鏖戰得難解難分之際，我內心相當痛楚，心想，人生無趣，生命無常，好端端一個人，死亡像恐怖份子隨時伺機殺人，生命朝夕不保，金錢、房屋……全為身外物，留著書又有何用？

一待老妻轉危為安後，我內心也回復寧靜，每當要查資料時，百科全書送走了，要查無著落，幾個懊悔，吃得自己胃都脹痛。

惡性不改，積習難治，這幾年我又陸續添購不少書。

自己有藏書，查資料時熟門熟路，不必像推銷員拜訪主顧，必須察言觀色，處處小心，時時謹慎。

全台灣處處書香，各縣市鄉鎮都設置圖書館，供應民眾借閱。台北市尤其普遍，一個區幾乎有五六間圖書館設置，普及知識與教化，台灣同胞真的比隨地吐痰到處留名者水準為高，言行自我約束有分寸。

知識飢餓與食物飢餓同樣煎熬痛苦。

記得三十九年戍守金門烈嶼時，好朋友相聚，只有成日扯東話西打發時間，大家無書可讀，直到國防部編輯的《國魂》與《軍中文摘》兩本雜誌分發到連隊，我們才能接觸到一點新知識。這只是知識焦渴時的半杯水，哪能療治知識餓腸轆轆？

讀書也不是為自己撐門面，喜愛讀書的人對知識先天上就有一種飢餓感，而且貪得無厭，每日非三餐飽啖，便會覺得飢餓難耐，空虛無聊。

世俗上一日三餐不食，熬一兩日，尚可捱過，五日六日不食，便會魂歸離恨天。一個人　日不讀書，面目精神照常不變，三年五載不親書籍，他照樣活蹦亂跳，不曾見他瘦骨嶙峋，因知識不飽而死亡；只要荷包扎實，尤其是富二代富三代，沐受祖蔭父澤，開名車，吃大餐，嘯聚黨羽，吃喝玩樂，姿色出眾的女孩不請自來，用錢不皺眉頭，打賞不吝大鈔，日子過得花團錦簇，彩色斑斕，人如此活著，真夠勁有味，有誰見他因無知識而侷促不安？

窮讀書人，那有如此豪快日子好過？一毛當作兩毛用，換件家具，一年半載前先立預算，月月自生活費中剋扣三百五百，積少成多，才能兌現購買支票。像闊少那種闊綽生活，做夢也不曾夢到。

不過，窮且益堅，他們也有另一層生活天地，一書在手，尚友古人，往還王侯，橫跨歐亞，上窮昊蒼，天地之廣，宇宙之大，全是他優遊自得所在，日子雖窮，知識阮囊並不羞澀；在書的天地中，他富比王侯，貴埒天子，那些闊少富裔的脂粉生活，全不在他眼裏。

黃山谷說：「三日不讀書，便覺面目可憎，言語無味」。黃山谷開江西詩派祖門，一生無書不樂，有書則歡，他三日不讀書，即覺面目可憎，言語無味，我相信。幾乎愛讀書的朋友都有此癖。不過，有些鄉嫗野老，歷練人生歲月，嚐過辛酸苦辣，自生活中體悟出不少人生真理，言語雖近粗鄙，道理卻是俗辣真摯，不參一點一滴水，與他們交談，可以得享山林野趣之樂，面目並不令人憎厭，言語亦饒趣味。

我非高雅之士，自小至老，未改農人本色，樸實鄙陋，像一付笨重家具，無雕琢、不裝飾，毫不起眼，只是厚重耐用而已。我讀書純為養性取樂，肚皮裏貨色不足，自然不為世用，借重前賢往哲的看法想法，裝扮自己變得稍微雅致一點，所以，一生未為朋友嫌憎，也不曾作奸犯科，危害國家社會，先賢諄諄訓誨，讓我知道有所為有所不為，法院少了我去報到的麻煩，他們也多少樂得一分清閒，讀書之功豈不偉哉？

五、當人真好

山是山，水是水，山，下粗上尖，與水的波平如鏡全世界相同；不過，山的綿亙高矮，湖泊大小，江河彎曲，又不全然一致，各有各的面貌。

造物秘奧，令人難測，天地玄妙，鬼斧神工。我們人類就在這秘奧和玄妙的環境中生存了幾百萬年，沐受著大自然的芬芳與恩典，感謝造物主的厚愛與賜福。

地球的生成。天文學家謂為太陽最初受其他星球的吸引力，乃自太陽中吸引而出，先為最烘熱的氣體，然後冷卻凝為液體，最後外層凝固為地殼，因為地球由熱而冷產生收縮作用，外部形成凸凹不平之狀，空氣中的水分冷凝為雨，瀦匯於凹陷部則成為海洋、湖沼、河川；凸出部分便是山脈。

由地面到地心凡四十哩，地球表面為地殼，下為洋殼，洋殼即為海洋。地殼之下為地幔，屬於軟流層，完整的一圈包裹著地球；地幔之下為地核，外為岩層類液體，內層則為固體金屬。

這些層次區分，主由科學家們累積觀測與實驗所得而作成的結論，真相是否真的如此？誰有膽量與力量剖開地球，像切西瓜一樣看清楚層次分明，證實就是如此這般情況真實不虛？

地球形成至今有數十億年歷史，這也是推論。

地球上有我們人類活動，又有多少年歷史？研究人類進化的科學家說是數百萬年，數百萬年是多少年？真的如此嗎？誰也拿不出證據來。

達爾文於《物種來源》、《人類始源》二書中，指出人類最早在非洲赤道一處魯道夫湖附近，自北肯亞到西伊索比亞南部一帶的大草原地帶生存。此湖在沿大峽谷南北向的長帶狀地形中，為厚厚沉積土所封閉有四百萬年之久。人類起源說，就是來自該厚積層中化石分析四百萬年前的人類頭骨與現今人類頭骨差異並不太大。

不過，這也是學說，不是定於一尊的結論。如果人類始原於非洲，亞、歐、澳等地，自然環境、潮濕度與人類依以為生存的生活資源，就不足以構成人類始源嗎？唉！幾百萬年這麼漫長的歲月，只能假設推論如此，不然，怎能給人類自己作交代？

結論對錯，各自評分。

五百萬年前就有人類，北京人的發現，推論為五十萬年以前的事，那還真是瞠乎其後。五十萬年是五百個一千年，人類最長的壽命是一百出頭一點點，五十萬年，多漫長呀！那時，人類已經知道用火，由北京人頭骨的存在，已經可以確定這是真正的人類頭骨。

人類成了地球的主要演員，樹木、花草，各種禽鳥、走獸、水族中的魚群，又是從何而來？這些物種起源，人類最有智慧，也不能給答案。

基督教說是創造宇宙的神，神，看不見，摸不著，說不存在，人類說有在，說他在，他在哪兒？神真有嗎？反過來說，除了神，還有誰能創造宇宙萬物？

神力無邊，他能創造宇宙萬物，這種神功之大，大過千百個太陽系，人類疑慮難解，只有找位力大無邊的神作答案，好搪塞自己，讓自家困惑暫時得到紓解。

宇宙之大，大得無邊無際，科學家說宇宙中有無數個太陽系。科學家挖空頭腦也難搞得一清二楚。

火星與地球距離較近，到如今沒有人類去過，月球，美俄都登陸了，只知道一片死寂，全貌依然無解。何況乎遠過月球的水星、冥王星與其他太陽系的左右鄰居呢？

人類的聰明智慧，在探索宇宙世界中仍然無力無助，一切學說，全是假設，嘿嘿！是不是愚不可及？我不敢說。自己哄自己，自作聰明，自作主張，應該不假。

科學家找問題，解決部分問題，他們心目中的疑團，自疑自解，為我們開發了無數不可知的大門。也讓下愚的我們開拓了眼界與心靈境界。那麼多問題待揭曉、待解決，多煩，即使只讓我們一知半解，也覺得新鮮有趣，做人，真的幸運，活下來也覺得多彩多姿。

人與豬牛馬相同，飛禽走獸只有生命層次，人類這群地球上的怪物，怎麼獨獨蒙受上蒼不次之恩，給他一隻宇宙無窮的大腦袋，因而由基本生命層次進一層跨越無限的精神層次，多幸運的人類。

說到地球，只是宇宙中無數無量的一粒雞蛋而已，宇宙如果是神創造的，他獨獨給地球創造了海洋、河川、湖沼、山脈、平原、高原。星球無水，就是一顆死星球，不會有生命孕育。地球有海洋……水源豐沛，因而萬物育焉，讓人類獨獨享受這些資源，活得光彩奪目，亂七八糟，也烏煙瘴氣，冥冥之中的神呀！真感謝你對人類這分豐厚的恩愛。

地球這隻蛋，山山水水，全不相同，更顯出不同的美。

人又多一分巧心與智慧，把各自生存的環境裝飾得獨特而別具風格的美，地球有人類居住，才未糟蹋山的巍峻，水的明媚。若是缺少人類寄居，冥冥之神，創造這顆星球之功，真算是白費氣力，糟蹋了。

非洲的牛羚、斑馬、獅子、犀牛，可能與人類同一時間始源，至今仍然是副原貌，牠們並未改造非洲擁有非洲。人類色種不同，各自在不同生存的疆域裝飾地球，利用地球資源。

人類也是由自然環境孳生的一種蠕蠕然而動的物種之一。人類始終熱愛自然，把自己融入自然環境，也把山河日月納入自家胸臆，包羅萬象，涵育萬有。狹時，狹得容不下愛人琵琶別抱，睚眥必報；廣時，廣得太陽是我懷中的暖爐，月是我床前的燈光，幕天席地，他自已就是一個宇宙核心。人真狂，狂得令人啼笑皆非，也覺得此中別有道理。

自五百萬年前到現在，許多生物滅絕了，獅虎還是獅虎，以搏殺為生；象羚還是象羚，幾百萬年以來，仍然是吃草而活，不曾組織政府，運用智慧，創造文明與文化。只有人類，由各個生活階段而至今日自己開創一切，利用大自然，給自己一個美滿的生活天地；運用想像，去揭曉無數又得不到解答的問題，就是如此冥想與探索，是以人類生趣無止無盡，一直在找問題求解答，生活與生命永遠光彩斑斕，生趣萬種。我何其有幸，生而為人，當人真好。

一連串的問題仍然是問題，我自己也是一則問題。

六、感恩台鐵

台灣十大建設以前，台鐵與公路局，是兩大運輸主動脈，活化了台灣經濟和人民公私往來。時勢詭譎，作為聯合國創始國之一的中華民國，被蘇俄為首有意識的排擠及非洲少數侏儒小國聯手炒作而被掃地出門，中華民國成了世界孤兒。當時主政的蔣經國先生，著手擘劃十大建設，內以凝聚人心，外以鞏固國際空間。喊出「今日不做，明日就會後悔」，終為台灣開創嶄新局面。

政治家實心實地幹事，不成日噴口水搬弄是非，人非我是，一竿子打翻一條船。他要為台灣同胞謀劃千年根基萬年磐固的生活天地。

當高速公路修建時，許多異議人士批判為「有錢人的交通大道，市井小民無福消受。」請看今日道上，竟是誰家天下？兩條高速公路不夠用，車輛輻輳，高官富商，農漁小販，人各一車，逢年過節，往往壅塞得動彈不得。政治家與政客的目光遠近？胸襟廣狹？差別就在這裏看高低。

兩蔣父子，依然被罵得有百非而無一是。

故宮博物院庋藏的五千年中華文化瑰寶，若不是蔣公和當年服務故宮的先賢，排除萬難，敢冒鋒鏑，跨山越海運來台灣收藏，免於兵劫烽火的毀棄，由是豐富了台灣文化，讓台灣文化在世界文化眾花繽紛中舉足輕重，全球不敢斜瞬。

台灣之美，此二項是最豐富美的內涵，是啟端也是厚址。

評論人物，應該論大是不計小非，功過之間，互作闡述；偏狹地只見其惡而惡意棄其善，小格局評是評非，徒然見出其人心胸狹隘德學皆歉之貌，不值得師法。

蔣公父子在執政期間或有錯失，但大方向絕對正確，以後不要再搬出蔣家父子萬刀凌遲爭取那幾張血淋淋選票，凡有良心之士都會於心不忍。

我是軍人，軍人窮，當年，窮得不願出營房門，萬一走出營房，惟一可靠的交通工具就是雙足走路。

走路亦有好處，走出健康，壞處是謀殺時間。

四十年進駐成功嶺，成功嶺正面有縱貫道公路局車輛行駛，後面有豐原客運公司班車越過大肚山到沙鹿清水。每逢星期天去台中看勞軍電影，前後有車都不搭乘，提早出門，走路去台中，看罷電影，走路回營房，自成功嶺到台中市區，我預估至少有十公里之遙，軍人愛走路嗎？不是，沒錢乘車吃中餐呀！

以後，待遇略為提高。軍人吃公糧，雖無饑寒，依然不夠零用。

兩岸對峙，家人遠隔，思鄉思親，望月訴懷，借風寄情，那分錐心之痛，只有家破國亡的人才能體會得出。

年齡日長，身體日起變化，求偶心切，半夜不得安寢，不論官兵，個個都已到達二十八歲適婚年齡，大家像是無頭蒼蠅。四處紛飛，媒公媒婆，不請自來，成了營房不速之客。感激這批熱心的媒公媒婆，真的成就了不少恩愛姻緣。

我結婚了，非經媒公媒婆牽絲引線，而是自己打出一片婚姻天地，騙來現在這位冤家成為自家的壓寨夫人。感謝蔣夫人的慈愛，也分得一戶眷舍安營立寨。未久，兒女不請自來，他們不嫌我窮苦，一心要與我共組家庭，我當然不能無情拒絕。

五十四年，我進台南八〇四總醫院接受外科訓練教育，每週六可以回台中水湳眷舍與家人團聚。由台中到台南，慢車四個小時，用餐時分，別人叫便當，我們則顧左右而言他，即使腸胃在皮囊裏兵戈相向打混仗，也表現一副泰然自若的神情，下車後，吃碗五塊錢的陽春麵安撫鼓噪造反的腸胃，然後回宿舍安眠。

一個便當費的支出，也得要斤斤計較。

台中台南往返，坐慢車也要買票呀！

軍人窮，窮得幾乎失格，我那時已是中級軍官，中級軍官一個月薪俸也無法讓妻女衣食無憂，主食有配給，副食費月給四十元。叫陶朱公來經營三餐也會月月不足；一旦有婚喪喜慶或兒女生病，鐵定每月第四週妻孥要吃「鮮大王」醬油拌飯過日子。

為了省下車票開支，我們只有一個方法——跑票。

台中台南四個小時車程，列車長兩次查票。

有票的大爺大娘安若泰山，我們這些代表國家門面與尊嚴的窮軍人，則急如熱鍋上的螞蟻。

列車長查票，不論自車頭到車尾，自車尾到車頭，沒有固定程式，有時自中間開始查票剪票。此時節，我們必須眼觀四面，耳聽八方，一有風聲草動，立刻提高警覺——準備跑票。

通常，我們這群窮同學全坐中間車廂，前節車廂開始查票，後節車廂的同學往後走，以手示和眼色示意查票開始了；待車子抵達另一站停靠接待乘客時，前節車廂查票早已結束，前一時刻往後節車廂溜票的同學，偽裝新上車乘客往前節車廂擠站票。

這些鬼點子，列車長心知肚明，他們也會下車站在月台觀察，熟記下車上車逃票累犯的臉型和體形。偶然也會有意無意幽一默說：

「回原座了？」

顯然他早已判定你是逃票累犯，只是他法外施仁，不抓不罰罷了。

六十九年，我進國防醫學院軍醫高級班受訓。

班址設在士林芝山巖山麓下。

每週六中餐後，准許回家探眷。

自台北到台中，也是慢車四小時。當時，我小學同班同學周自成在陸軍總司令部人事署第二組擔任上校副組長，他會偶然給我寄幾張免費乘車票供我往返，其他同學也有同類車票使用。

免費乘車票即使是慢車票也屬得來不易，同學們咸都珍若拱璧。

本來一張票只能單程使用一次，在我們窮軍人心眼裏如此浪費，豈非「暴殄天物」，辜負寄票友人好心之仁，怎麼辦，在車票上做手腳，作第二三度利用。

用票前，先在票眉處輕輕抹一層薄漿糊，搭車時，持往售票口刷票劃時間，上車後自找座位，此時，有票在手，明明是重複使用的偽造票，內心好像有依靠，不用左顧右盼，神色不安。車到終站，這張票的剩餘價值仍然無窮，此時，不可以意氣洋洋正式出站，怎麼辦？車子停靠後，裝出一副待車他往的乘客狀，等人潮過後，立刻往車站後方蹓，覷準未設欄柵處快速離開，車票留著第三度使用。下次回家，把舊票乘車日期做點手腳，剪票口人多擁擠，剪票員無暇察覺，循例放行過關，我們則巍然上車，一副「理不直而氣壯」的神情。

違規事兒畢竟令人忐忑不安，一張票如果重複使用二三次，列車長心裏有數，當查票時，他用手指搓搓票面，再在燈光下一照，聳聳肩，無可奈何笑笑說：

「同志，可以換一張了。」

這句話已說明他已洞察奸詭，只是不好當眾揭發令人窘迫難堪。

我們只有內心感謝，也慙赧自己行為不端，不可見天日，但兒女的寒餒問題，我們無力另籌財源，只有自這端省一點，自自家腸胃壓榨一點，不然，有何計可施？

細細揣摩列車長的口吻，可知他是深體軍人生活清苦，知法犯法原屬有不得已的苦衷，只是輕輕提醒一下，讓你自家作個主張。

七十年，我奉調陸軍總部軍醫署擔任署長秘書工作。高級司令部，火車汽車優待票，每月按分配數正常領發，火車分慢、快、特快、莒光號四種；汽車則有國光、直達等之別。我為主官秘書，各組室公文上呈下頒首先要通過我這一關，過濾慢件速件最速件然後呈請批核。可能多少霑得署長之光，只要自己使用免費乘車票，一張口，承辦人絕不打回票，如數奉送到位。當年的基層單位，那有如此優待？

時隔五十年，如今軍人待遇優厚，人民生活富裕，南北往返搭高鐵，經濟時間更舒適，軍民跑票的事應不常見。想到當年搭台鐵慢車都作「違法勾當」，再回憶列車長和善的臉色，既諷訕又帶幾分同情體貼的笑意，可以推知他們不是不執法，而是同情我們窮軍人待遇菲薄，故而高抬貴手，讓我們低姿通過。

感謝台鐵的恩待，以及已退休及現職辛勤工作的台鐵朋友，謝謝你們，我們感恩，我更感恩。

七、也是參悟

地球上所有生物都是一部機器，構造不同，零件損壞，機械故障，須要保養與修護則相同。人類獨鍾老天寵愛，智慧較任何生物為高，人類自己發明醫藥，驗證藥方，設立醫院，研究療法，一旦生病，可以小修，也可換零件拼裝大修。

獅虎熊豹，螞蟻蟑螂，沒有醫院，只有自生自滅接受自然淘汰。

我們不曾觀察低等生物生命有多長？以何種心情面對疾病，接受死亡？也許，牠們對疾病死亡與我們人類相同，同樣心情悲慼，嘆生命苦短，死亡太急。比如大象，就曾對暴露荒野的象骨，徘徊至再，戀戀不去。可見牠們對死亡也有懍懍然可敬可畏之心。只是我們無法懂得牠們的語言，洞悉牠們的心境罷了。

人類因為多了幾分智慧，於是，開創文明，創造文化，為自己生老病死做出許多預防與準備工作。也為生命壽夭，另啟一扇天窗，讓心靈超然面對，既不恐懼，也不亟亟於趕赴死亡約會，活快樂，也活超然。

畢竟自出生至死亡，數十年歲月過得太匆促，幾乎是每個人都會覺得我還未好好享受生命，怎麼就屆垂垂老境了呢？

希冀長生，死亡後冷凍遺體，以備異日復活。這個春秋大夢做得可喜，心態實則可議；怎麼可能呢？人類智慧再高，可以用基因重塑生命，仍舊無法長生不死，更進一層死後復活。

日出日落，月升月沉，春榮秋殺，生死榮枯，乃為宇宙的同一序律，誰能逃過死亡，暴如秦始皇，淫如隋煬帝，歷史上呼風喚雨的多少大人物，勤謹畜畏的小老百姓，全都走向死亡，誰逃得過最後這一劫？

生命的歷程，數億年來，就是如此按序表演與落幕。

前幾日，我見到一位老友，乍然相遇，萬分驚喜，我向前熱烈握著他的手與他打招呼，他茫然地看著我，沒有任何反應。

他夫人悲苦地跟我說：「對不起，他失智了。」

怎麼可能呢？我們只一兩年不曾見面。

「怎麼會這樣？」我惶惑不安，也感到惋惜與同情。

「誰曉得？」他夫人幽幽一嘆。「病來了，誰能抗拒呢？」

我這位朋友曾是獨當一面的主官，體形高，精力充沛，學養豐厚，頭腦清晰。對公司業務運作熟如指掌，說起話來有如洪鐘大呂，鏗然有聲；董事長倚之為左右手。當時意氣之豪，呼風風至，喚雨雨來，我怎能與他比肩並列呀！如今，疾病把他辛苦建構的生命精華一刀斬斷，讓他活去初生時懵然無知的歲月裏。親人朋友，全然無助。死亡只是一時間的慘痛，失智卻是慢性凌遲的苦，人生至痛，那有過於此的？

南懷瑾大師，一生參悟儒釋道三教真諦，尤其對佛教教義與養生之道涉入至深，拜師參禪，遍訪深山古寺，一則希望自教義和修持過程中得到安身立命之所，再則也多少冀望藉此獲得長生不老的效果。

長生即不死，不老即是青春永駐。今日，愛美的婦女，拉皮、注射玻尿酸，無非是求個駐顏有術，青春永駐。

結果呢？秋冬不可能變作三春暖，也不可能遲延不來，仍然按序律運轉。凍齡婦女只是比從事體力勞動的勞漁婦女多一分嫵媚而已，他們仍然一步步走向衰老，最後不忍不捨與多數人相同告別人世。

南大師如此注意養生與修持，希望自三教中開闢一條永生之道，最後仍然以九十五高齡病終於大陸老家。

南大師有形生命神隱，他的著作言論，卻是永生而長存，尤其他對佛教精義的闡釋，不止於永生長存而已。

以南大師的通達，他何嘗不知道長生不可得，不老不可求，他只是藉著追求的過程中，享受追求手段的樂趣，進而忘卻人世間紛擾不安的痛苦。雖然所求不達，他的立言，終於為他獲致生命永生，青春永駐。這應該是長生不老的另一詮釋。

疾病不能免，死亡不可逃，如同我們人世間戰火逃不掉，饑寒躲不了。長生不可得，不老也不可求。

這全是生命的規律，造化早已為我們安排好如此走法，人世間才能生生不息，讓一代代傑出人氏演好這本人生戲。

生旦淨丑，各有戲分。士農工商，各安本分。輕重主從各異，重要性則一個也不能少。人人盡職盡分，演好自己這角色，才不枉來人世一趟。

我們這一生沒有一點點甜蜜回味？和一瞬間喜悅和快樂嗎？有呀！只是我們多愁善感，總希望自己大有作為，因而感嘆生命苦短，逆境太多，所以才嗟嘆多於歡樂，苦辣多過香甜。

生命既是天生序律，不可能逆天，也不可能顛倒順序，我們大可不必執拗固陋，迷而不反。活快樂，活灑脫，讓心靈多一點陽光，少為自己製造陰霾。

前幾日，我為朋友寫一副對聯，聯曰：

書生且作匏瓜繫，
名宦何能款段歸。

自甘匏瓜，此中謙沖滋味可以令人細細咀嚼。

自古至今，凡出仕士人，清官不多，貪官不少；十年寒窗，一旦出仕，位惟恐不高，權惟恐不重，名惟恐不盛，錢惟恐不多。民生疾苦，社會弊病，則漠然視之，一旦退居林泉，盛名不再，繁華不再，逢迎諂媚的臉譜不再見，一呼百諾的聲勢不再見，寂寞之心油然而生，要他保得款段而歸這副好身段，還真難哩！

說真的，人生苦短，我們究竟需要多少呀?!

八、呆話

時光萬古不變，太陽系中小小一個星球——地球，卻是幾個帝幾個王在輪替，幾度江山更易，改朝換代，重新掛牌開張。

憂心忡忡科學家預言，太陽能源如果耗竭盡，太陽也會毀滅。

那是多少億年的事呀？我們遭遇不到，也不樂意遭逢此一亙古不貳的災劫；一旦太陽毀滅，整個太陽系亂了序，地球萬物長夜漫漫不復旦，也可能全部寂滅，無聲無息歸於零。

目前，時序運轉如常，日月長明，七星閃耀也如常。但生死榮枯的變化卻在我們不知不察中默默運轉。日昇月沉，人事幾度浮沉，幾度興墜，依然齒輪套著齒輪在運行。

我不時興感，不時嗟喟，忽然之間卻意識到自己八十六個春秋如此轉掉了。

八十六個寒暑，英偉卓傑之士可以開創出一番帝王事業。企業領袖興建三幾十座一〇一高樓，仍有餘貲。我呢？一生勤苦，法網不敢觸，禮教不敢違，兢兢業業，規行矩步，勉強圖個三餐不餓，春冬不寒，尚覺捉襟見肘；月月掐著手指頭作預算。智高智低，才長才短，命泰命乖，為何老天賦予差別如此之大？

不敢怨天尤人，只是愧惱自己無知無能。

我老家偏處湖南之東，舊式教育發達，村村有鄉塾，大戶人家延請名師教授子弟，寒苦鄰居子弟只要有志向學，敞開大門歡迎一塊受教育。新制學校則不興盛，每鄉一所中心國民小學，教授五、六年級學生，學生身分比同前清秀才，體面而驕傲。一個十齡上下的童稚，腹笥貧瘠，怎能與熟讀經史的秀才相比呢？由於滿清滅亡，秀才舉人制度廢除，這份榮光，飽學的秀才舉人毫無異議地拱手讓給幼稚無知的中心國民小學生了。

教育不發達，醫藥當然不進步，有，也只是溫吞吞的中醫，養病尚感步履紆遲，治急病，只有乾瞪眼看著一個個懷恨倒斃。

婦女生孩子，比母雞下蛋還多。母親拼命生兒育女，閻王爺則忙著下勾魂令；十五歲以下的兒童，如果生命力不強，一場小病，立刻去閻王殿報到。生命不值錢，死人像瘟雞一樣稀鬆平常。即使情況如此，那時候全國人口也擁有四萬萬至五千萬之多。毛主席說人多好辦事。蔣公就靠這麼多國人打贏八年抗日苦戰，光復台灣，廢除前清所簽下各類不平等條約。

歷史一篇混帳如何算？最會精打細算的會計師也傻眼。

生命相同，道途各異，有人學文，有人事武，文武是大致區別，士農工商、漁樵牧獵、地痞流氓、詐欺拐騙、聲伎歌舞……全都在文武範疇之內，各有一方天地，都能登峰造極，好的壞的全可把生命潛能發揮到頂峰。蒼天並沒限制任何人去墾拓，全看你如何衝破自家潛能閥閾去實踐力行，怎樣發揮恰到好處而後已。

生命得來不易，優勝劣敗，本質脆弱的都早凋了，剩下像我這類愚不可及人物，貌不出眾，才不驚人，卻能熬過饑寒疾疫戰火離亂而猶倖存，一則固屬自己生命頑強，不向任何剋星低頭，因而扭轉劣勢。

昊天在上，看不見他那雙神奇撥弄的手，滔滔之德實在不敢渾忘。

十九歲離家，卸下人人敬重的老師職務，換成軍中文書上士，一日兩餐，半年看不到豬肉，行軍宿營，途中的遭遇戰，彈花亂飛，當時，驚惶不安，也擔心十九歲生命就此斃命去了閻王殿，心有所不安，也有所不甘。歷盡八十六個寒暑，沒有榮光，也無財富，甜酸苦辣，饑寒疾病，同僚的有心卑視與欺凌，交相煎熬，我視之為當然，也鄙之為泰然。一個人能活八十六個春秋，可謂叨天之恩已厚，夫復何言？夫復何求？也有視死如歸的開朗心境。

朋友每來電話問：「你在幹什麼？」

我爽快地回他說：「我在等死呀！」

真的，生死是天律，誰也難免。活得太久，吃光下一代糧食，也佔據他們的生存空間，有百弊而無一利，死亡有何不好？

再往另一層想，死亡那有如此容易事，活著生計艱難，想死也不是一樁容易事。

人的一生，全隨不了自己，滔滔巨浪，一波推湧一波，說是自己掌控生命，實則自己全作不了主。你想想，我們自幼至老，那一樁不是被人左右？能夠活下來，果真是天恩浩蕩呀！

九、人生一場戲

佛教把人的死亡，謂之為往生。

往生就是輪回，脫去此層臭皮囊，再換一付新皮囊重生。

佛教這種說法，倒是給人生賦予另一層超然物外的意義。無懼死亡，反正來生仍可轟轟烈烈活一輩子。

生命究竟是否如此？誰也不曾揭開底牌。

如有來生，為何人人忘了前世？

我常常問自己：

「今生不是我，前生我是誰？我既不是我，究竟我是誰？」

我把自己全搞混了。我既不是我，我又何必事事自苦？搞得雞飛狗跳牆，全年不安？我又何必拼命要求自己活得有聲有色？今生今世全不是我，活著也是白活。

既而一想，我如果不好好活著，讓自己活得像個人，好不容易向閻王爺（當然是虛擬）討來這條命，豈不是白白討了？

不管如何想，生命畢竟是則嚴肅的課題，無論如何我們得正正經經地活著。為自己活得像個人，為別人多少也得分出一點愛，奉獻一點點心力。

人世終究是個複雜多詭的舞台。

你老實，別人欺負你；你厚道，大家霸凌你；你要是別人給你一拳立刻還他一腳，以牙還牙，以眼還眼，這人世便又頻添不少鬥毆打殺事件，把一個山幽水清的大好世界，搞得烽火遍地，血流成河。豺狼獅虎可以忍心，善良的人類卻不忍。

自古至今，人與人之間相互廝殺，幾乎不曾間斷過。

老祖宗說：「中國遠祖原來只有炎黃二帝」。今日遍及江南江北、歐亞美澳等洲的華裔，不是炎帝的遠孫，就是黃帝的胤裔。以後，炎黃二族互通婚姻，年深日久，全是一家兄弟姊妹表兄弟，如此骨肉相親，互相殘殺時，卻是心狠手辣，一刀斃命，連眼睛都不眨一下，毫無惻隱之心。與日軍當年南京屠殺尤有過之。這究竟是怎麼一回事？

爭來爭去，到底爭的是什麼？

爭權位？三皇五帝，漢高唐皇全走了。毛主席白手建國，可謂一世之雄，而今安在？當年大陸的富豪，縱然財富不能敵國，身家之富，誰不羨煞，二三代之後，家家敗亡，不再江山多嬌了。

蔣介石先生聲名煊赫六十年，他也走了。

人人都愛名爭利。

有名就有光鮮，人人敬重，個個仰望，不信且看筵中酒，杯杯先敬有錢人。窮措大，識趣一點，往邊站吧！

富而多金，想什麼，買什麼。不像我這個老窮漢，每當購物付錢時，手心裏那幾張鈔票捏得冒汗，親熱得緊啦！

做人又不能不力求上進，爭名爭利，也是激勵自己拔足流俗的一項誘因。倘若人人像我一樣自甘庸碌，心甘情願卑怯過苦日子，這人世那來文化燦爛，經濟繁榮的好境界呢？

家家日出而作，日入而息，只圖個三餐聊堪果腹，夏葛冬棉能夠遮體禦寒即休。倘若全球一個樣板，地球也就變作一顆死沉沉的星球了，無生氣可言，也無生趣可活。

但我們又不能不退一步想，太亟於謀利爭權奪位，日子過得擾攘不安，也不是個好辦法。人活著，總要把自家作個妥當調適，凡事看破看淡一點，心無渣滓，無牽掛，活也活得自在些。

人生苦短，一場人生戲遲早都得曲終人散。

前些年，我在日記中寫了不少自己戲謔自己尋開心的東西，比如「我給閻王當秘書」、「我與閻王把兄弟」，自知不經，卻給自己平淡的日子裏頻添不少樂趣。下列這首「戲終幕落」，信口道來，雖近俚俗，多少有點激人夢醒的意味。

別斥我無聊，請你掂量一下，人生是不是如戲？

戲終幕落（人生如戲）

戲已終，幕也落，鑼鼓不再響，嗩吶收在桌上坐。

出將入相洗淨臉，脫下蟒袍著便服；
台下觀眾皆散去，台上榮華已冷漠；
珍重道再見，演員各歸各；
為了謀衣食，做足功夫嗓喊破；
箋箋微薄薪，那夠日子過；
明日怎麼辦，不能不求活；
戲中皇帝多神聖，此刻剖篾織竹籮；
丞相堪比伊呂賢，蹲在巷尾把刀磨；
搴旗斬將衛霍輩，木器店裏製椅桌；
一品尚書官位尊，小吃店裏掌廚鍋；
封疆大吏數王公，裁縫案上裁衣服；
后妃裊娜楊柳枝，豆腐店中幫推磨；
粗鄙老婢主簪珥，自家灶下忙吹火；
搖旗吶喊一皁役，綢緞店裏坐首坐；
一身緞錦袍，擎著釃茶漫品酌；
顧客跨進門，斂容把揖作；
奉茶奉菸忙巴結，賣出布疋笑呵呵；

夥計奔走忙，數數人頭二十個；
人稱大老闆，淺淺笑裏傲氣多；
扮將扮相一場戲，鑼鼓聲中當看破；
重要家中有魚肉，為帝為王皆頃俄；
人生大戲全如此，榮華富貴終成昨；
最終一坯土，古今忠奸共枯骨；
纍纍荒塚曾巍峨，荒煙蔓草狐鼠窩；
戲已散，幕也落；
鑼鼓不再響，管弦廢吟哦；
我在台下默然坐，思如潮湧千尺波；
不見漢武唐皇坐朝堂，只見舞台上下飛麻雀；
文臣武將皆寂杳，淒風冷雨濕褲角；
我無淚，我想哭；
千古貴賤皆如斯，人生豈止你和我？
踽踽回家掩卷不再讀；
讀破萬卷終皆死，著書立言皆胡說；
韓歐文章蠹魚吃，李杜詩篇幾人讀；

我算那根蔥，何苦作繭把自縛；
時閑觀山水，悶時把茶喝；
苟活至今日，閻王待我並不薄；
千古一場戲，冷眼看人生戲起幕落。

註：伊呂：伊尹、呂尚。
衛霍：衛青、霍去病，漢武帝時名將。

十、新頁

于珊瑾在迴廊的藤圈椅裏悶坐著，不想開燈，讓黑暗把自己緊緊包圍。她希望藉著深沉夜色讓心情平靜下來。外界環境的黑暗她不怕，她最怕內心那處無邊無際的黑暗，好像漫天海浪，一波波湧來，想躲也躲不掉。

她不是一個善於掌握自己的女人，儘管自己想從那股情感的漩渦裏掙扎出來，但不可能，就像一艘噸位不重的漁船在暴風圈裏，愈想逃出暴風巨浪的襲擊，愈被風浪吹得東搖西擺，最後，在一陣巨漩中翻覆而葬身海底。

于珊瑾長吁口氣，心想，這究竟是為了什麼？自己毫無保留的犧牲奉獻，得到的報酬卻是忍辱含垢過日子，值得嗎？

不想，心境還很平靜，反正渾渾噩噩過日子，樂得一個清靜無為，忘憂忘愁。一旦想起來，立刻思緒如麻，總嚥不下這口氣。自己幾十年的付出，為丈夫奠下事業基礎，建立社會聲譽，今日應該接受被遺棄冷落的待遇嗎？

夫婦是站在同一立足點上付出相等義務，享受同等權利。自己付出多少？固然無法斗量尺度，至少她為這個家毫無保留地獻出過，衡情度理，她不應該受到鄙夷和歧視。

別的不說，單就今天晚餐來說吧！大海明明知道是結婚二十周年紀念，說好了晚上回家慶祝，結果，待她跟下女把幾色精緻的菜餚弄好後，他卻不回來了。

電話裏嗡嗡響起他掃興的語音說：

「我不回家吃晚飯，你不要等我。」

她愣了，興奮了一天的心境陡地像被澆下一盆冷水般涼了，一時氣得不知如何表示自己的抗議才能宣洩心胸那股鬱結？

「珊瑾，你聽見沒有？」大海的高嗓門在電話那頭轟然作響。

「我聽見了，今天是我們結婚二十周年紀念，你忘了？你不回來怎麼行？」

「我有應酬，沒辦法趕回來。」

「你天天有應酬，不曉得那來這麼多應酬？難道說應酬比我們結婚紀念還重要嗎？」

「太太，你怎麼這般不明事理，應酬是為了賺錢，沒有錢，你能有好日子過嗎？真是愈老愈糊塗。」

電話「拍」地一聲被掛斷，她像受到電擊般突然呆在那兒，滿腔鬱積，想排遣卻又排遣不出，最後卻將兩行熱淚擠了出來。

自古商人重利輕別離，像大海這種行徑，豈止重利而已，把共同慘澹創業的結髮妻子棄置不顧，簡直就是利慾薰心。

這已不是第一次，這種情形一次一次重演，她本來想用忍耐和柔情羈縻他，殊不料他是一塊無所感應的頑石，她的苦心不起效應。經過長時間的衝擊，她變麻木了，習慣成自然，她只有坦然接受這分冷落。她打發下女回家，自己便悶坐在迴廊的藤圈椅裏，等待黑暗無情的吞噬。

遠山是一團朦朧黑影，間或有一兩隻失群白鷺鳴聲哀淒的從天際飛過，就像她此刻無依的心境一樣，什麼都不實在。

這棟傍山建築的精雅別墅，原以為可以培養夫妻一分老而彌堅的愛情，如今，事實與希望恰好相反，居然變成一隻囚籠，把她的身體囚禁了。

左右鄰居迴廊裏的燈光都在招搖般閃爍，好像嘲弄地在問她：「王太太，你怎麼這等孤獨？」兒女遠在美國，要是在身邊，至少可以向孩子們發洩一番，博得幾句安慰，如今，滿屋子的寂寞讓她獨個兒承受，滿心的空虛儘讓自己咀嚼。

人就是這般難以理解，人多嫌吵鬧，人少嫌寂寞，關愛太多，感到承受不住，關愛太少，又有被冷落的感覺。

難道這就是所謂老年心境嗎？年輕人好像並不如此在乎客觀環境的影響，獨來獨往，灑脫自如，難道自己真的老了？

不，我並不老，雖然自己已失去青春時期的綺年玉貌，至少在心境上並沒被老字所打倒。

大海比她大十二歲，他還每天大紅大綠穿出去亮相；男性專用香水，灑得滿身濃香薰人，而且，居然還有年輕女孩子喜歡他。

她累次勸他。

「兒女站起來個個跟你一般高，你做父親就該像個父親，不要自己把自己的形象破壞了。」

「我怎麼啦？」

「昨天有好幾個女孩打電話到家裏來找你。」

「女人打電話大驚小怪幹嘛？不是同事就是談生意。」

「聽口氣，根本不像同事，大海，我真奇怪，跟你談生意為什麼盡是女性？男人就不做生意嗎？」

「你呀，根本就是神經過敏，應該去看看心理分析醫生。」

「我聽人說你有小公館。」

「你的耳朵軟，最愛聽信謠言。別人說我搶世華銀行，你也相信了？」

大海一面結領帶，一面掂起西裝上衣，有意逃避的往外走。

「你不要嘴硬，狐狸尾巴總有一天會露出來。做人要憑良心，等我逮住你，看你還承不承認？」

大海故意裝做沒聽見，留下一屋子孤淒，凌遲她的情感和心靈。

古話說：「少來夫妻老來伴。」他們年輕時也恩愛過，為了愛、為了家庭、丈夫，她做了應該做的犧牲和奉獻，難道人老了，就連「伴」的關懷和潤澤都被丈夫的事業有成而剝奪嗎？

記得丈夫創業時，她把所有的首飾都拿出來賣了，不夠，回娘家求爺爺奶奶地央求哥哥把一塊地向農會作抵押貸款。自己成天蹬著三輪車沿街兜售小菜，餓了，吃兩個饅頭充饑，渴了，有隨身攜帶的開水，直到夜幕低垂回家，還要弄飯菜給丈夫兒女吃。等洗罷澡，自己也就像鬆散骨頭般攤手攤腳往床上一躺，等鬧鐘凌晨四點鐘響鈴時，自己又要起早摸黑去市場把蔬菜躉回來。

當丈夫的塑膠鞋廠有了眉目，她便在工廠當領班，每個月拿到的薪水，不是當私房錢存起來，而是一分一分攢起來償還土地抵押貸款。

她有智慧，用智慧策劃丈夫事業成功。她可以憑高中畢業的學識能力謀一份上下班工作，過優遊自得的日子，她認為自己安逸，會延緩丈夫的事業成就，所以她甘願踩三輪車賣小菜，收入略為豐厚，有助於丈夫經濟周轉的活絡。

她不了解付出究竟要多少才叫做犧牲？像自己這樣整整苦了廿年幫助丈夫事業成功，是本分？還是超過了一個中國家庭主婦應有的付出？

男人是種善變的動物，當大海初始創業時，他對妻子那種百般溫柔的神態，時隔二十年，于珊瑾偶然想起來，猶覺溫馨無比，待事業有了成就，大男人主義的嘴臉立刻板了出來，柔情萬種不見了，甜言蜜語變成生冷僵硬，他不再以商量的口吻跟她討論，事事頤指氣使地命令她，指揮她。

她跟他爭辯，他卻硬幫幫發話說：

「你什麼事都不懂，你不聽命令，難道還發號司令？」

「我是你太太，不是你下女、員工，就算是下女員工，你也該客氣三分。」
「你要是我的下女、員工，像你這樣懵懂無知，我早就把你開除了。」
「你開除好了。」
「很難說，你要表現不好，可能遲早就會開除你。」
「你真有良心，王大海，我幫助你創業，等你有了一點成就，居然連太太也要開除。做人總要有良心，沒有良心，你的事業遲早都會垮掉。」
「閉上你的烏鴉嘴。」
此後，他總是有意躲著他，晚上回家，常常在深夜兩三點鐘，夫妻間的溫存，幾乎說是絕無僅有，因為他有了午妻，還有小公館金屋藏嬌。
男人就是這副德性，吃不得三餐飽飯，一旦不愁凍餓，立刻飽暖思淫慾。
那天，于珊瑾好不容易找到大海的小公館。真祕密，居然設在公司後巷「××大廈」十一樓。敲開門，一位看似清純但眉宇間隱然含著幾分淫佚的女人出現在眼前。
「你找誰？」困倦慵懶，想是剛剛睡起。
「周小姐，你不認識我，我是專門來看你的。」
周美娜一看她這身不太入時的打扮，心理上早已採取防守政策，預料她不會有多大作為，也就放心大膽把她讓進屋去。
兩個人坐定，于珊瑾開門見山問：「周小姐，你先生還沒回來？」

「快下班了。」

「他回不回來吃午飯？」

「回來，每天都回來。」

怪不得，原來有這樣一位妖嬈年輕的女人陪著，此間樂，不思蜀，當然不回舊窩了。

「請你打通電話，叫他早點回來，我有一筆生意要跟他當面談。」靈竅頓開，她突然懂得要點小聰明。

周美娜跟王大海通過電話後，不到二十分鐘，丈夫就神采飛揚地跨進門來，當他視線掃向她時，他楞了，想抽身往回走，可是來不及了，他不得不硬著頭皮問：

「你怎麼來了？」

「王先生，你不是約我來談生意嗎？」

周美娜接過王大海的上裝問：「你們早認識？」

于珊瑾不等丈夫先開口，先就搶著回答說：「我跟王先生是幾十年的老搭檔。王先生，你們夫妻真幸福，兒女都上學了吧？」

王大海感到好尷尬，真想有隻地洞讓他鑽進去。

周美娜不明就裏，笑著回答說：「我們還沒有孩子。」

「那更好，年輕夫妻，應該過幾年恩愛生活。我看王先生這分風度，恐怕還不到三十五歲，周小姐頂多也只二十出頭。」

她清楚，丈夫今年五十有八，為了刺傷他，她不得不繞著圈子給他難堪。

王大海垮著臉，神情木然，感到坐立不安。

「王先生，我們這筆生意，我不想多要，你只要給我五百萬，我就放棄訴訟權，你如果不遵照我的意思去做，我要控告你違約。做生意，最講究的是信用，如果沒有信用，王先生，你也別想在社會上立足。」

周美娜緊張起來，趕忙挽住于珊瑾勸解說：

「太太，你別生氣，有話慢慢說。」

「周小姐，你不曉得王先生。」她像演戲似的故意裝腔作勢。「我跟他合夥二十年，我最了解他，他的腸子轉幾個彎我都摸得一清二楚，他什麼都好，就是凡事不認賬，而且喜新厭舊，忘恩負義。」

指著和尚罵賊禿，句句話一語雙關，罵得王大海像一屁股跌坐在圖釘上，扎得痛楚不堪。

「不會，他不是這種人。」周美娜仗義辯正。

于珊瑾冷笑一聲問：「王先生，你真的不是這種人嗎！」

「以後慢慢談好不好？」王大海窘迫不安的回答。

「好吧！我不像你這樣絕，周小姐，我不打擾了。」走到門口，忽然靈機一動，她又轉回身掏出一張全家福照片遞給周美娜說：「這是我跟王先生合夥時照的相。給你參考。」

周美娜瞧瞧照片，又端詳一陣于珊瑾本人，不由得有些茫然的問：「這是怎麼回事？大海，你真把我攪糊塗了。」

「周小姐，你還年輕，你去問他，他會原原本本告訴你。」

于珊瑾走出「××大廈」，雖然免不了有些氣惱，但卻覺得自己這場戲演得分外逼真，不溫不火，不風不雨，把這對偷情男女捉弄得下不了台階。尤其是大海，總以為她順從慣了，根本不把她放在眼裏，今天，損得你灰頭土臉，看看你究竟有何顏面對待共過甘苦患難的結髮妻子？

回到家，于珊瑾反而覺得精神輕鬆起來，她不再以當事人的立場來看這樁事，她客觀的分析，發覺自己以前對丈夫的依賴性太重，事事以他為主體，以他為中心，順從他，適應他，硬把自己塑成丈夫的附屬品，沒有個性，沒有自我。假如自己擺脫以前的生活習慣，走出丈夫的陰影籠罩，從攀附中離開，走向獨立生存，重新塑造一個自我，把自己原來放棄的拾回來，再鼓餘勇去追求自己的理想，不是比成天等他回家吃晚飯，強顏歡笑，企圖挽住形同黃昏夕照的愛情更富意義嗎？

一經掙脫這隻殼，她的心情立即暢朗起來。她找出兒女留下的高中課本，早早晚晚埋首書堆裏。丈夫回來，她不再諂媚的奉茶送水；他想在家吃飯，下女自然會燒菜備飯，用不著自己專為他的嗜好分析；他不想留在家吃飯，她連燒飯的事都省了，乾脆帶著下女去外面吃館子。

這樣過了幾月「下帷」苦讀，在大學聯考中，她居然幸運地考取文化大學，當年夢寐以求的理想，卻在進入中年後實現，她感到好開心。她開拓了自己精神生活天地，她讓自己不再寄生，而是巍然挺立不畏風暴雨驟的一棵蒼松。

過去，她一直低估自己只是一個生兒育女依賴丈夫過日子的普通女性而已，當她振翮高飛，她才察覺自己平凡的表面下仍有不平凡的質素。原來，人最怕自己困住自己，當自己有勇氣掙脫束縛，灑脫地尋獲真我，重新塑一個自我時，他就突然變得巍峨起來，不再是蟄伏在別人陰影下爭取陽光照射的小草，而是讓別人仰望攀登的一座巍峰。

她不再過問丈夫的事情，她只關心她的學業。華岡天廣地闊，每當她站在校門外俯瞰大台北盆地時，她悵然的體會到當年自己的生活天地、思想領域、精神世界有多狹隘。丈夫連與他共過甘苦患難的結髮妻子都放棄掉，自己有什麼理由不能放棄那個只有空虛沒有溫情的家呢？為了專心學業，她乾脆把家門一鎖，搬進學校宿舍，讓年輕同學為她灌注青春光華。

那天，她回宿舍，忽然發現大海靜靜地坐在書桌邊等她。幾個學妹擠眉弄眼笑著說：「大姐，你們夫婦好好談談，我們出去透透風，不要夾在中間做電燈泡，害得你們夫婦不好說貼心話。」

大海迎上去問：「還習慣嗎？」

「比忍受寂寞習慣。」她沒有打算寬恕他。

「這麼一把年紀了，何必再找這分辛苦呢？」

「辛苦？」她回視他，眼角不由有些紅潤，忍不住冷笑著說：「比我當年背著孩子踩三輪車賣小菜舒服多了。」

話裏有話，雖不尖酸，卻是鋒利凌厲，教大海多少有些不自在。

「珊瑾，我對不起你。」大海訕訕地，說出來感到好艱難。

「用不著說這些話，各有各的生活天地，各有各的追求目標，我誰也不怨，我只怨自己的命。」

她放下手上的一疊書走向窗前站著，窗外是藍藍的天，好寬廣的天空。做人也當如此，不要自己把自己關在囚籠裏，自家把自家悶死。

宇宙億億年不曾改變？人卻在短促的歲月中，喜、怒、哀、樂，千變萬化，靈性在人慾中碎裂，掙扎不出自己感情的圈子。

大海不自禁的跟上去，發現幾個月不見面，她居然變得豐潤，有一種迫人的光華，灼灼地射出來。那種說不出的成熟氣質，像是一隻紅蘋果，不再是一隻缺少滋養而告萎頓的青梅。他懊惱的想，原來憂傷戕人竟有如此嚴重，過去，自己太忽略了她。

「我把那個女的打發走了，我給了她六十萬。」這句話窩在心裏快一個月了，始終無法向她吐露，今日，總算鼓起勇氣說了出來。

「你畢竟是個生意人，在商言商，你還可省下四百四十萬。」她仍然無法讓心情平靜下來，忍不住火辣辣地諷刺他。

「珊瑾，請你原諒我，我知道我錯了，我對不起你，我們二十年的夫妻情感，你做人一向寬宏大量，既往不究，這件事，你就這樣耿耿於懷嗎？」

她冷笑著說：「我是人老珠黃，剩餘價值全榨盡了，你有什麼理由突然回頭呢？我真想不通。」

大海怯怯的說：「讓我打個比喻，過去，我像一艘船，迷航了，現在，我重新找到自己的航向，我應該回來。你不是常教孩子們說：「知過能改，善莫大焉。」今天，我決心改過自新，你不應該不容納我。」

她苦笑的搖頭，一種既難割捨又難接納的無奈。終久結婚二十年，即使想割捨也割捨不掉。

「古話說得好，鞋子是舊的合腳，妻子是老的同心。別的女人喜歡我，只是為了錢，妻了喜歡我，擔心我沉淪，純粹是為了夫妻間的一分情。珊瑾，讓我們重新開始，我會善盡一個做丈大的責任。」

這是他創業時常常掛在嘴邊的幾句話。她憤怒的回視他，大海立刻鄭重修正說：「我絕對誠心，珊瑾，你想想，我今年五十八了，還能有多少日子讓我風光？」

于珊瑾委屈的低下頭，她不再堅拒他，她想，殺人不過頭點地，他既然悔過認錯，自己又何必窮追不捨，逼人太甚呢？於是，她緩緩地把手伸向他。內心裏卻忍不住笑道：「大海，你以為我是傻瓜，周美娜拐了你三百多萬跑了，你才大夢初醒，我只是不願說破，給你留點面子而已。從現在開始，你回來，我不拒絕，你走了，我絕不惋惜，我不能老依附你活著，你既然要求重新開始，好吧！我再給你一次機會。」在潛意識下，她不由得輕柔柔說出聲來。

「我答應你，不過，我有條件。」

「什麼條件？你說。」

「不要干涉我的學業。」

「不會，不會。我剛上山時，非常反對你住校讀書，看過你的生活情形後，我發覺讀書真能增加一個人的深度。再說，孩子都在國外，你讀書，正是求得精神寄託，我百分之百贊成。以後，星期六下午，我開車來接你，星期一，我送你回學校。可惜，我的事業沒人接替，要不然……」

「怎麼樣？」

「我也想再讀幾年書。」

「書本裏的死知識，哪比得上外面花花世界的多彩多姿……」

「珊瑾，你不要再窩囊我，我知道自己錯了。」王大海滿面羞慚，亦覺懊悔無地。

于珊瑾瞄他一眼，沒有欣喜，也沒惱怒，他想王大海怒海回頭，或者有意為生命展開新頁，這真的是新頁嗎？他問自己。

十一、不要說再見

大學聯考放榜，胡楚哲被錄取台大醫學院，為監獄帶來一陣洋洋喜氣。胡楚哲內心激動而高興，但外表卻仍然是那副冷峻而漠然的神情。

同監同室的難友，不管交情深淺？見到胡楚哲，都不由友善地向他咧咧嘴表示祝賀，胡楚哲內心卻有一個大疙瘩，還有整三個月的刑期才能出獄，就算九月下旬開學，仍有一個多月刑期未滿。法律鐵冷無情，它不准人多服一天刑，也不容人少坐一天牢。考試憑實力，也靠幾分機運，今年得高分，明年重考，不一定榜上有名。

難友的善意祝福和恭賀，胡楚哲是受不得拒不得，內心那個疙瘩，糾結攪擾，愈扭愈緊，品不出是什麼滋味？

晚上，像是對街而居的監房由喧鬧歸於靜悄，炎暑天候，人多監房窄，儘管牆兩面的抽風機不停轉動，依然難以減卻些許燠意。赤膊短褲睡在木板地鋪上，皮膚像是黏了一層膠，一轉身就聽見啪噠啪噠響。好睡的早已鼾聲大作，而且還有怪異的夢囈；睡眠不穩的，兩隻眼睛像燈籠，瞪著深邃的黑夜，接受潮湧般的往事波波襲來。睡覺不是求安寧，而是一場痛苦的煎熬。

聯考前，胡楚哲為背誦課本內容而徹夜難眠；考試後，他為錄取與否而提心吊膽；直到收到通知單，他為自己的高分嚇了一跳，如今，又為出獄的問題煩心，要是不能順利註冊入學，這場奮鬥豈非白費氣力。

睡在胡楚哲旁邊的阿桑也沒闔眼，他聽見阿哲將幽幽一聲怨嘆化作一縷細氣自嘴中長長吐出，他忍不住碰碰胡楚哲問：

「阿哲，你又沒睡著？」

胡楚哲兩眼瞪住吊在樑上緩緩轉動的吊扇，只輕輕「嗯」了一聲。

「不能解決的問題莫想它，一頭鑽進牛角尖中出不來，苦的是自己。」

夜間說話影響別人睡眠，也是監房的禁例。阿哲側轉身輕聲說：

「這是我一生轉捩點，刑期服不完，我就無法按時註冊入學。」

「請求假釋。」

「阿桑，假釋權不在我們手上，是抓在典獄長手裏，我關了兩年多，平常表現並不壞，許多人都假釋出去了，我一次都沒報。怪誰？怪我家裏窮，沒錢作打點。」

阿桑不再答話。行為表現是因素之一，諸多外在因素，也是很大的影響力量。

「把你的問題向典獄長報告，也許可以得到幫助。」

胡楚哲輕嘪一聲說：

「李黑子那張無情臉，見到就討人厭，我不想自找晦氣。」

阿桑沒有主意，他拍拍胡楚哲安慰他。

「船到橋頭自然直，睡吧！以你的實力，即使重考，也會過關斬將，沒有誰能阻擋你。」阿桑給他一分信心。

睡意深深的箝制著阿桑，他漸漸闔上了眼皮；胡楚哲也被睡意浸染著。

晨操時，監護組長當眾表揚胡楚哲。他站在司令台上像當年堅守四行倉庫的謝晉元團長，面對著他忠貞不貳的八百壯士；不過，這些受刑弟兄不像八百壯士那樣隨時可以把自己那顆血淋淋的心掏出來，他們各懷鬼胎，各有算計。不過，何組長一直把每一位受刑弟兄看作天性良善的好人，希望以教育啟迪他們的良知，用感化滌淨罪惡，達到刑期無刑的日的。他說：

「……胡楚哲為我們監獄帶來最大的榮譽，平常我們看他不聲不響像隻鋸嘴葫蘆，原來他卻是隻韓國大鼓，不響則已，一響就像春雷驚蟄般驚天動地。」

台下響起一陣熱烈掌聲。

「你們給我鼓掌，鼓錯了對象，這掌聲應該給胡楚哲，只有胡楚哲受之無愧。胡楚哲。」

「有。」胡楚哲在台下應有舉手。

何組長向他招招手說：「你上來，露露臉，讓大家認識你的盧山真面目。」

胡楚哲趦趄不前，在台下忸怩半晌沒上台。何組長著急道：

「又不是黃花閨女上花轎，怕什麼？就是痛，也要到夜晚上了床才會痛，現在還早哩！快點上來吧！」

人都多情，尤其男女纏綿的情愛，既旖旎又溫馨，教人渴望又嚮往。何組長幾句黃話，惹得台下又是一陣熱烈笑聲。

胡楚哲沒法子逃避，只有怯生生走上台，何組長摟著胡楚哲的肩膀說：

「這才是我們的好弟兄，你們大家要向他學習。人人考大學當然不可能，只要有心向善，誰都可以成佛祖，有心向上，未來必然有番大成就。我們今日看胡楚哲不怎麼樣，十年二十年後，他不當大學教授，就可能是什麼科的權威，當部長當總統不是不可能。所以說，英雄不怕出身低，一切全靠自己作決定，胡楚哲就是大家的好榜樣。」

胡楚哲臉上熱辣辣的，心裏那個疙瘩上下翻騰，就像一塊吐不出嚥不下的糯米團，哽著好難受。

「報告組長……。」胡楚哲想說什麼卻訥訥沒擠出半個字。

何組長揮揮手，表示他對胡楚哲的問題有深刻了解，也有好的對策。

「你的問題，我早就想到了，沒有出獄前你安心工作；有上進心的人，我們沒有理由不幫助他，解散後，你去把花澆一下。大家只曉得賞花，從來不曉得澆花護花，我不知道是什麼心態？」

花圃裏一片岸然生意，花的品種不多，每一片綠葉上都團著幾滴晶瑩的露珠，象徵著新的一天，俗話說：「一枝草一滴露」，地載天覆，萬物都享有充分的生存空間，問題是如何去生存？自己爭取陽光，向上怒長，是種生存方式；捏著別人脖子，踩著別人的脊樑，使別人痛苦呻吟，自己得意愉快，也是一種生存方式。經過兩年多的牢獄生活，胡楚哲悔悟了，今後，我要像一棵松樹，挺立在陽光風雨裏，正大而驕傲的活著。

當年，唉！當年都是阿輝害的，交友不慎，就是自己這個結果。

「阿哲，有錢花沒有？」阿輝問。

「乾死了。」

「我們去做一票好不好？」

「有目標？」

「當然。」

「什麼貨色？」

「在銀行做事，穿著講究，人也漂亮。」

「馬子？」

「那還用問。」找個跆拳道高手當保鏢，還沒動手，先就揍得我們鼻青臉腫，犯賤呀！」

「別人肥我們瘦，有錢大家花這才公平。」阿輝補強一句。

事情就這樣做了決定。

暑假時間長，天氣熱得教人無法安安靜靜待在屋裏看書看電視，心情躁，只有去街頭閒晃蕩。同學相約趁著暑假好好樂一下，胡楚哲跟阿輝更不願虛擲這段大好青春歲月。

第二天，阿輝傳來訊息：

「下午四點鐘，在××銀行會面。」

阿輝租來一部八成新計程車停在銀行門口，看準那位小姐每日搭計程車回家，正如他們所料，小姐上了車，阿輝開著車子往郊外跑。

剛開始，小姐渾然無覺，直到感覺方向不對，她還好心的提醒他們說：

「先生，路線走錯了吧？我去士林。」

「不會錯，小姐，下班塞車，只有遶路。」

車子七拐八彎開到「莊敬隧道」，小姐這才察覺情況不對，她正色問道：

「你們要幹什麼？」

「不幹什麼，帶你兜風。」阿輝回過頭嘻皮笑臉回答。

「你們這樣犯法喲！」小姐警告說：「如果要錢，我全部給你，請你們讓我下車。」

小姐企圖跳車，胡楚哲挾持著不放手。

「危險，你看車速八十里，跳下去不死也脫一層皮，好好一位漂亮小姐，變成個殘廢，合算嗎？」

阿輝自後望鏡瞄著小姐說：

「法吃定老實人，那些玩法毀法的人，法像是他們自家訂的，對付別人，開口是法，閉口也是法，他自己卻是想怎樣就怎樣，誰不對他乾瞪眼。我們弄幾個錢花花就犯法，搞走私、販毒、偷運軍火、台獨分子，又能把他們怎麼樣？」

阿輝的歪理，說得小姐啞口無言，她本想用計脫身，誰知道車已在郊外一片茂密竹林裏停下，阿輝急急爬來後座，一手扯開小姐的手提包，掏出一疊鈔票，分一半給胡楚哲：

「你晚上去叫個馬子爽一下。」

手提包不再另有值錢的東西，他看準小姐頸上的項鍊和金戒指，見錢眼紅，很熟練的掏出一把彈簧刀抵住小姐腰部說：

「取下來，待我有錢再還你。」

小姐不敢反抗，一件件交給阿輝，阿輝一手揣進褲袋，後又色迷迷瞪住小姐，左手攬住她白嫩的脖子順勢一親，小姐抗拒，阿輝將刀尖一頂說：

「想要穿個洞是不是，惹火了我，我叫你一輩子躺在這裏過夜。」

小姐驚怯地任他輕薄，阿輝不滿足，先重重地揍她四巴掌，然後嚴厲的命令道：

「把衣服褲子脫下來。」

胡楚哲原以為阿輝只是弄幾個錢花，誰知道他劫財還要劫色，他趕忙阻止阿輝：

「阿輝，不要這樣，不要糟蹋人家女孩子。」

「閉上你的臭嘴，我一生沒嚐過乾淨女人味，今日要開洋葷嚐一嚐，到嘴的肉不吃，我傻鳥呀！試一試又不少一塊。」

「阿輝，我們晚上去賓館找一個，一樣的味道。我的錢全給你，我替你挑。」

「找你娘去，混蛋，你再嚕囌，我就在她身上捅兩刀，看你心痛不心痛？」

阿哲看著女孩駭怕而求助的眼神，淚珠像西北雨般嘩啦啦往下跌。在意識裏，他恍惚看見當年姐姐衣衫不整，表情木然的走回家，媽媽再三追問，許久許久，她才「哇啦」一聲哭道：

「媽，我被強暴了。」

不行，她的境遇跟姐姐不正相似嗎？阿輝年輕心狠，與他硬鬥，那會惹火他，刀尖向前挪半寸，小姐就得流血受傷，捅到要害會送命，我得邊想脫身救人之計，邊幫阿輝搧風點火。

「小姐，你就脫吧！反正蘿蔔拔出眼還在，又不損失什麼。」

阿輝得意地誇他說：「阿哲，你這才夠朋友，我先吃然後你上。」

「嘿嘿，當然當然，不能便宜全讓你一個佔了。」

小姐淚眼汪汪先脫上裝，再脫奶罩，兩隻肥碩飽滿的少女乳房，散發出誘惑的芳香，阿輝急色地把手伸去亂揉搓。胡楚哲趁著阿輝分心當兒，一按車門把手，人就跳身出去，一面狂奔一面大喊：

「強姦呀！強姦呀！」

阿輝不料胡楚哲會窩裏反，他反棄小姐，立刻發動車子追撞胡楚哲；胡楚哲往小路山路跑，阿輝車子爬不上坡；加之竹叢成群成簇，使車子著不上力，而且，斷斷續續的人聲車聲朝竹林走來，阿輝強姦的意願無法得逞，只有棄車逃逸；小姐保全了清白沒受污辱。以後阿輝被捕歸案，因為是累犯，被判無期徒刑，胡楚哲也判了三年。

開調查庭時，李小姐盡力為胡楚哲開脫，法官認定他是共犯，仍然判了三年。李小姐無助的落了淚，她走向胡楚哲說：

「阿哲，你幫我保全了名節，我卻無能為力幫助你，以後，我會常去監獄探望你，你良知未泯，希望你不要失去自信，只要奮發向上，未來必然大有作為。」

阿哲無言。一念之錯，這分傷痛卻是痛在心的深處。

※※※

養在大水缸裏的蓮花，碧綠的葉片擎著一滴滴滾圓的露珠，一朵含苞待放的蓮花，像抿嘴微笑的少女，秋波盈盈，嬌艷欲滴，胡楚哲看那朵半放半斂的蓮花想。

我要盡力保護它，不要讓它被攀折被摧殘。誰不願保持自己的潔白清新呢？就像李素欣小姐和自己。

阿桑在接見室服外役，上午十點鐘左右，他喜孜孜跑來廠房通知胡楚哲說：

「阿哲，你那位李姐來看你。有好吃的不要忘記我。」

多一個人探望，便多一分友情關懷，禁錮的心靈也多一分春風撫拂、春雨潤澤。阿哲向管理員報告，管理員替他辦好會見手續，然後由張警員領他去會見。

李小姐今天穿一身水紅色洋裝，個兒高挺，就像養在水缸中那朵即將綻放的紅蓮，出落得艷光照人。

阿哲剛在門口出現，李小姐立刻笑盈盈迎上去說：

「阿哲，恭喜你考取台大。」

「先該謝你，李姐，沒有你鼓勵，我什麼都放棄了。」

「我只是一分鼓勵力量，最重要的還是看你自己有沒有上進心，我說過，一個人的前途完全操持在自己手裏，好人壞人只在一念一行之間，一念一行錯了就淪為壞人，一念一行正了就是好人。所以說，做人最重要先是慎之於始，然後慎之於終，始是因，終是果，種善因得善果，種惡因得惡果……。」

「你看你喲！」阿哲忍不住笑起來。「你不是客串周聯華，就是代表星雲大法師，到處講神愛世人，講因果循環。你那兒偷學來的？」

「書看多了，自然有自己的領悟和看法。阿哲，我總算沒有白費唇舌，常常訓你，把你訓得考進大學。今天，我替你帶來甕子雞，潮州粽子和哈密瓜，都是你愛吃的，表示為你祝賀。」

「謝謝你，每次來都叫你破費。其實，你帶來大包小包東西，管理員先嚐兩塊，舍房長吃一點，其他人一個抓一把，輪到我自己，只有啃骨頭的份了。」

「沒有關係，阿哲，建立好了人際關係，你才有好環境讀書，要不然，人家怎容你優哉悠哉自修考大學呢？」

畢竟李小姐年長幾歲，對事理分析深刻。阿哲不平服的心不得不服貼。

「你們這裏考取幾個？」李小姐問。

「就只我一個人。」胡楚哲有點沾沾自喜。

「是龍不會變蟲，是蟲不會成龍。記住李姐這兩句話。」

會見時間到，阿哲依依不捨地看著李小姐頎長的背景飄然走出會見室，他那顆心也像隨著她飛出監獄門，內心交織著一分複雜情感，分辨不清自己在愛她還是在敬她？

在回廠房路上，遇見典獄長，張警員特別向典獄長介紹說：

「報告典獄長，他就是胡楚哲，考取台大醫學院。」

典獄長伸手與他相握。「恭喜你，胡楚哲，你的成就使我非常欣慰，也是我們監獄一分光榮。」

胡楚哲卑躬的咧咧嘴，臉上一臉濃重的陰霾。

典獄長看在眼裏問：「怎麼？還有什麼問題？」

胡楚哲這才鼓起勇氣說：「我怕不能如期辦理註冊。」

典獄長沉吟俄頃說：「你的問題，何組長早跟我提過，我已經有指示，你只管安心工作，受刑人的權益我們不會忽視。」

心頭陰霾多少獲得一些舒展。李黑子雖然一副冷臉冷相，心腸倒蠻熱的，他曾跟李小姐多次長談，後來，李小姐改變送吃送穿的探望策略，使用鼓勵與勸勉。阿哲心情散散的。最後，李小姐狠下心腸說：

「阿哲。你不聽李姐的話讀書考大學，以後，我不會再來看你。你在監獄不做出獄的計劃，將來出獄，你遲早會跟阿輝一樣，謀生沒有本領，前途沒有指望，無所事事，遊手好閒，只有不搶即偷，一輩子沒出息。」

「李姐，我把功課都忘了，你叫我怎麼考？」

「重新拾起來溫習呀！誰在學業事業上一帆風順？凡事須要先付出然後才有收穫。有沒有課本？」

「沒有。」

「明日我把你要的課本和參考書一併送來。阿哲，你要爭氣，做出來給我看，給大家看，告訴別人胡楚哲不是一個窩囊廢，到此止步。」

「李姐，你為什麼要待我這樣好？」

「因為你曾經救了我，因為我覺得你還有良知、有作為，是位可以救治的青年。」

第三天，他向何組長報告要準備考大學，何組長報告典獄長，典獄長笑笑說：

「希望他是真心求上進，不是裝幌子摸魚才好。」

「典獄長要不要找他當面談談？」

典獄長胸有成竹，思索片刻說：「也好。」

胡楚哲把自己的自修計劃報告典獄長，典獄長一臉嚴肅的表情警告他：

「你想升學我非常高興，也全力支持你。上午，你去廠房做工，下午讓你自修，不過，你要弄清楚，不要借機摸魚，想摸魚，我有治摸魚的辦法。」他回頭吩咐何組長，「你好好照顧他，督促他，有志向上的弟兄，我們要儘量給他照顧和方便。」

將近八個月時間的努力，胡楚哲終於展現了他的實力。

星期一上午，胡楚哲終於獲得假釋。身上揣著五萬八千元巨款，三萬二千元是他的工資所得，部長頒發他獎學金壹萬元，典獄長捌千元，另外捌千元則為獄政幹部捐贈的助學款。胡楚哲捧在手上，感動得熱淚不止，雖在坐牢，身分有別，人情溫暖依然像是無私的春風，到處充滿生機。

典獄長親自把胡楚哲送出監獄，令胡楚哲驚訝而欣喜的是父母、姐姐、弟弟和李姐都在門口等他。

他擁著媽媽問：「媽，我剛才才曉得獲准假釋，你們怎麼知道？」

「前天，典獄長親自打電話到家裏，叫我們今天接你出獄。」

他轉向典獄長千恩萬謝道謝。典獄長平日不常有笑意的黑臉膛，今日笑得特別開心。他說：

「不用謝，你沒讓我失望，也為監獄樹立了一個好榜樣。一個有作為的青年，不要為自己一點污漬而自暴自棄，事實上，犯法就像新衣上沾了塵土，服刑就是洗滌這件衣服，等刑期服完，就是一副整整潔潔的新面孔。」典獄長轉握著李小姐的手道謝：「謝謝你的合作和幫助，終於拯救了一位有為的年輕人。」

「不，我沒有絲毫功勞，全是典獄長的愛心感召。」李小姐謙辭典獄長的嘉慰。

「沒有你的鼓勵，胡楚哲絕對不可能重振信心。」

「你為了拯救胡楚哲，三番兩次約我長談，希望用我的影響力量激勵阿哲；典獄長如果不愛護他，也不用費這許多心機。」

胡楚哲這才知道自己由沉淪而振作，由消極頹惰而走向新生有為，原來是典獄長費了多少心機設計而致。

登上小貨車，胡楚哲向典獄長揮手道別。典獄長趕忙制止胡楚哲說：「胡楚哲，不要說再見。」

胡楚哲立刻大聲應道：「我知道，謝謝您，典獄長，我今生今世不會忘記你的恩典。」

十二、正午的陽光，好美

得知李逢霖把汽車行賭光輸淨的消息後，呂為平從椅子上一躺，感到好疲累。人就不能有挫折感，一旦有了挫折感，生命的銳氣立刻被殺滅一大半。

其實，挫折並不是因感而生，事業順利，外面兜得轉，那來的挫折感？只因為生意不好做，處處碰釘子，好不容易創下一點事業根基，又被李逢霖輸光了，不管心境怎樣坦然，把得失名利看得開，生活最現實，多賺一分錢，多開拓一條事業道路，就多一分成就感。如今，幾年奮鬥全落空，生活的路子像是一條窄巷，必須側身走過，才能避免碰肘傷膝，你能不感到挫折嗎？

呂為平閉了一會兒眼睛養神，待如濤如浪的思緒趨於平靜後，這才起身去倒開水喝。溫水瓶倒是很厚待他，硬是逼出半杯開水來。他一仰頭，只給唇舌作了三分潤澤，水太少了。打開冰箱，冰箱卻不像溫水瓶那樣「溫柔敦厚」，一股冷氣直朝他頭臉撲來，炎天暑熱，倒是感到分外舒爽，可惜冰箱偌大的空間，就只貯得兩樣剩菜，別無長物。

為平嘆口氣說：「你跟我一樣，不能一展所長。」

國內的天地太狹隘，是不是該去國外闖一闖呢？

巴西地廣人稀，儘管目前一身外債，若能好自為之，仍是二十一世紀的大國，那兒應該可以讓自己大展鴻才，創造一番事業。巴拉圭、尼加拉瓜、多明尼加……南美洲任何一個國家都說民風淳樸，人民天性疏懶，應該可以讓自己不虛此生。

北美洲的美、加兩國，更是黃金國度，不說遍地黃金，俯拾皆是，工作機會多，只要肯幹，打工、當跑堂，也能讓自己過一輩子安靜生活。

可是，那要領受寄人籬下的況味，中華男兒怎可如此氣短？過仰人鼻息的日子呢？窩在國內，又沒法子闖出一點成就來，挫折、屈辱……這樣下去，怎是個了局？

思潮一亂，丹丹的輕言細語立即在耳邊嚶嚶不絕：

「為平，我把這兒的產業賣掉，去美國闖天下，那邊沒有戰亂，不受約束，只要我們苦幹，我敢斷言，不出十年，我們一定會有成就，到時候，我們可能是以僑領身分回國。」

「我沒有錢，我怎麼能去。」

「我有錢嘛！我的錢還不就是你的錢，你怎麼分得這樣清楚？」

「丹丹，那不一樣，我是男人，我總該有分男子漢的氣概。」

「那就對了，男子漢志在四方，你就更不應該窩在這兒。」

「我捨不得這處土生土長的地方。」

「我要去美國，你卻要留在這兒。」丹丹滿腔幽怨的說：「我們老是不同心，難道說我們交往了五年多的情感，就這樣算了嗎？你就不能為愛作點犧牲？」

呂為平苦笑幾聲，攤攤手說：「這真是個難題目。」

兩個人自咖啡室分手，都存著一種喝苦咖啡的滋味。

愛情真是人生一樁惱人的事情。

丹丹去了美國，為平仍然留在台灣。

這對相愛五年多的情侶，不但在經濟環境上有差距，思想上更有歧異。

丹丹家庭富裕，父親經商成功，中、美兩地都有事業，哥哥姐姐都在美國求學成家，她像一隻候鳥，一段時間在美國，一段時間飛回台灣。

為平不同，他是農家子弟，祖父手上雖有一大筆產業，由於父叔經營不善，家道漸漸中落，小時候過的是節衣縮食、清慎勤苦的日子。這還是其次，最主要還是根的問題。所以，他跟丹丹的思想自然產生一段差距。

美國的土壤或許肥沃，但不一定養得活他這株樹。自己家鄉的土壤縱然貧瘠，列祖列宗的母樹都在這土地上發牙繁榮，他這棵小樹，斷無不能成長壯大的道理。

丹丹的呼喚，通過信件頻頻傳遞給他。

「為平，我張開手臂在等你，你心裏明白，我不僅在情感上需要你，在事業開創上更需要你。我知道，我們相愛五年多，你仍然是日本式的大男人主義，以為養育妻子，維持家庭生計，是做丈夫應有的責任，現在是什麼時代？夫妻有共同負起家庭生活，養育兒女的責任。再說，以我們相愛五年多的情感言，有什麼東西不是共同的，結婚後，我們更是共生共有……。」

丹丹的召喚，使他心意活絡起來。

沒多久，丹丹寄來機票和旅費，他果真飛去美國洛杉磯。

在美國，兩個人過了一個多月的恩愛纏綿日子，旅遊、觀察、籌劃創業……

他發覺在那兒謀生賺錢，確實比國內容易，尤其是美國人生性天真好奇，一樁單純新奇的事物，就能刺激他們如瘋如狂。只可惱他們白人的優越感、黑人不自振作的墮落生活，使他像一棵被移植的果木，水土不適、加上蟲蛀蟻蝕，他覺得他不能適應那兒的環境。

再說，自己再有成就，仍然改變不了膚色和種性，與其在別人國度裏做次等國民，何不回到自己國家做主人翁呢？

那天晚上，他跟丹丹在客廳裏好好作了一次談判。

丹丹聽過他的意見後，忍不住潸然落淚說：

「為平，你忍心捨棄我？」

「我不忍心。」他把她擁在懷裏，好像擁住一隻馴服的小貓。「像你這樣善良的女孩，我一生就只見過你這一個。」

「你既然愛我，你為什麼堅決要回去？」

「我不能不回去，丹丹，請你原諒我，在愛情與事業，作主人和作次等國民的選擇上，我不能不這樣痛苦的決定。假如你真的愛我，丹丹，你可以結束這裏的事業，我們回國結婚。要不然，你把這兒的事業委託你哥哥管理，你中、美兩地跑也行。」

丹丹忽然眼睛晶亮，將熱灼灼的嘴唇湊上他說：「為平，你的意見非常有價值，我要好好考慮一下。」

實際上，他們仍然有利害衝突和思想差距。為平回了台灣，丹丹沒有結束美國的事業。

人的一生，愛情只能充作生命的潤澤，不能當作解渴療饑的飲料和麵包。生活最現實，一天不飲，三餐不食，即覺饑腸轆轆，若是一年半載缺少愛的滋潤，仍然可以健健康康活著。再說，生命的意義有多種層次，物質生活是低層次，愛情生活是中層次，到了發揚生命意義、弘揚生命價值那個境界，才是高層次。

每一個人不斷辛勞、追求、創造，不僅僅是為了滿足低、中層次的慾望而已，他還要追求更高層次的永恒與不朽。

為平不是一個甘於庸俗固陋的年輕人，儘管他缺少父祖庇蔭，缺少有利的客觀環境助長事業成功，但他抓住了一個訣竅，那就是實幹苦幹。

吃苦耐勞是溉育他成長的養料，儘管經濟繁榮，社會富裕，人的思想觀念都有較大改變，但吃苦，誠實，仍然是成功的惟一不二法門。

由美回來，他跟朋友開了一家鋁門窗裝製加工廠，當建築事業隨著經濟發達臻入巔峰狀態時，他成天在外招攬鋁門窗工程，日夜趕工，事業做得有聲有色，也著實賺了不少的錢，後來，石油漲價，世界經濟不景氣，復因建築商良莠不齊，有些人採取殺雞取卵的辦法，哄抬房子售價，甚者一屋數賣，客戶望而卻步，不再汲汲於購屋保價，社會心理既不如此熱切需要，供需失去平衡，許多房屋建後無法出售，於是，乘時利便的野雞建築商紛紛倒的倒，垮的垮了，為平的鋁門窗工廠也受到波及，在生意蕭條之下，他們勉強掙扎了數月，兩個人不得不結束營業，另謀出路。

有句諺語說：「一枝草一滴露。」只要你想有聲有色的活，你就有活下去的生路。

呂為平改行做洗車工作。

洗車是樁極簡單卻又極賺錢的工作。

本省民間交通工具的進步，大約可分幾個階段，先是牛車時代，繼為腳踏車風光一時，接著便是中、日合作的機車時代，到目前已經邁入汽車時代，福特、裕隆、三陽、雷諾、賓士……大街小巷，盡是五顏六色的私家轎車。

人要洗澡，屋子要清掃，車輛也要講究清潔美容。

洗車，是基於彼此需要的新興行業，正像「坐月子公司」應時而生一樣，都是基於雙方的供需關係。

呂為平跟方剛是當兵時結交的知心朋友，方剛住在忠孝東路一處新興高級住宅區，那兒百分之八十都是有車階級，兩個人一商量，立刻掛個招牌，接條水管，買幾塊抹布，就做起這樁本小利厚的工作。

洗車惟一的條件就是勤快與實在。呂為平把握了顧客心理，接下車，既不怕費水費工，而且，每一隻螺絲釘，每一道車縫都洗得清清爽爽。若是輪胎氣壓不足，順帶把氣灌飽，蠟的光澤度不夠，還替車子把蠟打得油光發亮，所以，他洗車的口碑最好。人一忙，他愛的虛脫感就減少了。他了解人是愛的動物，需要愛人更需要人愛，但愛並不是生活的全部，它像一株藤蔓，必須依附事業的樹幹才能生存，沒有事業，愛情絕對無法單獨壯大繁茂。

他無法淡忘丹丹，更不能把生命全支付在愛情上而聽任自己交張生命的白卷，儘管丹丹不時來信要求他去美國共創事業，由於彼此基本觀念無法溝通調和，他只有從事業和愛情中選擇其一。魚與熊掌，兩者絕不可能得兼，但也無法做到太上忘情。

每於工作疲憊之餘，丹丹信裏的話語，就生動活潑地在他眼前跳躍，儼然丹丹偎依在他身畔，纏綿悱惻地向他喃喃私語：

「為平，美國平靜安全，不受戰爭威脅。台灣隨時可以爆發戰爭，生命財產安全沒有保障，你想過這些沒有？」

為平冷峻的笑笑。

「現在的戰爭不再限於第一線，已經由平面發展到立體，一顆洲際飛彈，就可使安全的後方遭到毀滅，變為廢墟。那有什麼前後方，安全與不安全的分別呢？」

「我們有權利享受和平，不應在戰爭中作犧牲。」這是丹丹經常叨念的兩句話。

「我也擁護和平，要保障和平就必須有犧牲，大家只要坐享和平，沒有人犧牲，和平從何而來呢？」為平經常這樣駁斥她。

「國家是大家的，你沒有必要把責任攬在你一個人的肩上，國家即使沒有你，該強大就會強大，該衰弱就會衰弱，並不因為有你這個微不足道的人物，就能變衰弱為強大。」

「丹丹，就是因為有許多人袖手旁觀，缺少「國家興亡，匹夫有責」的道德觀念，事事推給別人，所以，才落得自掃門前雪的精神也淪喪殆盡，假如人人主動負責，見義勇為，國家那有不強呢？」

※※※

他沒有接受丹丹的召喚，他依然做他的洗車工作。

三年時間，他積蓄了一筆創業資本，眼看著汽車生意好做，他就跟方剛幾位要好朋友做起汽車推銷工作來。

推銷汽車，也像他洗車一樣，事事為顧客著想，每一件事都做得誠實踏實，別家車行需要十足利潤，他們只要八成就夠了，別家辦好汽車過戶就算手續完畢，他們還要兼顧到以後的保修工作，所以，他們車行的生意幾乎搶盡了同業的風光。

正當他們的生意穩健進行時，一位合夥朋友李逢霖因為上了別人的賭博圈套，除了把他自己的股本輸光外，還把所有合夥人的股金全部換成別人當股東。

當第四天幾個合夥人在車行會面時，李逢霖自殺的死訊也傳了過來，本錢和兩年多奔波勞苦獲致的利潤全給他當了賭注，最後，還得掏老本替他辦喪事。

賭是一股暗漩，陷溺進去就會滅頂。

人心也是一股暗漩，表面看是平靜，平靜的水面下就是險惡激蕩的暗潮，隨時都會將人捲進去。

呂為平感到氣餒，自己付出誠懇，收到的卻是欺詐；對朋友獻出忠忱，得到的報償卻是破產。省吃儉用得來的成果，全都付諸東流。

是非究竟是什麼作標準呢？

經濟罪犯在這兒的道德人格固然破產，但當他把大量資金流入其他國度裏，因為他有錢，他在那兒再度重建起他的道德人格。

在某一段時間道德人格或許有些貶值，但當在另一段時間，他的道德人格由於事業成功，立即重新升值。

道德人格，究竟用什麼尺度來衡量呢？

自己的做人態度和生命價值，究否正確？有沒有重行檢討的必要？

※※※

此時，丹丹的話起了作用。

「假如那塊土壤不夠肥沃，外在條件排拒你時，你就應該毅然決然要作移植打算，然後在另一塊土壤上創造自己有利的條件……。」

你對別人誠實，別人還給你的是欺詐，你的誠實有價值嗎？

你幾年的辛勞成果呢？一夜間變成了別人的資本，你賭博的朋友固然德行不修，但別人早設計好了陷阱，他不陷進去，將來也會有另一位合夥人陷進去，人心險惡，讓你防不勝防……

你別以為你就是國家惟一不二的支柱，單有你這根支柱，並不濟什麼事，當你這根支柱倒塌了，朽爛了，別人並不一定記得你……

享受愛情，比你盲目的浪費青春多了一分溫馨，當你的青春到達黃昏晚景，當你生命結束了，你就再也不能享受愛的滋潤。

生命只有一次，珍惜比浪費有價值，當你失去了，你就再也不能享有。為平，我為你開拓了一切條件，只等你來……。

經過一夜苦思，他決定去美國，這兒排斥他，那兒有丹丹接納他。

當他上飛機的那天，跟他一塊洗車的方剛匆匆趕到中正機場替他送行，他問為平：

「你帶了什麼條件去美國？與丹丹對等的享受愛情？」

「沒有。」他苦笑搖搖頭。「惟一的條件就是愛情。」

「愛情能吃嗎？不會衰老嗎？」

他不敢回答這個問題。

「你的外語能力怎麼樣？」

「只能勉強湊合。」

「為平，不是我損你，你到美國，像是一個剛剛誕生的嬰兒，一切全靠別人扶持；在這兒，雖然受了挫敗，卻是一個跌倒了可以爬起來的成年人。你好好想想，假如你與丹丹結婚，當你依靠太太的經濟條件過日子，你能挺起胸脯說話吃飯嗎？假如夫婦偶然起了勃谿，你有膽子有條件像個男人嗎？」

他猶豫了。覺得這是他以前不曾想到的問題，經過方剛點破，他惶惑不安的問：「怎麼辦？」

「很簡單，把機票退了，我們再洗車去，等你有了事業，丹丹愛你，她自然會飛回來，如果愛情經不起考驗，今天，能夠共同創業的女性多的是，你還怕娶不到妻子？一個人，一生甘願作愛情的俘虜，未免太作賤自己。」

「對呀！」為平恍然大悟，他朝方剛胸脯上搗一拳罵道：「你早說多好，幸好你及時趕來，要不然，當我飛到了美國，一旦受了折辱和頓挫，我那會有勇氣回來。」

「不再擔心這兒的安全問題吧？」

「方剛，我一向抱持『只要有我在，國家不會亡』的自信心理，這個社會，只要有你和我在，哪還有不強大的道理。」

方剛緊握著他的手說：「我們重新再來，我們失去的只是金錢，並沒失去奮鬥意志，金錢可以再賺回來，怕什麼？三五年後，我們兩個重起爐灶，再開家車行，從賣車到保修，一貫作業，只要我們自己不認輸，任何外在不利的條件都打不倒我們。」

「對！方剛，謝謝你。」

他們雙雙走出中正機場，叫輛計程車直奔方家。搬出舊時工具，說做就做，兩個人馬上開張營業。

正是晌午，陽光像笑語般嘩啦啦把光束射在牆垣巷口，金光閃爍，好美。

釀文學211　PG1668

舊時王謝堂前燕
——任真散文選

作　　者　任　真
責任編輯　杜國維
圖文排版　周政緯
封面設計　葉力安

出版策劃　釀出版
製作發行　秀威資訊科技股份有限公司
114 台北市內湖區瑞光路76巷65號1樓
電話：+886-2-2796-3638　傳真：+886-2-2796-1377
服務信箱：service@showwe.com.tw
http://www.showwe.com.tw
郵政劃撥　19563868　戶名：秀威資訊科技股份有限公司
展售門市　國家書店【松江門市】
104 台北市中山區松江路209號1樓
電話：+886-2-2518-0207　傳真：+886-2-2518-0778
網路訂購　秀威網路書店：http://www.bodbooks.com.tw
國家網路書店：http://www.govbooks.com.tw
法律顧問　毛國樑　律師
總 經 銷　聯合發行股份有限公司
231新北市新店區寶橋路235巷6弄6號4F
電話：+886-2-2917-8022　傳真：+886-2-2915-6275

出版日期　2016年12月　BOD一版
定　　價　340元

Printed in Taiwan

國家圖書館出版品預行編目

舊時王謝堂前燕：任真散文選 / 任真著. -- 一版. -- 臺北市：釀出版, 2016.12
面； 公分. -- (釀文學；211)
BOD版
ISBN 978-986-445-166-1(平裝)

855 105020960

讀者回函卡

感謝您購買本書，為提升服務品質，請填妥以下資料，將讀者回函卡直接寄回或傳真本公司，收到您的寶貴意見後，我們會收藏記錄及檢討，謝謝！
如您需要了解本公司最新出版書目、購書優惠或企劃活動，歡迎您上網查詢或下載相關資料：http:// www.showwe.com.tw

您購買的書名：＿＿＿＿＿＿＿＿＿＿＿＿＿＿＿＿＿＿＿＿＿＿

出生日期：＿＿＿＿＿年＿＿＿＿＿月＿＿＿＿＿日

學歷：□高中（含）以下　□大專　□研究所（含）以上

職業：□製造業　□金融業　□資訊業　□軍警　□傳播業　□自由業
　　　□服務業　□公務員　□教職　□學生　□家管　□其它＿＿＿

購書地點：□網路書店　□實體書店　□書展　□郵購　□贈閱　□其他

您從何得知本書的消息？

□網路書店　□實體書店　□網路搜尋　□電子報　□書訊　□雜誌
□傳播媒體　□親友推薦　□網站推薦　□部落格　□其他＿＿＿＿＿

您對本書的評價：（請填代號　1.非常滿意　2.滿意　3.尚可　4.再改進）

封面設計＿＿　版面編排＿＿　內容＿＿　文／譯筆＿＿　價格＿＿

讀完書後您覺得：

□很有收穫　□有收穫　□收穫不多　□沒收穫

對我們的建議：＿＿＿＿＿＿＿＿＿＿＿＿＿＿＿＿＿＿＿＿＿＿

＿＿＿＿＿＿＿＿＿＿＿＿＿＿＿＿＿＿＿＿＿＿＿＿＿＿＿＿

＿＿＿＿＿＿＿＿＿＿＿＿＿＿＿＿＿＿＿＿＿＿＿＿＿＿＿＿

＿＿＿＿＿＿＿＿＿＿＿＿＿＿＿＿＿＿＿＿＿＿＿＿＿＿＿＿

請貼
郵票

11466
台北市内湖區瑞光路 76 巷 65 號 1 樓
秀威資訊科技股份有限公司 收
BOD 數位出版事業部

(請沿線對折寄回，謝謝！)

姓　　名：＿＿＿＿＿＿＿＿ 年齡：＿＿＿＿ 性別：□女　□男

郵遞區號：□□□□□

地　　址：＿＿＿＿＿＿＿＿＿＿＿＿＿＿＿＿

聯絡電話：(日)＿＿＿＿＿＿＿＿ (夜)＿＿＿＿＿＿＿＿

E-mail：＿＿＿＿＿＿＿＿＿＿＿＿＿＿＿＿